H 華志文化

集：詩・詞・文於一身的才子

大江東去，浪淘盡、千古風流人物。
人有悲歡離合，月有陰晴圓缺，此事
古難全。但願人長久，千里共嬋娟。

蘇東坡是歷史長河中的一顆明星，熠熠生輝，逾
千年而不暗淡。其偉大人格和赤子般的精神，隨
著時間的洗禮，越發令人矚目。剖析蘇東坡的生
命歷程，打開其豐富的內心世界。翻開本書，
一個真實立體的蘇東坡躍然紙上，深入閱讀，
蘇東坡傳奇而跌宕的一生，如在眼前。

蘇軾是中國文學史上的一位奇人

蘇東坡全集

蘇東坡(宋)◎原著
于景祥、徐桂秋、郭醒◎解評

國學經典
原味呈現

　　蘇東坡全集版在中國文學
藝術的歷史上，蘇軾是一位有
多方面卓越成就的人。

序言

　　在中國文學藝術的歷史上，蘇軾是一位有多方面卓越成就的人。這裡且不說他在哲學思想上的成就，也不說他在書畫藝術方面的造詣，也不談西湖的蘇堤和飲食中的東坡肉等等，單就文學方面的地位而言，有關詩，人稱「蘇黃」（蘇軾與黃庭堅），又有「蘇門四學士」；有關詞，人稱「蘇辛」（蘇軾與辛棄疾）；有關文，人稱「三蘇」（蘇洵、蘇軾、蘇轍父子），而「三蘇」又佔據著「唐宋八大家」的三席。可以說，蘇軾是中國文學史上甚至整個中國古代史上的一位奇人。因此，要為這樣一位大家編選一部簡要而恰當的文集，向廣大讀者展示其多方面的文學成就，並不是一件容易的事。然而，這無疑是一件有意義的事。這不僅因為在我們的生活中，無論藝術方面，抑或人生方面，都或多或少存留著蘇軾的影子，更為重要的是，我們仍然極其需要蘇軾。

　　蘇軾（1036年—1101年），字子瞻，號東坡，眉山（今屬四川）人。他二十一歲時，得到當時文壇領袖歐陽修的賞識，與弟弟蘇轍高中同榜進士。從此，「三蘇」以文名顯赫於朝中，而以蘇軾的文名最大。

　　我們要粗略知曉蘇軾文學成就的由來，恐怕要從兩方面來著眼。

　　一、是蘇軾生活的時代。宋代以重視文人而著名，在整個

宋代的歷史上，文人雖然不免捲入政治鬥爭，但遭受致命打擊的甚少。我們現在欣賞的歐陽修的《醉翁亭記》、蘇軾的〔水調歌頭〕「明月幾時有」等一大批著名篇章，都是他們在遭貶謫時創作的，而其內容，多半沒有唐代柳宗元、劉禹錫等人的激憤，而是充盈著淒婉甚至閒適與飄逸。另一方面，自宋代始，理學發達，談禪盛行，整個人文環境比較寬鬆，比如，王安石與蘇軾雖然是一時的所謂「政敵」，卻在其他場合多有唱和贈答。可以說，宋代是歷史上最適於藝術發展的朝代，而文人氣最足的藝術就產生在這個朝代，其中最為傑出的代表，就是蘇軾。

二、是蘇軾豐富的生活經歷與修養。蘇軾自青年時代進入朝中，曾經顯赫一時。然而，由於他一方面對以王安石為首的改革派的措施有意見，另一方面又不能見容於所謂的保守派，故而屢遭貶謫。從他被貶黃州團練副使起，歷移杭州、密州、登州、徐州、湖州、黃州、汝州、潁州、惠州，乃至儋州，最後病逝於常州。其生活隨著當時的朝政變幻而不斷變動，而且在朝野之間時出時入，經歷了多年宦海風波和人生榮辱。這客觀上豐富了他的經歷，增長了他的見識，更鍛煉了他的意志。蘇軾能做到儒、釋、道兼修，在詩詞文賦諸方面都取得巨大成就，恐怕與他這種特殊的經歷有關，當然也與他超人的稟賦、曠達的性格等因素有關。

在詩歌方面，蘇軾一改唐詩的蘊藉風格，而是「以文為詩，以議論為詩」，比如其《題西林壁》，堪稱哲理詩、禪詩之上乘之作，是我們於唐詩中所少見的面目。清代的大學者趙翼這樣評價蘇詩：「大概才思橫溢，觸處生春。胸中書卷繁富，又足以供其左旋右抽，無不如志。其尤不可及者，天生健筆一枝，

爽如哀梨，快如並剪，有必達之隱，無難顯之情。此所以繼李杜後為一大家也。」（《甌北詩話》卷五）後世的文士們，多半認可趙翼的這段話。然而，蘇軾詩歌的這一特點，在宋代詩壇演化為一種風尚，後人多所詬病，比如崇尚唐詩，作詩講究「形象思維」的毛澤東，就批評宋詩「味同嚼蠟」。

在詞的創作方面，蘇軾不僅一改晚唐五代以來柔媚小巧的詞風，而且表達更加豐富廣闊的內容，比如〔念奴嬌〕「大江東去」，即是其代表之作。然而，對蘇軾的豪放詞，當時即有其幕士譏曰：「柳郎中詞，只合十七八女郎執紅牙拍板歌『楊柳岸，曉風殘月』；學士詞，須關西大漢，銅琵琶、鐵綽板唱『大江東去』。」（宋·俞文豹《吹劍續錄》）金代大文豪元好問則對蘇詞作出了較為準確的評價：「自東坡一出，性情之外，不知有文字。」（金·元好問《新軒樂府引》）事實上，蘇軾之後，辛棄疾諸人在豪放詞方面繼續開拓，終於豐富了宋詞的風格，提高了宋詞的境界。故王國維在《人間詞話》中評曰：「東坡之詞曠，稼軒之詞豪。」可以說，宋詞作為有宋「一代文學」，蘇辛二人實為主將。

蘇軾的散文，成就似乎在其詩與詞之上，無論是政論文中的《范增論》、《留侯論》、《賈誼論》、《晁錯論》，還是小品文中的《放鶴亭記》、《喜雨亭記》、《石鐘山記》，還是小賦中的《前赤壁賦》、《後赤壁賦》，都達到了中國散文的最高成就。蘇軾在《文說》中曾不無得意地說：「吾文如萬斛泉湧，不擇地而出，在平地滔滔汩汩，雖一日千里無難；及其與山石曲折，隨物賦形而不可知也。可知者，常行於所當行，常止於不可不止。」其實，這正是蘇軾散文風格的自我評價，也是中國散文的至高境界。比起韓愈散文的拗折奇警，柳宗元

散文的冷峻奇拔，歐陽修散文的平易實在，人們似乎更喜歡汪洋恣肆的蘇軾散文。

雖然蘇軾的文學成就如此豐富博大，但本集只是選輯了其詩、詞、文三方面長期為人傳誦的名作，共 140 篇，或者能展現蘇軾的主體成就。編選之後，每一篇都作了通俗性的介紹與注釋，又作了藝術方面的新評，力求表達出編者自己的見解。本集的編選與注析，難免有疏漏之處，敬請方家不吝指正。

文化史上第一人（代序）（于景祥）

　　蘇軾（1036年—1101年），北宋時期著名文學家、書畫家。字子瞻，眉州眉山（今屬四川）人。嘉祐二年（1057年）進士，深受梅堯臣和主考官歐陽修賞識。仁宗末年，上制策，要求政治改革。然而在王安石變法時，因政見不合，上書反對變法。由於未被採納，便請外調，出任杭州通判，轉知密、徐、湖三州。

　　元豐二年（1079年）因「烏台詩案」入獄，後貶黃州，乃築室東坡，號東坡居士。哲宗即位，改元元祐，高太后臨朝，起用舊黨司馬光，招軾任中書舍人，翰林學士，知制誥。因反對盡廢新法，引起舊黨疑忌，出知杭、潁、定三州。紹聖元年（1094年）哲宗親政，新黨得勢，貶斥元祐舊臣，又被貶至惠州、儋州。徽宗即位後遇赦北還，病逝於常州。諡文忠。

　　蘇軾是歐陽修之後的文壇領袖，宋代文學的又一位宗師。在思想上，他融儒、佛、道為一體：入世之志，超脫之性，任性逍遙之行集於一身。蘇轍在論及其兄的時候指出：「（軾）初好賈誼、陸贄書，論古今治亂，不為空言。既而讀《莊子》，喟然歎曰：『吾昔有見於中，口未能言，今見是書，得吾心矣。』……後讀釋氏書，深悟實相，參之孔、老，博辨無礙，浩然不見其涯矣。」（《亡兄子瞻端明墓誌銘》，蘇轍《欒城

集》卷二十二）這是對蘇軾之知識結構、思想源流非常中肯、非常全面的評價。蘇軾自己更認為儒、釋、道相通又相成。他在《南華長老題名記》中稱佛家「一念正真，萬法皆具」，又說：「子思子曰：『夫婦之不屑，可以能行焉；及其至也，雖聖人亦有所不能焉。』孟子則以為聖人之道，始於不為穿窬（ㄩˊ：門邊牆上的圭形小洞）。；而穿窬之惡，成於言不言……是二法者，相反而相為用。儒與釋皆然。」「南華長老明公，其始蓋學於子思、孟子者，其後棄家為浮屠氏。不知者以為逃儒歸佛，不知其猶儒也……宰官行世間法，沙門行出世間法，世間即出世間，等無有二。」

在《宸奎閣碑》中又說明佛只有與孔、老合，人們才樂於信從：「是時北方之為佛者，皆留於名相，囿於因果，以故士之聰明超軼者皆鄙其言，祇為蠻夷下俚之說。璉（懷璉，賜號大覺禪師）獨指其妙與孔、老合者，其言文而真，其行峻而通，故一時士大夫喜從之遊。遇休沐日，璉未盥漱，而戶外之屨滿矣。仁宗皇帝以天縱之能，不由師傅，自然得道，與璉問答，親書頌詩以賜之……而升遐之日，天下歸仁焉。此所謂得佛心法者，古今一人而已。」

在《論修養帖寄子由》中既說明自己打通釋道，進入「任性逍遙，隨緣放曠」的自在境界，又以此來誘導其弟：「任性逍遙，隨緣放曠，但盡凡心，別無勝解。以我觀之，凡心盡處，勝解卓然。但此勝解，不屬有無，不通言語，故祖師教人，到此便住。如眼翳（一ˋ：供作蔽覆的東西）。盡，眼自有明，醫只有除翳藥，何曾有求明方？明若可求，即還是翳。故不可於翳中求明，即不可言翳外無明。而世之昧者，便將頹然無知，認作佛地。若如此是佛，貓兒狗子，得飽熟睡，腹搖鼻息，與

土木同,當恁麼時,可謂無一毫思念,豈可謂貓兒狗子已入佛地?故凡學者,但當觀心除愛,自粗及細,念念不忘,會作一日,得無所除。」《祭龍井辯才文》更表現出蘇軾從總體上溝通儒、釋、道三家思想,展現出其兼收並蓄,自足圓通的博大胸懷:「嗚呼!孔老異門,儒釋分宮。

又於其間,禪律相攻。我見大海,有北南東。江河雖殊,其至則同。」實際上,這正是根於儒術又出入釋道,既有儒者修、齊、治、平之術,又有道家養生之術,還有佛家的大自在之方;本於儒則入世濟民,追求功業;出入佛老則寵辱皆忘,波瀾不驚;任性逍遙,隨緣放曠;純任自然,超脫達觀;無往不適,進入圓融通脫的化境,所以蘇軾才成為中國歷史上的一位奇才。

目 錄

◎第一篇：詩

◎第二篇：詞

◎第三篇：文

◎第一篇‥詩（蘇東坡）

◎第一篇：詩

❀初發嘉州

題解

嘉祐四年（1059年），蘇軾與弟蘇轍，為母居喪，時在眉山。蘇軾此詩作於居喪期間。十一月父子三人再度赴京，離開家鄉從嘉州乘舟沿岷江、長江至荊州。此詩曾收入父子三人合集《南行前集》。嘉州，今四川省樂山市。

朝發鼓闐闐，西風獵畫旃。
故鄉飄已遠，往意浩無邊。
錦水細不見，蠻江清可憐。
奔騰過佛腳，曠蕩造平川。
野市有禪客，釣台尋暮煙。
相期定先到，久立水濺濺。

新解

朝發鼓闐闐，西風獵畫旃。故鄉飄已遠，往意浩無邊──闐闐（ㄊㄧㄢˊ　ㄊㄧㄢˊ），鼓聲。開船時的信號。獵，動詞，這裡作震動、吹響解。旃（ㄓㄢ），旗子上的飄帶。這四句意為：我早晨出發時聽到開船的鼓聲響個不停，西風吹動旗上的帶子發出陣陣聲響。故鄉已離得越來越遠了，我要到達的地方還遙不可見。

錦水細不見，蠻江清可憐。奔騰過佛腳，曠蕩造平川──錦水，即岷江。細不見，細小得快看不見，言離其已遠。蠻江，即

青衣江。可憐，可愛。奔騰過佛腳，據《輿地紀勝》：「開元中，僧海通於瀆江、沫水、蒙水三江合沖之濱，鑿石為彌勒大像，高三百六十尺，建七層閣以覆之。」曠荡，空闊。造，到達。這四句意為：岷江細小得快要看不見了，青衣江清澈無比，令人喜愛。我們的船很快地經過彌勒大像的腳下，到達空闊的水域。

野市有禪客，釣台尋暮煙。相期定先到，久立水潺潺——禪客，佛徒，和尚，此處指宗一，即成都大慈寺主持寶月大師，為蘇軾宗兄。相期，彼此約好。作者自注：「是日，期鄉僧宗一，會別釣魚臺下。」潺潺，水流的聲音。這四句意為：山野之中有參禪禮佛的人，他要到釣魚臺去看黃昏的景色。我和他已經約好在那裡相見，他一定已經先到了，在那流水潺潺的地方等待很久了。

新評

這是一首送別詩，抒寫詩人與家鄉、故人分別的感受。詩前八句描繪離鄉途中所見所感，後四句想像遠方的友人等待自己的情形。全詩抒發了詩人對故鄉山水深深的眷戀之情。描寫細膩，情真意切。

❀ 和子由澠池懷舊

題解

此詩作於嘉祐六年（1061年）。嘉祐元年（1056年），蘇軾、蘇轍第一次離蜀赴京應考路過澠（ㄇㄧㄥˇ）池，在縣中寺廟內借宿，並在奉閒和尚居室的壁上題詩。嘉祐六年（1061年），蘇軾與蘇轍在鄭州分手後，再次路過澠池。蘇轍有《懷澠池寄子瞻兄》

詩，蘇軾此詩即為和作。這首詩是寫詩人對往事的眷念。子由，蘇軾的弟弟蘇轍的字。澠池，今河南澠池縣西。

> 人生到處知何似，應似飛鴻踏雪泥。
> 泥上偶然留指爪，鴻飛那復計東西。
> 老僧已死成新塔，壞壁無由見舊題。
> 往日崎嶇還知否，路長人困蹇驢嘶。

新解

人生到處知何似，應似飛鴻踏雪泥。泥上偶然留指爪，鴻飛那復計東西 —— 知何似，知道像什麼。這四句意為：人生在世，東奔西走，像什麼呢？不過是像那飛來飛去的鴻雁一樣。鴻雁腳踩在雪地上，偶然留下指爪印，可它轉眼就飛走了，那雪地上留著的指爪，它哪能記著呢？

老僧已死成新塔，壞壁無由見舊題。往日崎嶇還知否，路長人困蹇驢嘶 —— 老僧，指奉閒和尚。新塔，指佛塔。僧人死後，建塔埋葬火化後的骨灰。舊題，蘇轍詩自注：「昔與子瞻應舉，過宿縣中寺舍，題其老僧奉閒之壁。」蹇（ㄐㄧㄢˇ），蹩腳，跛足。這四句意為：奉閒和尚已經死了，他的骨灰埋在新築成的塔裡，往日題詩的牆壁已經崩塌，沒法再見到往日的題詩了。那一年我們在崎嶇的山路上顛簸，路很長，人又困乏，跛腳的驢子不停地嘶叫，這個情景你還記得嗎？

新評

詩的前半部分純為議論，用生動奇特的比喻，形容人生的短暫、不定，猶如偶留痕跡的雪泥鴻爪；後半部分則以敘事為主，以

所見所聞所憶來深化「雪泥鴻爪」的感觸，寫出了對生活的無限深情。全篇比喻新奇，屬對工巧，圓轉流動，一氣呵成，為七律名篇。

❀ 王維吳道子畫

題解

　　嘉祐六年（1061年）作。此詩為「鳳翔八觀」詩之一。鳳翔，今屬陝西省。八觀，猶八景。王維、吳道子在普門寺、開元寺創作的壁畫是鳳翔八景之一。嘉祐六年（1061年）冬，蘇軾任鳳翔府判官，此詩即作於任內，表達了對王維、吳道子二人繪畫藝術的觀感及評價。王維，字摩詰，太原（今屬山西）人，唐代僅次於李白、杜甫的大詩人，亦工繪事，尤精山水。吳道子，又名道玄，陽翟（今河南禹縣）人，唐代著名畫家，當時稱為畫聖。

　　何處訪吳畫，普門與開元。開元有東塔，摩詰留手痕。
　　吾觀畫品中，莫如二子尊。道子實雄放，浩如海波翻。
　　當其下手風雨快，筆所未到氣已吞。
　　亭亭雙林間，彩暈扶桑暾。
　　中有至人談寂滅，悟者悲涕迷者手自捫。
　　蠻君鬼伯千萬萬，相排競進頭如黿。
　　摩詰本詩老，佩芷襲芳蓀。
　　今觀此壁畫，亦若其詩清且敦。
　　祇園弟子盡鶴骨，心如死灰不復溫。
　　門前兩叢竹，雪節貫霜根；
　　交柯亂葉動無數，一一皆可尋其源。
　　吳生雖妙絕，猶以畫工論；

23

摩詰得之於象外，有如仙翮謝籠樊。

吾觀二子皆神俊，又於維也斂衽無間言。

新解

何處訪吳畫，普門與開元。開元有東塔，摩詰留手痕。吾觀畫品中，莫如二子尊——普門、開元，指普門寺和開元寺，均在鳳翔（今屬陝西）。手痕，手跡。這六句意為：到什麼地方去尋訪吳道子的畫呢？去鳳翔的普門寺和開元寺可以看到吳道子的畫。開元寺的東塔上有王維的畫。在我看來，眾多的畫家中再也沒有比王維、吳道子這二人更受人尊崇的了。

道子實雄放，浩如海波翻。當其下手風雨快，筆所未到氣已吞。亭亭雙林間，彩暈扶桑暾。中有至人談寂滅，悟者悲涕迷者手自捫。蠻君鬼伯千萬萬，相排競進頭如黿——亭亭，聳立的樣子。雙林，兩株樹，特指吳畫中那兩株娑羅樹。相傳佛教創始人釋迦牟尼在滅度（死亡）前，曾在天竺（印度）拘屍那城娑羅雙林下說法。彩暈，燦爛的光輝。扶桑，古代神話中太陽升起的地方。暾（ㄊㄨㄣ），太陽升起。至人，至高無上的人，指釋迦牟尼。寂滅，指佛教的一種教義。手自捫，自己以手撫胸，表示還未理解。蠻君，指天竺的君長。鬼伯，猶鬼王。黿，即鱉，頭能伸縮。在此比喻僧眾伸長脖子認真聽佛說法。相傳佛滅度時，信徒不分人鬼，都來聽法致敬。這十句意為：吳道子的畫風實在雄放，浩蕩如大海波浪翻卷。當他下筆的時候如風雨般神速，筆還未到氣勢已籠罩一切。壁畫中兩株娑羅樹高高聳立，佛祖釋迦牟尼頭上的一圈神光就像太陽初升，發出彩暈。娑羅樹林中釋迦牟尼正在宣講佛法，領悟的人悲傷流淚，沒領悟的人無奈地以手摸胸。無數天竺的君長和鬼王前來聽講，擁擠站立著像黿一樣伸著脖子仔

細聽。這十句寫吳道子的畫。宋代邵伯溫《邵氏聞見後錄》云:「鳳翔開元寺大殿九間,後壁吳道子畫,自佛始生、修行、說法至滅度,山林、宮室、人物、禽獸數千萬種,極古今天下之妙。」

摩詰本詩老,佩芷襲芳蓀。今觀此壁畫,亦若其詩清且敦。祇園弟子盡鶴骨,心如死灰不復溫。門前兩叢竹,雪節貫霜根;交柯亂葉動無數,一一皆可尋其源——詩老,老詩人,尊稱。佩、襲,穿戴。芷、蓀,均為香草名。此句形容王維詩風秀美,如佳人之佩香草。壁畫,指開元寺王維所繪壁畫。清且敦,風格清秀而又渾樸。祇(ㄓ)園弟子,指佛教徒。祇園是釋迦牟尼另一說法處祇樹給孤獨園的簡稱。鶴骨,形容人的清瘦。雪節、霜根,形容竹子所具有的高潔品格,不是指其顏色。交柯,枝葉互相交叉。這十句意為:王維本來是詩人中的尊者,他的詩風秀美,就像佳人佩戴著香草。現在看到他畫的壁畫,也像他的詩一樣風格清秀而又渾樸。畫中的佛教徒都身材清瘦,他們的內心也一定很孤寂。祇園門前的兩叢竹子枝葉互相交叉,意態生動而又能一一找到它們的根源。這十句寫王維的畫。「祇園」兩句是說畫家不僅繪出了佛徒們外形的清瘦,同時也畫出了他們內心的孤寂。

吳生雖妙絕,猶以畫工論;摩詰得之於象外,有如仙翮(ㄏㄜˊ謝籠樊。吾觀二子皆神俊,又於維也斂衽無間言——吳生,指吳道子。畫工,猶言畫師、畫匠。象外,形象以外的精神。仙翮(ㄏㄜˊ翅膀),仙鳥。翮本指鳥羽的莖狀部分,此處指代鳥。謝,離開。樊,籬笆。神俊,精神飽滿,氣勢飛揚。維,指王維。也,古人綴在單名後的虛字,無實義。斂衽(ㄖㄣˋ),對人整理衣襟以表尊敬。間言,異議。這六句意為:吳道子的畫雖然奇妙到了極點,但還是屬於畫師、畫匠一類的;王維的畫已突破了形似階段,掌握了精神實質,就像仙鳥衝破了限制它自由的籠子

25

和籬笆一樣。「我」看這兩人的畫都精神飽滿，氣勢飛揚，特別是王維的畫讓「我」心悅誠服，無可指責。這六句對王、吳二人的畫作總的評論。

新評

這首詩是蘇軾早期的傑作之一，佈局於整齊中見變化，具有優美的節奏感，氣勢雄健；風格於清新中含渾厚，而且還善於把握事物中具有典型性的細節，如佛滅度前說法的一幕，宛若親見；寫竹繁枝亂，似乎都是搖動於清風中的神態，正抓住了竹的特徵。這些，不但展現了詩人的創作能力，也展現了他的鑒賞水準。

❀ 和子由踏青（選一）

題解

嘉祐八年（1063年）正月蘇軾在鳳翔（今屬陝西）作。蘇軾弟蘇轍時在京師侍父，當看到北方新年之初的異域風俗，不由得想起了家鄉眉山歲首鄉俗，寫下了《踏青》、《蠶市》詩二首。蘇軾應弟之作也和詩二首，這裡選其一。

春風陌上驚微塵，遊人初樂歲華新。人閒正好路旁飲，麥短未怕遊車輪。

城中居人厭城郭，喧闐曉出空四鄰。歌鼓驚山草木動，簞瓢散野烏鳶馴。

何人聚眾稱道人？遮道賣符色怒嗔：宜蠶使汝繭如甕，宜畜使汝羊如麕。

路人未必信此語，強為買符禳新春。道人得錢徑沽酒，醉倒自謂吾符神！

新解

春風陌上驚微塵，遊人初樂歲華新。人閒正好路旁飲，麥短未怕遊車輪——這四句意為：春風吹過田野，刮起細微的灰塵，遊人們在這年歲更新之時都很快樂。人們閒來無事都在路邊飲酒，田裡的麥苗還沒長高，因此不怕遊人的車輪碾壓。

城中居人厭城郭，喧闐曉出空四鄰。歌鼓驚山草木動，簞瓢散野烏鳶馴——喧闐，形容人聲、鼓聲相雜。簞（ㄅㄢ），食器。瓢，炊具。這四句意為：城裡的居民厭倦了城中生活，在清晨喧嘩著出城踏青，城裡都空了。踏青人的歌聲和鼓聲驚動了山上的草木，郊遊的人有許多在那兒野餐，烏鳶也來撿食，並不避人。

何人聚眾稱道人？遮道賣符色怒嗔：宜蠶使汝繭如甕，宜畜使汝羊如麇——遮道，攔路。甕，瓦子。麇（ㄐㄩㄣ），野獐子（體形似鹿而較小）。這四句意為：那自稱道人的是什麼人？眾人都聚起來圍著他。道人攔路賣符，神情激昂地吹噓他的符十分靈驗：能使你養的蠶繭像甕那樣粗大，能使你飼養的羊像獐子那樣肥大健壯。

路人未必信此語，強為買符禳新春。道人得錢徑沽酒，醉倒自謂吾符神——強，勉強。禳，祈福除災。神，靈驗。這四句意為：路人不太相信道人的話，勉強買了些符為新年祈福除災。道人賣了符得了錢馬上去買酒來喝，醉倒了還說自己的符最靈驗。

新評

本詩描寫了蘇軾回憶青少年時在家鄉新春之際，與家人及「城

中居人」遊春踏青的盛況，具有濃郁的鄉情。後四句刻畫了一位騙錢道人的生動形象，增添了郊遊的喜慶氣氛。故鄉的風俗民情令人倍感親切，耐人回味。全詩語言淺顯，情真意切。

❀ 石蒼舒醉墨堂

題解

熙寧二年（1069 年）作。蘇軾由開封至鳳翔，往返經過長安，必定到石蒼舒家。熙寧元年（1068 年）蘇軾鳳翔任滿還朝，在石家過年。石蒼舒藏有唐人褚遂良《聖教序》真跡，起堂取名「醉墨」，邀蘇軾作詩。蘇軾回到汴京，寫了這首詩寄給他。這是蘇軾早期七古名篇。石蒼舒，字才美，長安人，善草書。人稱「草聖三昧」。

人生識字憂患始，姓名粗記可以休。
何用草書誇神速，開卷惝恍令人愁。
我嘗好之每自笑，君有此病何能瘳。
自言其中有至樂，適意不異逍遙遊。
近者作堂名醉墨，如飲美酒銷百憂。
乃知柳子語不妄，病嗜土炭如珍饈。
君於此藝亦雲至，堆牆敗筆如山丘。
興來一揮百紙盡，駿馬倏忽踏九州。
我書意造本無法，點畫信手煩推求。
胡為議論獨見假，隻字片紙皆藏收？
不減鍾張君自足，下方羅趙我亦優。
不須臨池更苦學，完取絹素充衾裯。

新解

人生識字憂患始，姓名粗記可以休。何用草書誇神速，開卷惝怳令人愁——「姓名」句，《史記·項羽本紀》載，項羽年輕時候學書不成，他的叔父責備他，他對其叔父說：「書足記姓名而已，不足學。」蘇軾化用其語。惝怳（ㄔㄤˇ ㄏㄨㄤˇ），失意不樂、精神不好的樣子。這四句意為：人生的憂患是從認識字開始的，一個人的識字程度只要達到識記自己的姓名就罷了。不要誇寫草書的速度快，讓人打開卷子一看，寫得龍飛鳳舞，為辨識而發愁。這幾句正話反說，明說草書無用，暗含對石蒼舒書法的恭維。

我嘗好之每自笑，君有此病何能瘳。自言其中有至樂，適意不異逍遙遊。近者作堂名醉墨，如飲美酒銷百憂。乃知柳子語不妄，病嗜土炭如珍饈。君於此藝亦雲至，堆牆敗筆如山丘。興來一揮百紙盡，駿馬倏忽踏九州——瘳（ㄔㄡ），病癒。至樂，《莊子》中的篇名，指最大、最高層次的快樂。逍遙遊，《莊子》中的篇名，指自在快樂地遨遊。柳子，柳宗元。語不妄，柳宗元在給崔黯的信上說：「凡人好詞、工書，皆病癖也。吾嘗見病心腹人，有思啖土炭、嗜酸鹹者，不得則大戚。」這十二句意為：我曾經愛好草書並常常為此嘲笑自己，你也有這種癖好，怎麼樣才能治癒它呢？你自己說這其中有最大、最高層次的快樂，其快意的程度與自在快樂的遨遊沒有什麼不同。最近你建了一座堂名叫醉墨堂，你沉醉其中就如同喝了能消除所有憂愁的美酒一樣。這才知道柳宗元的話不差，只有得病的人才會把土炭當做美味。你的書法造詣已達到極致，你用壞的筆已堆成了小山。你興致來時大筆一揮，一會兒就寫完了一百張紙，就像駿馬一眨眼就跑遍了天下一樣神速。

我書意造本無法，點畫信手煩推求。胡為議論獨見假，隻字片紙皆藏收？不減鐘張君自足，下方羅趙我亦優。不須臨池更苦學，完取絹素充衾裯——意造，以意為之，自由創造。推求，指研究筆法。假，寬容，這裡是作者的謙詞。鐘張，指鐘繇、張芝，皆漢末著名書法家。方，比。羅趙，羅暉、趙襲，皆漢末書法家。「臨池」二句，據載，張芝臨池學書，池水盡黑；家有帛絹，必先書寫，後再染色製成衣。裯（彳又ノ），單層的被子。這八句意為：我寫字以意為之，自由創造，本來沒有什麼方法，信手點畫，不研究筆法。為什麼我的議論（即「意造無法」、「點畫信手」之論）獨獨受到你的贊同，我的書法作品也受到你的偏愛，被你收藏？你的書法是可以與鐘繇、張芝相比，我的書法也比羅暉、趙襲略勝一籌。不必學張芝臨池苦學書法；與其用絹素寫字，還不如使其完好地制成衣被。

　　新評

　　蘇軾這首詩評論書法，蹈虛落筆，善於從別人難於下筆之處著墨，立意新穎，不落窠臼，把敘事、抒情、議論完全熔為一爐。驟然讀之，像是天馬行空，去來無跡；細加尋繹，卻又綱舉目張，脈絡分明。至於驅遣書史，更是信手拈來，頭頭是道。其學博才雄、才華橫溢之特色於此詩中可以窺見一斑。

❀ 歐陽少師令賦所蓄石屏

　　題解

　　熙寧四年（1071 年）作。蘇軾因與王安石政見不合，熙寧四

年（1071年）離京出任杭州通判。赴杭途中，路過潁州謁見歐陽修，觀賞了石屏，應歐陽修之命作此詩。歐陽少師，指歐陽修。熙寧四年（1071年），歐陽修以太子少師致仕（退休），退居潁州，故有此稱。蓄，收藏。石屏，石製屏風。

> 何人遺公石屏風，上有水墨希微蹤。
> 不畫長林與巨植，
> 獨畫峨眉山西雪嶺上萬歲不老之孤松。
> 崖崩澗絕可望不可到，孤煙落日相溟濛。
> 含風偃蹇得真態，刻畫始信有天工。
> 我恐畢宏韋偃死葬虢山下，骨可朽爛心難窮。
> 神機巧思無所發，化為煙霏淪石中。
> 古來畫師非俗士，摹寫物象略於詩人同。
> 願公作詩慰不遇，無使二子含憤泣幽宮。

新解

何人遺公石屏風，上有水墨希微蹤。不畫長林與巨植，獨畫峨眉山西雪嶺上萬歲不老之孤松。崖崩澗絕可望不可到，孤煙落日相溟濛。含風偃蹇得真態，刻畫始信有天工——遺（ㄨㄟˋ），贈送。希微，隱約不明的樣子。蹤，指圖跡。溟濛，模糊不清的樣子。偃蹇，臥倒屈曲的樣子。這八句意為：什麼人贈送給先生這石製屏風，石屏風上隱隱約約有水墨畫的痕跡。這石紋所形成的水墨畫不畫修長的樹林和巨大的樹木，只畫峨眉山西面雪嶺上萬歲不老的孤松。這孤松所處的地方山崖崩斷，山澗隔絕，可以從遠處看到卻沒辦法到達那裡。在那裡，孤煙和落日之色迷茫不分。那棵孤松彎彎曲曲地立在風中，姿態橫生，就像真的一樣。

我恐畢宏韋偃死葬虢山下，骨可朽爛心難窮。神機巧思無所發，化為煙霏淪石中。古來畫師非俗士，摹寫物象略於詩人同。願公作詩慰不遇，無使二子含憤泣幽宮——畢宏、韋偃，都是唐代名畫家，擅長畫松。虢（《ㄨㄛˊ）山，今在河南盧氏縣，是石屏的產地。神機，猶言天才。淪，深入，融入。公，指歐陽修。不遇，指畢宏、韋偃這些藝術家當時不受重視。幽宮，墳墓。這八句意為：「我」想恐怕是畢宏、韋偃死後葬在虢山之下，他們的骨頭很快朽爛，但其藝術生命卻永遠長存。其天才巧思無處發洩，將其所畫松樹化為煙雨融入石中，形成石紋。自古以來畫家都不是平庸之輩，他們描繪事物與詩人作詩描繪事物是一樣的。「我」希望先生作詩來安慰這兩位當時不受重視的藝術家，不要使這兩個人含憤在墳墓中哭泣。

新評

　　這首詩題詠石屏風，借畢宏、韋偃之「不遇」抒發內心對遭際不平的無窮感慨。詩中借助豐富的想像和幻想來寫景抒情，是其藝術上的獨特性之一。本篇善用長句，不但「筆力具有虯松屈盤之勢」（清人汪師韓語），而且其中的「獨畫」十六字句更為「從古詩人所無」（清人汪師韓語），是蘇軾的獨創。蘇軾用這種長短不一、錯落有致、語調鏗鏘的歌行體，形成一種起伏跌宕的氣勢。

❀ 出潁口初見淮山，是日至壽州

題解

熙寧四年（1071年）作。熙寧四年（1071年）六月，東坡乙

太常博士直史館出任杭州通判。七月離開汴京,歷潁州;十月出潁口,入淮水,折而東行,至壽州;十一月二十八日到杭州通判任。這首詩是他赴杭州途中由潁入淮初見淮山時所作。這是一篇拗體律詩,係東坡名作之一。潁口,今安徽壽縣西正陽關。潁水由潁上縣東南流至此入淮,春秋時謂之潁尾。壽州,州治在今安徽壽縣。

> 我行日夜向江海,楓葉蘆花秋興長。
> 長淮忽迷天遠近,青山久與船低昂。
> 壽州已見白石塔,短棹未轉黃茅岡。
> 波平風軟望不到,故人久立煙蒼茫。

新解

我行日夜向江海,楓葉蘆花秋興長。長淮忽迷天遠近,青山久與船低昂 —— 秋興,因秋而起的感懷。長淮,長長的淮水。這四句意為:我外放赴任,日夜兼程地向著江海方向行進,水邊的楓葉蘆花映入眼簾,這秋天的景象引起我無限感慨。淮河遠處水天相連,因而使人產生天忽近忽遠的錯覺;而船忽高忽低,人在動盪不定的船上所見的青山,也是起伏不定的。末二句乃一篇之警策。它純用白描手法,表現出一種難言之景和不盡之情。

壽州已見白石塔,短棹未轉黃茅岡。波平風軟望不到,故人久立煙蒼茫 —— 棹(ㄓㄨㄛˋ),船槳。黃茅岡,泛指長有黃茅草的山崗。故人,指送行人。這四句意為:遠遠望去,壽州的白石塔已經能看見,要到達那裡,還得划船繞過一段長有黃茅草的山岡。波浪平靜,微風柔和,但還是看不到對面,在那煙水蒼茫的對面,老朋友一定站在那裡翹望我很久了。末二句抒情,曲折而

有餘味。

新評

　　蘇軾此詩寫得情景渾融，蘊藉淡遠，蒼茫一片，微含愁意，具有一種整體美，與這一時期雄傑奔放、直抒胸臆的主體詩風相比，別有一番意趣，清人方東樹評為「奇氣一片」。從聲調格律上看這是一首拗體律詩，以古詩的聲調運用於七律，表達一種鬱勃不平之氣，清人汪師韓評為「有古趣兼有逸趣」。蘇軾晚年曾重新抄寫此詩，大概此詩的風格更與他晚年的詩風相近。

❀ 遊金山寺

題解

　　熙寧四年（1071 年）冬作。宋神宗熙寧三年（1070 年），蘇軾在京城任殿中丞直史館判官告院，權開封府判官。當時王安石秉政，大力推行新法。蘇軾寫了《上神宗皇帝書》，直言不諱地批評新法，引起當政者的不滿。蘇軾深感仕途險惡，主動請求外任。熙寧四年（1071 年），被任命為杭州通判。他七月離京赴任，十一月初三，途經鎮江金山，訪寶覺、圓通二僧，夜宿寺中而作此詩。金山，在今江蘇鎮江北。宋時還是長江中的一個小島，因泥沙淤積，今已和南岸相連。寺在山上，舊名澤心寺，真宗初改名金山寺，是著名古 。

　　我家江水初發源，宦游直送江入海。
　　聞道潮頭一丈高，天寒尚有沙痕在。

中泠南畔石盤陀，古來出沒隨濤波。
試登絕頂望鄉國，江南江北青山多。
羈愁畏晚尋歸楫，山僧苦留看落日。
微風萬頃靴文細，斷霞半空魚尾赤。
是時江月初生魄，二更月落天深黑。
江心似有炬火明，飛焰照山棲鳥驚。
悵然歸臥心莫識，非人非鬼竟何物。
江山如此不歸山，江神見怪警我頑。
我謝江神豈得已，有田不歸如江水。

新解

　　我家江水初發源，宦游直送江入海。聞道潮頭一丈高，天寒尚有沙痕在。中泠南畔石盤陀，古來出沒隨濤波。試登絕頂望鄉國，江南江北青山多——「我家」句，古人沒有找到江源，都認為四川岷山是長江的發源地，蘇軾是四川人，所以這麼說。「宦游」句，蘇軾這時正要赴杭州做官，途經鎮江。長江流到鎮江一帶，水面寬闊，古稱海門，所以這麼說。「聞道」二句，蘇軾於熙寧四年（1071 年）十一月遊金山，冬天水落，故就眼底沙痕，想見潮頭之高。中泠（ㄌㄧㄥˊ），泉名，在金山西北。石盤陀，指金山。盤陀，石大而多之貌。「古來」句，唐、宋時期，金山處於江中，明代以後江水北移，金山始與陸地相連。鄉國，家鄉。
這八句意為：長江發源於「我」的家鄉，「我」外出做官，這長江水一直送「我」到將入海處。聽說長江漲潮浪頭有一丈高，如今天冷水落，但岸邊沙痕仍在，仍能顯示出浪曾有多高。中泠泉南畔的高大的金山，自古以來就隨著波濤出沒。「我」登上金山最高處遙望故鄉，只見江南江北青山重疊，阻礙了「我」的視線。

此八句寫金山寺山水形勝，隱含思鄉之情。

羈愁畏晚尋歸楫，山僧苦留看落日。微風萬頃靴文細，斷霞半空魚尾赤。是時江月初生魄，二更月落天深黑。江心似有炬火明，飛焰照山棲烏驚。悵然歸臥心莫識，非鬼非人竟何物——羈愁，旅愁。歸楫，回到鎮江的船。楫，槳，代指船。靴文，形容波紋之細。魚尾赤，形容紅色的晚霞。初生魄，即初三。《禮記·鄉飲酒義》：「月之三而成魄。」蘇軾遊金山看落日的那天，正是初三，故云。「江心」四句，原注：「是夜所見如此。」有些水生生物，身上能發出強光，蘇軾所見到的也許就是這類生物。這十句意為：鄉旅愁思縈繞於「我」心中，「我」害怕天晚而尋找回鎮江的船，金山寺的僧人卻苦苦挽留「我」看落日。微風吹過，萬頃江面泛起靴紋般細小的波紋，半空中晚霞像魚尾一樣紅豔。今天是十一月初三，二更天時月亮落下去天更黑了。這時江心出現了一團像火把一樣的光亮，這團跳動的光亮照到山上，驚起了山上棲息的烏鴉。這既不是鬼，又不是神，它究竟是什麼東西？「我」不認識這是什麼，便惆悵地回去睡覺了。此十句寫黃昏至深夜的江景。

江山如此不歸山，江神見怪警我頑。我謝江神豈得已，有田不歸如江水——歸山，謂辭官歸隱。見怪，呈現出怪異現象。見，同「現」。頑，頑固。謝，告訴。如江水，古人的一種誓詞。《左傳·僖公二十四年》載晉公子重耳流亡在外，渡黃河時對舅父狐偃說：「所不與舅氏同心者，有如白水。」指水發誓，本此。這四句意為：江山景色如此美好而「我」卻不辭官歸隱，因此江神呈現出怪異現象來警告「我」的頑固。「我」指江為誓，告訴江神，「我」之所以未能棄官還鄉，只因無田可耕，是不得已的事。此四句抒發詩人心中油然而生的感慨

新評

　　詩題為遊寺，通篇寓情於景，貫穿全詩的是濃郁的思鄉之情。在中國古代詩歌中，歸隱和失意兩種情感常常是聯繫在一起的。詩中的思鄉之情，乃是仕途不順，心中抑鬱的反映。它反映了詩人對現實政治的不滿和對官場生涯的厭倦，希望辭官歸隱。這首詩起結遙相呼應，不可移易地寫出了蜀士之遠遊，而中間由泛述金山進而寫傍晚江上晚霞，深夜江中炬火。筆次騫騰、興象超妙而依然層次分明，其結構上之不可及處或在於此。

❀ 吳中田婦歎

題解

　　熙寧五年（1072 年）冬作於湖州。其時，王安石的一系列新法正在全國範圍內逐步施行。這對緩和宋王朝的社會矛盾，調節封建生產關係等雖然有積極作用，但也出現一些弊端。蘇軾有感於此，寫下了《吳中田婦歎》、《山村五絕》一類的社會政治詩。這些詩雖然夾雜了詩人對新法的偏見，但並沒有沖淡詩中同情民生疾苦的基調。題下自注「和賈收韻」。賈收，字耘老，烏程（今浙江湖州）人，蘇軾的朋友，著有詩集《懷蘇集》。吳中，指江浙一帶。

　　今年粳稻熟苦遲，庶見霜風來幾時。
　　霜風來時雨如瀉，耙頭出菌鐮生衣。
　　眼枯淚盡雨不盡，忍見黃穗臥青泥！
　　茅苫一月壟上宿，天晴獲稻隨車歸。

汗流肩赬載入市，價賤乞與如糠粞。

賣牛納稅拆屋炊，慮淺不及明年饑。

官今要錢不要米，西北萬里招羌兒。

龔黃滿朝人更苦，不如卻作河伯婦。

新解

今年粳稻熟苦遲，庶見霜風來幾時。霜風來時雨如瀉，耙頭出菌鐮生衣——粳稻，稻的一種，米粒短而粗。庶，差不多，希冀之詞。耙，翻土的農具。出菌，發黴。衣，這裡指鐵銹。這四句意為：今年粳稻的成熟期來得太晚，幸虧沒多久霜風就來了。可是霜風來時卻大雨滂沱，耙頭也因潮濕而發黴了，鐮刀也生了鏽。這幾句寫天災之嚴重。

眼枯淚盡雨不盡，忍見黃穗臥青泥！茅苫一月壟上宿，天晴獲稻隨車歸——茅苫（ㄇㄠ／、ㄕㄢ），茅棚。苫，草簾子。這四句意為：面對這連續如注的大雨，農民怎能不傷心得眼淚流盡呢？又怎麼忍心看著金黃色的稻穗倒在泥田裡呢？他們在田邊搭起了茅草棚，在那裡住了一個月看護莊稼，天晴了趕緊搶收，用車運回來。

汗流肩赬載入市，價賤乞與如糠粞。賣牛納稅拆屋炊，慮淺不及明年饑——赬（ㄔㄥ），紅色。粞（ㄒㄧ），碎米。慮淺，謂只顧目前，不能考慮長遠。這四句意為：農民肩挑著稻穀入市，汗流浹背，肩膀都壓紅了，可是稻穀的價格卻賤得如同糠和碎米一樣。農民為了納稅賣了耕牛，為了燒飯拆下屋子的木料，顧不得明年的饑荒了。

官今要錢不要米，西北萬里招羌兒。龔黃滿朝人更苦，不如卻作河伯婦——要錢不要米，當時推行的新法規定，交稅、免役

均用現鈔。農民必須把實物換成錢幣。結果市場上出現了「錢荒米賤」的現象,導致田地荒蕪,農民為躲避稅收而流離失所。招羌兒,為抗擊西夏,王安石等人用錢來招撫西北的羌族部落,對鞏固邊防起到了一定作用。然而,錢財來自人民,「錢荒」現象日趨嚴重,蘇軾對此進行諷刺。龔黃,指龔遂、黃霸,均是漢代寬政恤民的清官。這裡借指推行新法的官員,是反語。河伯,指河神。「作河伯婦」一語,似乎引用了「西門豹治鄴」中的故事。這四句意為:官府現在徵稅只要錢而不要米,朝廷為抗擊西夏,花不少錢去招撫西北的羌人部落。滿朝都是龔遂、黃霸一樣的清官,百姓卻更苦,吳中田婦還不如投水嫁給河神的好。這幾句抨擊新法的流弊。

新評

蘇軾這首詩選取典型的生活情景和人物的行動,透過敘事抒情,間用議論的方式,形象地反映社會現實生活,讀來感到真實動人。整首詩篇借江南農婦之口,寫出農民遭受天災和虐政的雙重打擊,字裡行間充滿了詩人對勞動人民苦難遭遇的深切同情。

✸ 六月二十七日望湖樓醉書(選一)

題解

本組詩寫於熙寧五年(1072 年),共五首,今選第一首。蘇軾在杭州任通判時,陶醉於西湖秀麗的山水中,曾寫下許多名篇佳作。這組詩是作者遊覽西湖,在船上看到奇妙的湖光山色,再到望湖樓眺望湖景時所作。望湖樓,在杭州西湖邊昭慶寺前,吳

越王錢俶建，又名看經樓、先德樓。

> 黑雲翻墨未遮山，白雨跳珠亂入船。
> 卷地風來忽吹散，望湖樓下水如天。

新解

黑雲翻墨未遮山，白雨跳珠亂入船 —— 翻墨，形容黑雲像倒翻了的濃墨一樣。跳珠，形容雨點像珍珠一樣在船中跳動。這兩句意為：黑雲還沒有來得及遮山，白色的雨點就已像珍珠一樣落入船中。

卷地風來忽吹散，望湖樓下水如天 —— 卷地風，風從地面卷起。忽然一陣風刮過，望湖樓下終於水天合一，一片寧靜。

新評

這是一篇出色的寫景詩，寫夏日西湖上一場來去匆匆的暴雨，在一 那之間，烏雲密佈，暴雨驟降，但轉眼間又風起雲散，望湖樓外，水天一色。大自然是多麼變幻莫測，詩人運筆又多麼神奇。詩人對暴風雨前後的景色變化寫得十分生動，富有特色。

❀ 雨中游天竺靈感觀音院

題解

此詩作於宋神宗熙寧五年（1072 年）。此時正是王安石大行新法的時候。蘇軾對新法採取保守態度，對新法的弊端強烈不滿，對官吏漠視百姓疾苦的現象深為痛恨，對人民的生活十分關注，

因而常在詩中諷世論政，希望「有補於國」。靈感觀音院，在杭州上天竺，五代時錢俶所建。宋仁宗時，因禱雨有應，賜名「靈感觀音院」，祀觀音菩薩。

> 蠶欲老，麥半黃，山前山後水浪浪！
> 農夫輟耒女廢筐，白衣仙人在高堂！

新解

蠶欲老，麥半黃，山前山後水浪浪——浪浪，形容雨聲之響。這兩句意為：桑蠶已到了快吐絲的時候，麥子已到了快要成熟的時候，可這個時候卻山前山後雨聲響成一片。

農夫輟耒女廢筐，白衣仙人在高堂——白衣仙人，即觀音菩薩。這裡暗指官吏。這兩句意為：農夫不能把耒鋤土，農家婦女也不能提筐去採桑葉飼蠶了，這時候觀音菩薩卻高高地坐在堂上，不聞不問，漠不關心。前句是說雨妨礙了農事，後句表面上是責備神像，實際上是指責地方官的不負責任。諷刺之意，溢於言表。

新評

這首詩語言通俗，明白如話，很有民歌風味，而寓意又很深刻。宋朝統治者在文字上的控制很嚴，蘇軾因詩（「烏台詩案」）幾乎送了性命，因此創作時便有所顧忌，此詩的諷刺意味因此含而不露。紀昀評此詩說：「刺當時之不恤民也，妙於不盡其詞。」正指出了這首詩的主旨和藝術特點。

❀ 望海樓晚景五絕（選一）

題解

熙寧五年（1072 年）作。熙寧五年（1072 年）蘇軾任杭州通判。公事餘暇，得以到鳳凰山上的望海樓閒坐，寫下這組詩。原五首，分別詠江潮、雨電、秋風、江景等，各具情韻。這裡選其中之一。望海樓，一名望潮樓，即中和堂東樓，在杭州鳳凰山上。

橫風吹雨入樓斜，壯觀應須好句誇。
雨過潮平江海碧，電光時掣紫金蛇。

新解

橫風吹雨入樓斜，壯觀應須好句誇——這兩句意為：強風挾帶著雨吹入樓中，這種壯觀的景象應該用好的詩句來誇一誇。

雨過潮平江海碧，電光時掣紫金蛇——時，時時。掣（ㄔㄜˋ），拉，拽。紫金蛇，形容閃電的形狀和色彩。這兩句意為：雨很快過去，潮水已平靜，江水遼闊如海，一眼望去，水面一片碧綠。遠方還有幾處雨雲未散，不時閃過電光，就像時隱時現的紫金蛇。

新評

這首詩寫在望海樓所見風雨，於寫景中蘊含一種人生的哲理。詩開頭時寫風雨的氣勢很猛，好像很有一番熱鬧，轉眼間卻是雨闌雲散，風停潮息，海闊天晴，變幻之快使人目瞪口呆。其實不只自然界是這樣，人世間的事情，往往也是如此變幻莫測。

❀ 孫莘老求墨妙亭詩

這首詩乃熙寧五年（1072 年）詩人在杭州時所作。熙寧五年（1072 年）二月，孫覺建亭於吳興府第中，以藏古碑刻法帖，亭名「墨妙」，向作者求詩題詠。孫莘老，名覺，字莘老，高郵人。原知廣德軍，熙寧四年（1071 年），移守湖州。他是蘇軾的朋友。

　　蘭亭繭紙入昭陵，世間遺跡猶龍騰。
　　顏公變法出新意，細筋入骨如秋鷹。
　　徐家父子亦秀絕，字外出力中藏棱。
　　嶧山傳刻典刑在，千載筆法留陽冰。
　　杜陵評書貴瘦硬，此論未公吾不憑。
　　短長肥瘦各有態，玉環飛燕誰敢憎。
　　吳興太守真好古，購買斷缺揮縑繒。
　　龜趺入座螭隱壁，空齋晝靜聞登登。
　　奇蹤散去走吳越，勝事傳說誇友朋。
　　書來乞詩要自寫，為把栗尾書溪藤。
　　後來視今猶視昔，過眼百年如風燈。
　　他年劉郎憶賀監，還道同時須服膺。

　　蘭亭繭紙入昭陵，世間遺跡猶龍騰。顏公變法出新意，細筋入骨如秋鷹 —— 蘭亭，晉代大書法家王羲之的《蘭亭集序》的寫本。書法史上評為「行書第一」。繭紙，用蠶繭做成，是晉代慣用的一種紙。相傳《蘭亭集序》以繭紙書寫。昭陵，唐太宗墓。唐太宗最喜愛王羲之的字，他死後，以舉世聞名的《蘭亭集序》真跡殉葬。世間遺跡，指王羲之的書法遺跡，除了《蘭亭集序》

真本以外，還有拓本留傳世間。龍騰，形容王羲之的字神采飛動。梁武帝評王羲之的字「如龍躍天門，虎臥鳳閣」。顏公，指顏真卿，唐代大書法家。變法，指變更書法，別具風格。細筋入骨，古人論書法，以「多骨微肉」能表現筆力者為上，謂之「筋書」。這四句意為：《蘭亭集序》真跡已被埋進昭陵了，但王羲之的書法遺跡除了《蘭亭集序》真本以外，還有拓本留傳世間，字跡仍如龍騰般神采飛動。顏真卿變革書法，別出新意，他的字細筋入骨，如秋鷹般遒勁有力。

徐家父子亦秀絕，字外出力中藏棱。嶧山傳刻典刑在，千載筆法留陽冰——徐家父子，指徐嶠之、徐浩父子，都是唐代的大書法家。徐浩尤有名，有人形容他的字如「怒猊抉石，渴驥奔泉」。藏棱，此謂筆勢遒勁而不露鋒芒。嶧山傳刻，秦始皇二十八年（西元前219年），東巡郡縣，曾在嶧山上刻石紀功，那石刻的字是李斯寫的。典刑，模範的意思。刑，通「型」。陽冰，李陽冰，唐代大書家，善小篆，他是專學秦嶧山石刻字體的。這四句意為：徐嶠之、徐浩父子的書法也異常秀麗，他們的字筆勢遒勁而不露鋒芒。秦代嶧山石刻成為後世書法的典範，千年以後李陽冰得到嶧山石刻筆法的真髓。

杜陵評書貴瘦硬，此論未公吾不憑。短長肥瘦各有態，玉環飛燕誰敢憎——杜陵，杜甫，他曾自號「杜陵野老」，其《李潮八分小篆歌》中有「書貴瘦硬方通神」之句。玉環，楊玉環，唐玄宗的妃子，是個豐腴女人。飛燕，趙飛燕，漢成帝的皇后，是個纖瘦女人。這裡用她們兩人來說肥瘦各有其美。這四句意為：杜甫評論書法以瘦硬為貴，這個結論不公正，我不以之作為評論書法的依據。人的高、矮、胖、瘦各有其美，就像歷史上楊玉環豐腴而趙飛燕纖瘦，但她們都是有名的美人，誰又敢憎惡她們呢？

吳興太守真好古，購買斷缺揮縑繒。龜趺入座螭隱壁，空齋晝靜聞登登——吳興太守，指孫覺。孫覺守吳興（湖州），故這樣稱呼。斷缺，指刻字的斷碑殘石。縑繒（ㄐㄧㄢ　ㄗㄥ），絲、帛之類。這裡借指貨幣。龜趺，指碑座。螭（ㄔ），傳說中一種無角的龍。泛指碑上的龍形雕飾。登登，拓碑的聲音。這四句意為：孫覺真喜愛古物，不惜花錢購買古代碑刻。這些買來的古代碑刻有的放在碑座上立於亭中，有的嵌於亭壁上，這空曠的屋子中白天很寂靜，只有拓碑的聲音在屋內迴響。

　　奇蹤散去走吳越，勝事傳說誇友朋。書來乞詩要自寫，為把栗尾書溪藤——栗尾，筆名。狀如錐栗，故名。溪藤，紙名。剡（ㄕㄢˋ）溪（今浙江嵊縣）這個地方所造的紙。這四句意為：孫覺將這些碑刻的拓片分贈給吳越間的友人，友人都誇獎他做的這件事。孫覺來信向「我」求詩，他要把「我」的詩用栗尾筆寫在溪藤紙上。

　　後來視今猶視昔，過眼百年如風燈。他年劉郎憶賀監，還道同時須服膺——劉郎，劉禹錫，唐代詩人。賀監，賀知章，唐代詩人，曾做過秘書監，世稱賀監。劉禹錫《洛中寺北樓見賀監草書題詩》：「高樓賀監昔曾登，壁上筆蹤龍虎騰。」服膺，謹記不忘，衷心信服。語出《中庸》：「得一善，則拳拳服膺。」這裡並用劉禹錫《洛中寺北樓見賀監草書題詩》「恨不同時便服膺」句意。這四句意為：後世的人看我們現在的人就像我們現在看過去的人一樣，百年如過眼雲煙，一切都將煙消雲散。「我」與孫覺雖是同時代的友人，但他年相憶，也會像劉禹錫對賀知章一樣衷心敬佩。

新評

　　這首詩前半部分對歷代有名書法家進行評論，並對杜甫的書法觀提出不同意見，在詩中提出了自己的美學觀：「短長肥瘦各有態，玉環飛燕誰敢憎。」這也是他對自創「肥」書風的一種自負。事實上，蘇軾的書法在中國書法史上，也的確達到了相當的高度。詩後半部分寫孫覺愛好古碑帖，書法技藝高超，自己對他衷心敬佩，點題自然貼切。

❀ 新城道中（其一）

題解

　　神宗熙寧六年（1073年）春天作。原詩共二首，此為第一首。詩人在杭州通判任上出巡所領各屬縣，自富陽赴新城途中，飽覽了秀麗明媚的春光，見到了繁忙的春耕景象，於是用輕鬆活潑的筆調寫下這首詩，抒寫自己的途中見聞和愉快的心情。新城，宋代杭州的一個屬縣，在今浙江省富陽縣新登鎮。

　　東風知我欲山行，吹斷簷間積雨聲。
　　嶺上晴雲披絮帽，樹頭初日掛銅鉦。
　　野桃含笑竹籬短，溪柳自搖沙水清。
　　西崦人家應最樂，煮葵燒筍餉春耕。

新解

　　東風知我欲山行，吹斷簷間積雨聲。嶺上晴雲披絮帽，樹頭初日掛銅鉦 —— 積雨，多日不停的雨。絮帽，絲綿帽子。比喻薄

雲環繞山嶺。銅鉦（ㄓㄥ），古代銅製的樂器。一種形狀像鐘，有柄；一種形狀像鑼，圓形。這裡比喻初日如圓鉦。這四句意為：綿綿春雨多日不停，天快亮的時候，房檐下幾天來滴滴答答地響個不停的雨聲忽然止住了，天放晴了。這是東風知道「我」有進山的打算，特意把陰雲吹散了吧。雨後的早晨，山中景色煥然一新。一座座峰巒如此清秀，頭上頂著潔白的雲朵，宛如戴上輕軟的絲綿帽子；太陽剛剛升起，掛在高高的樹梢，好像一面黃澄澄的銅鑼。

野桃含笑竹籬短，溪柳自搖沙水清。西崦人家應最樂，煮葵燒筍餉春耕 —— 西崦（一ㄢ），西山。餉，用食物款待人，這裡指給在田間工作的人送飯。這四句意為：矮矮的竹籬後面，盛開的山桃花紅撲撲的臉兒滿含笑意；清清的沙溪邊上，柳樹擺動著輕盈的枝條。這樣的天氣西山的農家應該最高興，他們煮著葵燒著筍給在田間工作的人們送飯。首二句寫詩人一路前行，路旁景色使人目不暇接。一花一木都是這樣春意盎然，這樣殷勤好客。後二句寫詩人想像農家耕種之樂，表現出詩人嚮往自然的情趣。

新評

這是一首七言律詩。開頭兩句寫多情的東風很會察言觀色，猜透了詩人心中的憂慮，並且立即慷慨相助，吹得雨散天開，這怎能不使詩人喜出望外呢！中間四句組成一套山水畫屏。前兩句描寫遠景，用的是比喻手法：山峰戴上潔白的絮帽，樹梢掛著明亮的銅鑼，把晴天雲朵和初升的太陽寫得形象生動而富有神采；後兩句描寫近景，用的是擬人手法：山桃花倚籬而笑，柳枝無風自搖，自然景物被賦予人的神態舉止，真是嫵媚極了。進得山來，桃花笑，柳條舞，一路上的風景令人欣喜。結尾二句乃詩人想像中的西山人家自耕自

種、怡然自樂的生活，反映出詩人厭惡俗務、熱愛自然的情趣。新奇的比喻，巧妙的擬人，不僅描繪出山溪花木之美，而且烘托出詩人山行之樂，內心之樂和景色之美互相映襯，互相滲透。這就是人們最愛追求的情景相生的藝術境界。

❀ 飲湖上初晴後雨

題解

熙寧六年（1073 年）作。蘇軾於神宗熙寧四年（1071 年）至七年（1074 年）在杭州任通判期間，曾寫了大量詠西湖景物的詩。這是最膾炙人口的一首。此題下原作有兩首，這是第二首。

水光瀲灩晴方好，山色空濛雨亦奇。
欲把西湖比西子，濃妝淡抹總相宜。

新解

水光瀲灩晴方好，山色空濛雨亦奇 —— 瀲灩（ㄌㄧㄢˋ ㄧㄢˋ），水光閃動的樣子。方好，正顯得美好。空濛，形容雨中煙霧彌漫，似有若無。這兩句意為：在燦爛的陽光照耀下，西湖水波蕩漾，波光閃閃，十分美麗。在雨幕籠罩下，西湖周圍的群山迷迷茫茫，若有若無，非常奇妙。

欲把西湖比西子，濃妝淡抹總相宜 —— 西子，即西施，春秋時越國著名的美女。姓施，家住浣紗溪村（在今浙江諸暨縣）西，所以稱為西施。這兩句意為：若將西湖與美女西施進行比較，西施無論濃施粉黛還是淡描蛾眉，總是風姿綽約；而西湖不管晴姿

雨態還是花朝月夕，都美妙無比，令人神往。詩人用一個奇妙而又貼切的比喻，寫出了西湖的神韻。詩人之所以拿西施來比西湖，不僅是因為二者同在越地，同有一個「西」字，同樣具有婀娜多姿的陰柔之美，更主要的是她們都具有天然美的姿質，不用借助外物，不必依靠人為的修飾，隨時都能展現美的風致。這個比喻得到後世的公認，從此，「西子湖」就成了西湖的別稱。

新評

　　這首詩寫杭州西湖的水光山色，概括性很強，它不是描寫西湖的一處之景、一時之景，而是對西湖美景的全面評價。詩人以古代美女西施之美來比喻西湖的奇麗景色，西湖不論是晴天還是雨天，就如淡妝濃抹的西施一樣，總是展示出她不可抗拒的魅力。這種奇巧的比喻，寫出西湖的形象之美，令人嚮往，更是點睛之筆，不但與前銜接得渾然天成，而且比喻本身新穎妙麗，「成為西湖定評」，從此「西子湖」就成了西湖的別稱，這首詩堪稱絕唱。

❀ 唐道人言：天目山上俯視雷雨，每大雷電，但聞雲中如嬰兒聲，殊不聞雷震也

題解

　　這首詩作於熙寧六年（1073 年）。詩人塑造了一個站在天目山上的「已外浮名更外身」的高人形象，闡發了置身度外才能蔑視一切的道理。唐道人，字子霞，曾作《天目山真境錄》。天目山，在今浙江省西北部。清代查慎行注引《咸淳臨安志》：「天目山有雷神宅，在西尖峰半山間。」

已外浮名更外身，區區雷電若為神？

山頭只作嬰兒看，無限人間失箸人。(ㄓㄨㄟ：筷子)

新解

　　已外浮名更外身，區區雷電若為神？山頭只作嬰兒看，無限人間失箸人——外，置之度外。區區，不重要。失箸，據《三國志‧蜀書‧先主傳》和《華陽國志》，曹操曾與劉備論天下英雄：「曹操從容謂先主（按：指劉備）曰：『今天下英雄，惟使君與孤耳，本初（指袁紹）之徒，不足數也。』先主方食，失匕箸（筷子）。」「於時正當雷震，備因謂操曰：『聖人云：迅雷風烈必變。良有以也。』」這四句意為：「我」已將名利置之度外，更將生命置之度外，對「我」這樣的人來說，小小的雷霆和閃電又怎能稱為神呢？站在天目山頂隔著雲層俯聽山下的雷鳴，只不過像是嬰兒的哭聲那樣微弱；而山下之人聽了，卻是非常的響，一聽到雷聲就心驚色變、喪魂落魄。詩人以「失箸人」比喻膽小的人，用比喻的手法表達出一種人生哲理。

新評

　　把雷聲當做嬰兒聲的比喻觸動了詩人的思緒，使他即景賦詩。從自然科學的角度看，離放電的雲層越遠，聽到的雷聲就越低，詩人卻由此引申出具有一定普遍意義的哲理：所謂「雷霆之威」，對於一個不以個人的生命、浮名為重的人是不起作用的。詩人一生飽嘗人間辛酸，對官場黑暗、仕途險惡以及人情冷暖感受頗深，加上佛道思想對他的影響，漸漸使他形成了達觀的思想。在他看來，一個人只要沒有貪求名利富貴、苟且偷生等雜念，就不會陷入鬥爭的漩渦，也用不著整日擔驚受怕。任它乾坤顛倒、風雲變幻、雷劈電

閃，自己都能超然物外，心不驚、色不變。詩人對這樣一個深刻的道理，在詩中沒有直說，而是運用比喻手法，透過眼前景物，妙寄物外之理，似有意似無意的哲理韻味使讀者獲益匪淺。這就是宋詩所具有的理趣。

❀ 有美堂暴雨

題解

本篇作於熙寧六年（1073 年）初秋。蘇軾在杭州吳山之巔觀看錢塘江，繪聲繪色地摹寫了當時暴雨襲來時的壯美景觀。有美堂，在杭州吳山的最高處，遙對海門。嘉祐二年（1057 年），梅摯出知杭州，仁宗皇帝親自賦詩送行，中有「地有吳山美，東南第一州」之句。梅到杭州後，就在吳山頂上建堂，名有美堂，以見榮寵。歐陽修曾為他作《有美堂記》。

> 遊人腳底一聲雷，滿座頑雲撥不開。
> 天外黑風吹海立，浙東飛雨過江來。
> 十分瀲灩金尊凸，千杖敲鏗羯鼓催。
> 喚起謫仙泉灑面，倒傾鮫室瀉瓊瑰。

新解

遊人腳底一聲雷，滿座頑雲撥不開——頑雲，猶濃雲。這兩句意為：暴雨欲來，在接近地面處響起一聲炸雷，烏雲濃而且低，籠罩滿座，撥都撥不開。這兩句寫雨來前的情景。

天外黑風吹海立，浙東飛雨過江來——浙東，杭州在浙江（錢塘江）西邊，故云。這兩句意為：從天外來的黑風迅猛暴烈，吹得大海好像立起來一樣，大雨飛快地越過錢塘江。這兩句寫暴雨突來的情景。「天外」句用杜甫《朝獻太清宮賦》「四海之水皆立」句意。

十分瀲灩金尊凸，千杖敲鏗羯鼓催——瀲灩，水波相連的樣子。凸，高出。敲鏗，啄木鳥啄木聲，這裡借指打鼓聲。羯鼓，從羯族傳入的一種用兩杖打擊的樂器，盛行於唐開元、天寶年間。這兩句意為：暴雨中錢塘江水勢如同華美酒杯中斟滿之酒高過杯口就要溢出，暴雨聲好像千杖急下敲響的羯鼓。這兩句描摹暴雨中錢塘江水的形態和聲勢。

喚起謫仙泉灑面，倒傾鮫室瀉瓊瑰——謫仙，被貶謫下凡的仙人，指李白。賀知章曾讚美他為「謫仙人」。泉灑面，唐玄宗曾譜新曲，召李白作詩。李白已醉，玄宗命人以水灑面，使之清醒。這裡作者隱以李白自況。鮫室，神話中海中鮫人所居之處，這裡指海。鮫人是神話傳說中居於海底的怪人，其淚珠就是珍珠。瓊瑰，美玉，比喻傑出的詩文。這兩句意為：這暴雨有如天帝要喚醒李白賦詩而灑的清水，又好像弄倒了鮫人之室而傾瀉下來的珍珠美玉。這兩句是詩人的聯想。

新評

此詩通篇描寫暴雨，前半篇用賦的手法，後半篇用的是比的手法。其首聯非常形象地寫出了雨前一　那的氣氛：在撥不開的濃雲堆積低空的時候，一聲炸雷從雲中鑽出來了，預示暴雨即將來臨。次聯中上句是想像，下句是親見。在詩的後半部分，作者接連用了幾個比喻來形容這場暴雨。一寫雨勢之來，竟如金杯中斟滿的酒高

出了杯面;二寫雨聲之急,竟如羯鼓被千根鼓杖趕著打擊,充滿鏗鏘之聲。蘇軾當時正在有美堂中宴飲,筵中有鼓樂,所以見景生情,因近取譬。但詩人飛騰的想像並沒有到此為止,他忽然想到詩仙李白的故事。這一場暴雨也許是老天爺為了使醉中的李白迅速醒來,好寫出許多氣勢磅的詩篇,所以特地將雨灑在他的臉上吧。

蘇軾在這首詩中,任憑想像力馳騁於大自然的奇觀之中,其用詞之奇特、瑰麗,無不令人想到唐代詩人李賀,但其氣勢之奔騰不羈,其韻律之琅琅悅耳,卻又超越了李賀。整首詩筆勢酣暢,聯想豐富奇特、瑰麗雄傑,歷來備受推崇,被視為蘇軾清雄風格的代表作。

❀ 法惠寺橫翠閣

題解

熙寧六年(1073 年)春作,作者時任杭州通判。法惠寺,故址在今杭州清波門外,本名興慶寺,五代時吳越王錢俶所建。

朝見吳山橫,暮見吳山縱;吳山故多態,轉側為君容。
幽人起朱閣,空洞更無物;惟有千步岡,東西作簾額。
春來故國歸無期,人言秋悲春更悲。
已泛平湖思濯錦,更看橫翠憶峨眉。
雕欄能得幾時好,不獨憑欄人易老。
百年興廢更堪哀,懸知草莽化池台。
遊人尋我舊遊處,但覓吳山橫處來。

新解

朝見吳山橫，暮見吳山縱；吳山故多態，轉側為君容——吳山，一名胥山，又名城隍山，在今杭州市內西南角。故，本來。轉側，即輾轉反側，不斷挪動位置。容，裝飾、打扮。這四句意為：早晨看吳山，它蜿蜒橫互；傍晚看吳山，它高高聳立。吳山從各種不同的角度為能夠欣賞它的人作出各種姿態。朝橫暮縱，是說吳山一日之間，你這時看它是這樣，另一個時候瞧它又是另一個樣子。後兩句將吳山擬人化，把吳山比做形態多變的美女。

幽人起朱閣，空洞更無物；惟有千步岡，東西作簾額——幽人，高人雅士，這裡指法惠寺的和尚。朱閣，一般寺廟都以紅漆塗飾，所以稱為朱閣。這裡指橫翠閣。空洞，既指橫翠閣中沒有什麼陳設，也指寺中和尚四大皆空，了無掛礙。千步岡，指白天所見橫在眼中的吳山。東西，指自左到右。簾額，門窗上掛的簾子，懸在上端，有如人額。這四句意為：寺中僧人蓋起這朱紅色的橫翠閣，閣裡什麼陳設都沒有，閣外亦然，只有吳山擋在窗外，彷彿是遮窗的簾子。這四句有奇趣，亦有禪味。

春來故國歸無期，人言秋悲春更悲。已泛平湖思濯錦，更看橫翠憶峨眉——故國，故鄉、老家。人言秋悲，戰國時宋玉在《九辯》中說：「悲哉！秋之為氣也。」即此所指。泛，乘船。平湖，風平浪靜的湖，指西湖。濯錦，即濯錦江。傳說錦在其中洗濯後顏色特別鮮豔，故名濯錦江，簡稱錦江。峨眉，山名，在今四川峨眉縣西南。這四句意為：春天到了，「我」想回故鄉卻遙遙無期。人們常說秋天是令人悲傷的季節，可是「我」覺得春天比秋天更加令人悲傷。泛舟西湖就會想念故鄉的濯錦江，望見吳山就更加懷念故鄉的峨眉山。

雕欄能得幾時好，不獨憑欄人易老。百年興廢更堪哀，懸知

草莽化池台。遊人尋我舊遊處，但覓吳山橫處來——雕欄，有彩飾的欄杆。懸知，預知。草莽化池台，即池塘化為草莽。這六句意為：不只是憑欄而立的人容易衰老，就是那雕刻精美的欄杆又能保存多久呢？人世間百年興亡更加令人悲哀，「我」能預知這池塘台閣將荒廢化為草莽。多年以後遊人尋找當年「我」曾遊過的地方，就只能找到那縱橫的吳山了。首兩句是化用南唐後主李煜《虞美人》「雕欄玉砌應猶在，只是朱顏改」和《浪淘沙》「獨自莫憑欄，無限江山，別時容易見時難」詞意。結尾四句設想未來情事，有滄海桑田的感喟。

新評

蘇軾寫吳山，重在傳神寫意，筆致活潑跳脫。他不僅抒寫了春日思鄉傷老之情，還進一步觸發百年興廢之感，寄寓人生哲理。全詩錯綜變化，波瀾起伏，奇氣橫溢。此詩前半部分首先寫詩人多次從寺中登閣，遠眺吳山，因光照的明暗不同，白天看到它蜿蜒地橫在眼前，而黑夜中則視線模糊，看不周全，但見其高，所以覺其非橫列而係縱立。接著，在詩人的想像中，吳山被人格化了。她猶如一位佳人，女為悅己者容，所以便在不同的時間、不同的角度中，為能夠愛賞她的人，作出千姿百態。以下由寫山進而寫閣和建閣的人，卻不從正面落筆。橫翠閣自非一座空屋，說它空洞無物，乃是讚美建閣人雖然修建了這座美好的閣子，其中當然也有陳設，但並不影響他無掛無礙、四大皆空的心性。所以只餘有情的青山橫列閣外，似為之裝飾而已。詩的後半部分由於觀賞杭州春天的美好景色，更加懷想難以回歸的家鄉。又由朱閣雕欄之易朽，想到光陰之短促，生命之無常，而致概於若干年後，不僅自己早已去世，橫翠閣也當不復存在。後人來遊，恐怕只能尋到仍然橫列的吳山了。情致纏綿，

有餘不盡。

　　這首詩展現了蘇軾七古在謀篇佈局上曲折多變而脈絡分明的藝術特點。從佈局上看，此詩前八句，五言，側重寫景；後十句，七言，側重寫情。前十二句，四句一轉韻；中隔以雕欄二句，末複以四句轉一平韻為收，於整齊中見變化，而且聲情相應。思鄉的悲涼之感與處世的曠達之懷達到了巧妙的平衡。

❀ 書雙竹湛師房二首（選一）

題解

　　此詩是蘇軾在熙寧六年（1073 年）為杭州廣嚴寺住持湛師而作。雙竹，廣嚴寺內有竹林，因所生竹成雙成對，故又名雙竹寺。

　　暮鼓朝鐘自擊撞，閉門孤枕對殘釭。
　　白灰旋撥通紅火，臥聽蕭蕭雨打窗。

新解

　　暮鼓朝鐘自擊撞，閉門孤枕對殘釭。白灰旋撥通紅火，臥聽蕭蕭雨打窗——釭（ㄍㄤ），指燈盞。這四句意為：寺院中的暮鼓晨鐘自行擊撞，「我」關門不問，只是對著漸漸暗淡的燈光孤枕而眠。「我」剛撥開一層白色的煙灰就發現裡面有一團通紅的火焰，在這風雨之夜「我」躺在床上聽著那蕭蕭的風雨打窗之聲。

新評

　　這首詩寫詩人夜宿寺院的心境。詩人不僅客觀地再現了山寺的

日常情景，而且融情於景，抒寫了主觀情思，表達了超曠的襟懷，使讀者感到一種咀嚼雋永的意趣。清人紀昀在評此詩時說：「意自尋常，語頗清脫。」

❖ 病中遊祖塔院

題解

這首詩寫於熙寧六年（1073年），蘇軾時任杭州通判。祖塔院，在杭州南山，唐開成二年（837年）欽山法師建造。因南泉、臨濟、趙州、雪峰等高僧常到此，所以起了這個名字，現在叫虎跑寺，中有著名的虎跑泉。

紫李黃瓜村路香，烏紗白葛道衣涼。
閉門野寺松陰轉，欹枕風軒客夢長。
因病得閒殊不惡，安心是藥更無方。
道人不惜階前水，借與匏樽自在嘗。

新解

紫李黃瓜村路香，烏紗白葛道衣涼。閉門野寺松陰轉，欹枕風軒客夢長——紫李，紫色的李子（一種水果）。烏紗，本是官帽，至唐時，已逐漸流行於民間。白葛道衣，用白色葛布做的衣服。由於作者好佛，又是到寺裡去，所以把自己的衣服稱做道衣。欹，倚。這四句意為：鄉村小路上飄蕩著紫李和黃瓜的清香，「我」戴著烏紗帽穿著白葛衣服，感到很涼爽。寺院的門關著，寺中松樹的影子隨著太陽的移動而轉動，「我」倚著枕在通風很好的小

屋裡睡得很香。

因病得閒殊不惡，安心是藥更無方。道人不惜階前水，借與
匏樽自在嘗——惡，令人厭惡。安心是藥，《景德傳燈錄》卷三：
「二祖謂達摩曰：『我心未安，請師安心。』達摩曰：『將心來
與汝安。』二祖曰：『覓心了不可得。』達摩曰：『與汝安心竟。』」
本意是安心要靠自己，不假外求，這裡則進一步說，得病亦是心
有未安的表現。階前水，指虎跑泉中的水。匏（ㄆㄠˊ）樽，把
匏瓜剖開做成的一種酒器。這四句意為：因病得閒也沒有什麼不
好的，有病除了安心之外別無其他藥方。寺院中的僧人不吝惜階
前的虎跑泉水，借給「我」舀水工具讓「我」盡情地喝。

新評

全詩從赴寺寫起，先寫出路上的景物和心情，然後是到寺後的
景物和心情，三聯宕開一筆，承接題中的「病」並談到自己的感受，
最後點出僧人與自己的關係，從而把情和景一起縮結。這首詩以禪
理寫人生，寫出了作者委運任化、安閒自適的心境，意味深長，別
具情趣。

❀ 書焦山綸長老壁

題解

此詩作於熙寧七年（1074 年）。焦山，在今江蘇鎮江長江中，
與金山相對，因東漢末焦先隱居於此而得名。上有焦山寺。綸長
老，焦山寺僧，生平不詳。

法師住焦山，而實未嘗住。

我來輒問法，法師了無語。

法師非無語，不知所答故。

君看頭與足，本自安冠屨。

譬如長鬣人，不以長為苦。

一旦人或問，每睡安所措？

歸來被上下，一夜著無處。

輾轉遂達晨，意欲盡鑷去。

此言雖鄙淺，故自有深趣。

持此問法師，法師一笑許。

新解

　　法師住焦山，而實未嘗住。我來輒問法，法師了無語。法師非無語，不知所答故——法師，指綸長老。輒，則，就。了，完全。這六句意為：綸長老居住在焦山，但實際上他的心並不拘泥於此。「我」來到焦山寺就向他請教佛法要義，他卻無話可說。他並不是無話可說，而是因為他不知道回答什麼。

　　君看頭與足，本自安冠屨。譬如長鬣人，不以長為苦。一旦人或問，每睡安所措？歸來被上下，一夜著無處。輾轉遂達晨，意欲盡鑷去——冠，帽子。屨，鞋子。長鬣（ㄌㄧㄝˋ）人，長著長鬍子的人。措，安放，安置。鑷（ㄋㄧㄝˋ），拔掉。這十句意為：頭本來是戴帽子的，腳本來是穿鞋子的。有一個人，長了一臉長鬍子，自己並不以其長為苦。某一天，忽然有人問他：「你的鬍子這麼長，睡覺的時候放哪兒呢？」這位大鬍子回來之後睡覺時覺得鬍子放在被子上面不自在，放在被子下面也不自在，就這樣輾轉反側，一夜無眠。到天亮之後就想把長鬍子全都剪掉。

此言雖鄙淺，故自有深趣。持此問法師，法師一笑許——這個故事雖然鄙薄淺俗，可自有深刻意趣。「我」拿這個故事去問綸長老，他笑了一下表示贊同。

新評

這首詩通篇以形象的比喻寓哲理、見理趣。「法師住焦山」，是居住之住；「而實未嘗住」，是「無所住而生其心」之住，全詩即由此生發。在禪家心目中，人們應該順應本性，通脫無礙，發揚主體精神，不為外物所移。為了說明這一點，蘇軾用了「小說家言」——一個長鬍子人的故事。他的煩惱從哪裡來呢？他的煩惱原是生於他自身。這說明，一切的行為衝突都來源於主體的內心，而求得解放，也只能透過治心才行。人們在社會生活中，到底依據什麼來決定自己的行為標準？是別人的評判，還是自己的感受？在這一點上，蘇軾的這首詩給我們很大的啟發。當然，這種靡所依傍，相信自我，獨任性靈的思想，對文學創作的啟發也很大。把這種態度用於作詩，就是「信手拈得俱天成」（《次韻孔毅父集古人句見贈》）。這種衝破常法，不在前人或常人圈子中討生活的態度，正是蘇軾的藝術創作取得巨大成就的重要原因之一。

❀ 過永樂文長老已卒

題解

此詩作於熙寧七年（1074 年）。永樂，即永樂鄉，在秀州（今浙江嘉興）西北十五里。文長老，即蜀僧文及。永樂報本禪院住持。蘇軾本為蜀人（眉州眉山人），他與文長老既是同鄉，又是文友。

初驚鶴瘦不可識，旋覺雲歸無處尋。

三過門間老病死，一彈指頃去來今。

存亡慣見渾無淚，鄉井難忘尚有心。

欲向錢塘訪圓澤，葛洪川畔待秋深。

新解

初驚鶴瘦不可識，旋覺雲歸無處尋。三過門間老病死，一彈指頃去來今——鶴瘦，喻指文長老病瘦如鶴。旋，不久。雲歸，喻指文長老已病死。鶴、雲，喻指文長老。古人常以閒雲野鶴稱世外高人。三過門，蘇軾曾三次到秀州報本禪院訪文長老。第一次在熙寧五年（1072年）十二月，作《秀州報本禪院鄉僧文長老方丈》一詩；第二次在熙寧六年（1073年）十一月，作《夜至永樂文長老院，文時臥病退院》一詩；第三次在熙寧七年（1074年）五月，作此詩。老病死，詩人三次訪文長老，文長老的狀況正好是「老病死」，而佛家以生老病死為人生四苦，此處用佛家教義。彈指，佛教計時單位。二十念為一瞬，二十瞬為一彈指。頃，時間短暫。去來今，指佛家所稱的三世（過去世、未來世、現在世）。這四句意為：上次見面時文長老消瘦的病容已經快讓人認不出他來了，不久之後去看他，他已經病死了。「我」三次拜訪文長老，文長老的狀況正好是衰老、生病、死亡，一眨眼間，世事已變化很大。後二句在語典和實事之間，確是天衣無縫。

存亡慣見渾無淚，鄉井難忘尚有心。欲向錢塘訪圓澤，葛洪川畔待秋深——渾，全。圓澤，唐人袁郊《甘澤謠》載，洛陽惠林寺僧圓澤與李源相友善，曾與源相約，卒後十二年在杭州天竺寺相見。十二年後，李源如約來到寺前，在葛洪川旁聽一牧童口中作歌：「三生石上舊精魂，賞月吟風不要論。慚愧情人遠相訪，

此身雖異性長存。」蘇軾曾根據《甘澤謠》而成《僧圓澤傳》。
這四句意為：「我」見慣了生死存亡，已經沒有眼淚了，但是與
文長老的鄉情還是難忘的。「我」想像李源赴圓澤約那樣去杭州
等著，在葛洪川邊一直等到深秋。最後兩句是希望文長老能像圓
澤那樣，來世能和自己重見，盡露思念文長老之情長且久矣。

新評

　　此篇係悼亡之作，懷念惋惜之情深切感人；尤為難得的是，由
於文長老為僧人，故通篇又充滿佛家禪理，不同於一般的悼亡之作。
這首詩意沉著而語優美，言有盡而意無窮，詩中典故的運用極為貼
切，結構上曲折頓挫，千百年以來膾炙人口。

❀ 送春

題解

　　此詩作於熙寧八年（1075 年）密州任上，是蘇軾《和子由四
首》中的一首。蘇轍於熙寧七年（1074 年）春末任齊州（治所在
今山東濟南）掌書記時，作《次韻劉敏殿丞送春》，蘇軾此詩就
是和這一首的，可稱和詩的和詩。

　　夢裡青春可得追？欲將詩句絆餘暉。
　　酒闌病客惟思睡，蜜熟黃蜂也懶飛。
　　芍藥櫻桃俱掃地，鬢絲禪榻兩忘機。
　　憑君借取法界觀，一洗人間萬事非。

新解

夢裡青春可得追？欲將詩句絆餘暉。酒闌病客惟思睡，蜜熟黃蜂也懶飛——絆，羈絆。酒闌，飲酒將罷。病客，作者自指。這四句意為：夢中逝去的春光還能追回來嗎？「我」想用作詩吟句絆住夕陽的光輝。飲酒將罷「我」只想去睡覺，雖然花蜜已經熟了，黃蜂卻懶得去采。首句內涵豐富，既傷春又傷時，感傷青春的虛度。第三句表達出詩人心灰意懶之意。

芍藥櫻桃俱掃地，鬢絲禪榻兩忘機。憑君借取法界觀，一洗人間萬事非——掃地，是說花謝了。忘機，沒有機心，言心無得失，無紛擾。法界觀（ㄍㄨㄢˋ），是佛教華嚴宗的一部重要著作的簡稱，本名《修大方廣佛華嚴法界觀門》，唐代杜順述，宗密注。這四句意為：芍藥花和櫻桃花都已凋謝了，「我」已經泯除機心，淡泊寧靜，不把生死榮辱放在心上。「我」向你借《法界觀》這本書，用其中的圓融無礙之說洗卻人間一切煩惱。

新評

本詩既可說是惜春，又可說是傷時，感傷整個青春的虛度，也包括了個人仕途的失意和對時局的感喟，意境頗為消沉。中間兩聯又極富變化，情與景互相交織，虛虛實實。與蘇轍的原詩相比，蘇軾的這首詩無論在思想性還是藝術性上都超過了原詩。

❀ 寄黎眉州

題解

這首詩是蘇軾熙寧九年（1076年）在密州任上寄贈黎的。黎，

字希聲，四川渠江人，是一位研究《春秋》的儒者，曾著有《春秋經解》。熙寧八年（1075 年），他以尚書屯田郎中出知眉州，所以稱「黎眉州」。

膠西高處望西川，應在孤雲落照邊。
瓦屋寒堆春後雪，峨眉翠掃雨餘天。
治經方笑春秋學，好士今無六一賢。
且待淵明賦歸去，共將詩酒趁流年。

新解

膠西高處望西川，應在孤雲落照邊。瓦屋寒堆春後雪，峨眉翠掃雨餘天 —— 膠西，指密州。時作者在密州。密州在膠河以西。西川，四川西部。作者的故鄉眉山，以及詩中所詠的「瓦屋」、「峨眉」都在四川西部，故云。瓦屋，山名，今屬眉山市洪雅縣，國家級森林公園。峨眉，山名。佛教四大名山之一。這四句意為：站在密州高處遙望四川西部，那裡應是孤雲飄動夕陽西下的地方。瓦屋山上堆積著春後下的雪，峨眉山上雨後一片翠綠。這幾句是遙望故鄉想像故鄉的景色。

治經方笑春秋學，好士今無六一賢。且待淵明賦歸去，共將詩酒趁流年 —— 笑春秋學，王安石素不喜《春秋》，說那是一本古代的「斷爛朝報」。六一，指歐陽修，歐陽修以「藏書一萬卷，集采三代以來金石遺文一千卷，有琴一張，有棋一局，而常置酒一壺；以吾一翁，老於此物之間」，自號六一居士。歐陽修曾經以「文行蘇洵，經術黎」向宋英宗推薦二人。歸去，晉代陶淵明棄官歸隱，曾作有名的《歸去來兮辭》，這裡作者以此自況。這四句意為：研究經學的正嘲笑《春秋》學，喜歡人才的現在已沒

有像歐陽修那樣的賢人了。那就等著像晉陶淵明那樣賦《歸去來兮辭》，棄官歸隱，以詩酒度過餘年吧。這幾句聯繫時勢，表明歸隱心志。

新評

這首詩表達了詩人與黎之間的友情，並表達了對他們共同的恩師歐陽修的懷念。由於當時王安石執政，推行新法，蘇軾不滿新法，政治上受壓抑，思鄉、歸隱之情也油然而生，結尾二句正是這種心態的反映。

❀ 東欄梨花

題解

此詩作於熙寧十年（1077 年），為《和孔密州五絕》（五首）中的第三首。熙寧九年（1076 年）冬，蘇軾罷密州任，孔宗翰繼任知州，故稱「孔密州」。第二年四月蘇軾到徐州任，作此詩寄孔。

梨花淡白柳深青，柳絮飛時花滿城。
惆悵東欄一株雪，人生看得幾清明。

新解

梨花淡白柳深青，柳絮飛時花滿城。惆悵東欄一株雪，人生看得幾清明——一株雪，指梨樹。杜牧以「砌下梨花一堆雪」比喻梨花的潔白，蘇軾化用其語。清明，清明節。這四句意為：梨花是淡白色的，柳葉是深青色的，柳絮飛時梨花開滿城中。看著

東欄下的一株梨花「我」感到十分惆悵，人的一生究竟能看得到幾個清明節呢！梨花的淡白，柳葉的深青，這一對比，景色立刻就鮮活了，再加上第二句的動態描寫，春意之濃，春愁之深，更加烘托出來。

新評

《東欄梨花》，看似很平淡，好像人人都寫得出這樣的詩，但此詩由梨花的盛開感悟到人生的短促，充滿了「人生如寄」之感。全詩涵蘊甚深，有弦外之音，題外之旨。比起波瀾壯闊、氣象萬千的七古，這首清新絕俗的小詩更有它令人喜愛的特色。

❀ 篔簹谷

題解

這首詩是蘇軾《和文與可洋州園池三十首》中的第二十四首。《名勝志》載：「篔谷，在洋縣城西北五里。」文與可（名同，蘇軾的從表兄，善畫竹及山水。二人相交甚厚，經常有詩文往來）官洋州（在今陝西境內）時，曾於谷中築披雲亭，經常遊賞其中。篔簹（ㄩㄣˊ　ㄉㄤ）是一種高大的竹子。據《異物志》：「篔簹生在水邊，長數丈，圍尺五六寸，一節相去六七尺，或相去一丈，土人績以為布。」篔簹

漢川修竹賤如蓬，斤斧何曾赦籜龍？
料得清貧饞太守，渭濱千畝在胸中。

漢川修竹賤如蓬，斤斧何曾赦籜龍？料得清貧饞太守，渭濱千畝在胸中——蓬，蓬草，也叫「飛蓬」。籜（ㄊㄨㄛˋ）龍，竹筍的別名。《事物異名錄·蔬穀·筍》：「竹譜，筍世呼為稚子，又曰稚龍，曰籜龍，曰龍孫。」渭濱，渭水。太守，指文與可，時任洋州太守。這四句意為：漢川的修竹極多，像蓬草一樣賤，刀斧卻不曾饒過竹筍。「我」猜想清貧的太守一定見此野味而嘴饞，乃至想把渭水流域的千畝之竹盡吞胸中。第二句暗含借惜竹之情抒發賢才遭到摧殘的感慨。結尾二句，既有羨慕之情，又有戲謔的成分。

新評

這首詩寫竹筍給文與可的生活帶來的樂趣和情味，同時也暗含以筍托人，抒發賢才遭受摧殘的感慨。這首詩整體的風格是既沉重又輕快：暗喻和寄託造成了沉重的一面；戲謔與讚美又使情調變得詼諧而輕鬆。蘇軾在《文與可畫篔簹谷偃竹記》中寫道：「餘詩云：『料得清貧饞太守，渭濱千畝在胸中。』與可是日與其妻游谷中，燒筍晚食，發函得詩，失笑，噴飯案。」

❀ 韓幹馬十四匹

題解

熙寧十年（1077）在徐州作。韓幹，唐代畫家，京兆藍田（今屬陝西）人，與其師曹霸皆以畫馬著稱。十四匹，標明畫中馬的數量是十四匹，但從詩人的描述看，畫中實際上有十六匹馬。南宋樓鑰在《攻媿集·題趙尊道渥窪圖序》中也說，他看見的這幅渥

窪圖乃是李公麟所臨韓幹畫馬圖,即蘇軾所賦詩者,圖中「馬實十六」。

> 二馬並驅攢八蹄,二馬宛頸鬃尾齊。
> 一馬任前雙舉後,一馬卻避長鳴嘶。
> 老髯奚官騎且顧,前身作馬通馬語。
> 後有八匹飲且行,微流赴吻若有聲。
> 前者既濟出林鶴,後者欲涉鶴俯啄。
> 最後一匹馬中龍,不嘶不動尾搖風。
> 韓生畫馬真是馬,蘇子作詩如見畫。
> 世無伯樂亦無韓,此詩此畫誰當看。

新解

二馬並驅攢八蹄,二馬宛頸鬃尾齊。一馬任前雙舉後,一馬卻避長鳴嘶。老髯奚官騎且顧,前身作馬通馬語——攢,聚在一起。宛,彎曲。任,用。前,指前腿。奚官,指養馬的役人,在盛唐時代多由胡人充當。前身作馬,謂奚官的前身可能曾是馬,形容他深知馬的習性。唐代孫光憲《北夢瑣言》謂浙西劉三複自言前身曾為馬。這六句意為:兩匹馬並駕齊驅,八隻馬蹄聚在一起騰空而起;兩匹馬彎著脖子,鬃尾長短一樣,齊步行進。一匹馬在前,用前腿負全身之重而雙舉後腿踢後一匹馬,後一匹馬一邊退避一邊長聲嘶鳴。一位年老長有長鬍子的養馬人騎在馬上回頭看,他的前身可能曾是馬,似乎精通馬的語言。這幾句詩描寫了七匹馬的形態。

後有八匹飲且行,微流赴吻若有聲。前者既濟出林鶴,後者欲涉鶴俯啄。最後一匹馬中龍,不嘶不動尾搖風——吻,指馬的

嘴唇。這六句意為:後面還有八匹馬一邊喝水一邊走,小水流被吸入馬的嘴唇,彷彿發出汩汩的聲響。走在前面的馬已經渡到岸邊,像出林鶴一樣要昂首上岸,走在後面的馬正要渡河,像鶴俯下身啄東西那樣低頭入水。最後一匹馬像馬中的龍一樣,站在岸上不動不叫,在風中悠閒地搖晃著尾巴。這幾句詩描寫了九匹馬的形態。

韓生畫馬真是馬,蘇子作詩如見畫。世無伯樂亦無韓,此詩此畫誰當看——韓生,指韓幹。蘇子,指作者自己。這四句意為:韓幹畫的馬同真馬是一樣的,看「我」作的題畫詩就像見到所題之畫一樣。世間沒有善於相馬的伯樂,也就沒有善於畫馬的韓幹;連現實中的駿馬都無人賞識,更何況畫中的馬、詩中的馬呢?那麼「我」作的詩和韓幹的畫又有誰去看呢?這四句點題,收束全篇,感慨無限,意蘊無窮。

新評

這是一首題畫詩,詩人只用寥寥數筆,就使十六匹馬的動作、神態、風韻一一活現紙上,刻畫精工傳神。不僅如此,詩人還用傳神之筆寫出畫面上所沒有的東西(如馬喝水聲),擴大了畫境。詩人自稱「蘇子作詩如見畫」,確非自誇之詞。另外,這首詩多次換韻、換筆、換意,章法上跳躍跌宕,錯落有致,極有特色,是蘇軾七古題畫詩中的名篇。

❀ 李思訓畫長江絕島圖

題解

本詩為元豐元年（1078年）詩人在徐州時所作。蘇軾知畫善畫，作了大量評畫、題畫的詩文，本詩是其中的名篇之一。李思訓，唐代著名山水畫家，我國山水畫北宗的創始人。他是唐朝的宗室，開元間官至右武衛大將軍。他的山水畫被稱為「李將軍山水」。

　　山蒼蒼，水茫茫，大孤小孤江中央。
　　崖崩路絕猿鳥去，惟有喬木攙天長。
　　客舟何處來？棹歌中流聲抑揚。
　　沙平風軟望不到，孤山久與船低昂。
　　峨峨兩煙鬟，曉鏡開新妝。
　　舟中賈客莫漫狂，小姑前年嫁彭郎。

新解

　　山蒼蒼，水茫茫，大孤小孤江中央。崖崩路絕猿鳥去，惟有喬木攙天長 —— 大孤小孤，指大孤山、小孤山。大孤山在今江西九江東南鄱陽湖中，一峰獨峙；小孤山在今江西彭澤縣北、安徽宿松縣東南的江水中。兩山屹立江中，遙遙相對。攙，刺，直刺。這四句意為：在山水蒼茫的背景下，大孤山、小孤山聳立在長江中間。山崖崩斷，道路斷絕，山勢險得連猿鳥都不能停留，只見山上的樹木高聳入雲。

　　客舟何處來？棹歌中流聲抑揚。沙平風軟望不到，孤山久與船低昂 —— 低昂，一高一低，起伏不定。這四句意為：載客的小船是從何處來的？抑揚頓挫的船歌聲在長江中流回蕩。沙灘平坦，江風柔和，看不到遠處的景物，大小孤山和船一高一低，起伏不定。

　　峨峨兩煙鬟，曉鏡開新妝。舟中賈客莫漫狂，小姑前年嫁彭

郎——峨峨，高聳的樣子。兩煙鬟，指大小孤山，以女子的髮髻比擬大小孤山水霧繚繞的峰巒。曉鏡，以婦女的梳妝鏡比喻明淨的江面。賈（《ㄨˇ）客，商人。小姑，指小孤山。彭郎，即澎浪磯，在小孤山對面。民間傳說中以山擬人，說彭郎是小姑的夫君。這四句意為：大小孤山水霧繚繞的峰巒遠看如高聳的女人的髮髻，明淨的江面如婦女嶄新的梳妝鏡。船上的商人舉止不要輕狂，美麗的小姑早已嫁給彭郎了。這裡形容江山秀美，人們不能自禁其愛。

新評

　　這首詩是蘇軾題畫詩中的名篇，詩中對畫未加評價，只是將畫的內容傳達給讀者。詩人既寫畫中實景，又在詩的結尾引入了有關畫中風景的民間故事，豐富了畫境，為畫中山水增色不少，實際是對李思訓作品的肯定。清人方東樹對此評曰：「神完氣足，遒轉空妙。」

❀ 百步洪

題解

　　元豐元年（1078年），蘇軾的友人王鞏（王定國）到徐州訪他，曾遊百步洪。一個月後，王鞏已走，蘇軾與僧人參寥等重遊於此，作此詩。原共二首，第一首贈給參寥，第二首寄給王鞏，現選第一首。百步洪，又叫徐州洪，在今徐州市東南二里，為泗水所經，有激流險灘，凡百餘步，所以叫百步洪。今已不存。

王定國訪余於彭城。一日，棹小舟，與顏長道攜盼、英、卿三子遊泗水，北上聖女山，南下百步洪，吹笛飲酒，乘月而歸。余時以事不得往，夜著羽衣，佇立於黃樓上，相視而笑，以為李太白死，世間無此樂三百餘年矣。定國既去逾月，餘復與參寥師放舟洪下，追懷曩遊，已為陳跡，喟然而歎。故作二詩，一以遺參寥，一以寄定國，且示顏長道、舒堯文邀同賦云。

　　長洪鬥落生跳波，輕舟南下如投梭。
　　水師絕叫鳧雁起，亂石一線爭磋磨。
　　有如兔走鷹隼落，駿馬下注千丈坡。
　　斷弦離柱箭脫手，飛電過隙珠翻荷。
　　四山眩轉風掠耳，但見流沫生千渦。
　　嶮中得樂雖一快，何異水伯誇秋河。
　　我生乘化日夜逝，坐覺一念逾新羅。
　　紛紛爭奪醉夢裡，豈信荊棘埋銅駝。
　　覺來俯仰失千劫，回視此水殊委蛇。
　　君看岸邊蒼石上，古來篙眼如蜂窠。
　　但應此心無所住，造物雖駛如吾何！
　　回船上馬各歸去，多言師所呵。

　　　新解

　　小序意為：王定國到彭城看望「我」。有一天，划著小船，與顏長道一起帶領盼、英、卿三人遊於泗水之上，又向北上聖女山，向南下百步洪，吹笛子，喝酒，乘著月色而歸。「我」當時因為有事，不能前往，夜裡身穿羽衣，佇立於黃樓之上，相視而笑，以為自從李太白去世之後，世間已有三百多年沒有這樣的樂趣了。

定國走後一個多月,「我」又與參寥師乘船游於百步洪下,追憶從前之遊,已為陳跡,於是喟然而歎。因此創作兩首詩,一首給參寥,一首寄給王定國,並且給顏長道、舒堯文看,邀他們同賦。

長洪鬥落生跳波,輕舟南下如投梭。水師絕叫鳧雁起,亂石一線爭磋磨——鬥落,即陡落。投梭,形容舟行之快,如織布之梭,一閃而過。水師,船工。絕叫,狂叫。鳧雁,野鴨子。這四句意為:長洪陡起猛落形成跳動的波浪,小船順水而下就像投擲梭子一樣快。船工也不免大聲驚叫,甚至水邊的野鴨子也都驚飛起來。一線急流和亂石互相磋磨,發出碰撞的聲響。

有如兔走鷹隼落,駿馬下注千丈坡。斷弦離柱箭脫手,飛電過隙珠翻荷——隼,一種猛禽。駿馬下注千丈坡,宋代軍中把騎馬從坡上急馳而下稱做注坡(見《宋史·岳飛傳》)。斷弦離柱,柱是樂器上調弦用的木把,使勁旋轉,使弦繃得太緊,就會斷掉,在那一瞬間,弦很快地離開柱。飛電過隙,飛逝的閃電很快地掠過隙縫。珠翻荷,猛一掀起荷葉,上面的水珠急遽落下。這四句意為:水流有如狡兔的疾走,鷹隼的猛落,如駿馬奔下千丈高的險坡;如琴弦很快地離開琴柱,如飛箭脫手;如飛逝的閃電很快地掠過隙縫,如猛一掀起荷葉,上面的水珠急遽落下。這幾句連用七種形象比喻水流迅疾、一瀉千里的氣勢。

四山眩轉風掠耳,但見流沫生千渦。嶮中得樂雖一快,何異水伯誇秋河——嶮,同「險」。水伯誇秋河,水伯即河伯,水神。《莊子·秋水》:「秋水時至,百川灌河。涇流之大,兩涘渚崖之間,不辨牛馬。於是焉河伯欣然自喜,以天下之美為盡在己。順流東行,至於北海,東面而視,不見水端。」於是才覺得自己是「見笑於大方之家」。這四句意為:坐在船上,只聽到耳邊風聲不絕,四面群山一晃而過,令人眼花繚亂。向下看,只見飛沫四濺,生

出無數的漩渦。涉險時雖有許多快樂，但也就像河伯以為天下之美盡在於己一樣，不值一提。此四句寫船上乘客的感受。

我生乘化日夜逝，坐覺一念逾新羅。紛紛爭奪醉夢裡，豈信荊棘埋銅駝。覺來俯仰失千劫，回視此水殊委蛇——乘化，順應自然變化。日夜逝，指流水。原出《論語·子罕》：「子在川上曰：逝者如斯夫，不舍晝夜。」這裡用以比喻像流水一樣消逝的萬事萬物。一念逾新羅，意謂一念之間已逾新羅國（朝鮮古國名）。語出《景德傳燈錄》卷二十三：「新羅在海外，一念去也。」一念，換算成現在的計時單位，只有零點零一八秒。荊棘埋銅駝，典出《晉書·索靖傳》：「（靖）知天下將亂，指洛陽宮門銅駝，歎曰：『會見汝在荊棘中耳。』」後來就以「荊棘銅駝」比喻世事的變化比流水還要迅疾。劫，「劫波」或「劫簸」的簡稱，指極長的一個時期。委蛇，形容流水綿長而曲折的樣子。這六句意為：人生在世，生命如流水一樣飛快地流逝，我們只能順應自然變化生活。但人的意念卻可以任意馳騁，一轉念的瞬息之間就可以越過遙遠的新羅國。人生本如在醉夢之中，而世人紛紛擾擾，爭奪不休，全不知世事的變化，比百步洪的奔流還要快，可誰又會相信呢？人們在醉夢中，覺醒過來，已像歷經千劫一樣發生了巨大的變化，只有這流水依然盤曲如故。這六句表達了作者對生命、意念、世事的看法。

君看岸邊蒼石上，古來篙眼如蜂窠。但應此心無所住，造物雖駛如吾何——無所住，出自《金剛經》：「應無所住而生其心。」意思是不讓心志活動停留在特定的物件和內容上，不把特定的物件看成是真的，一成不變的。這四句意為：自古以來，無數船隻從這裡經過，撐船的篙插在岸邊岩石上，形成了密密麻麻的孔洞，如蜂窩一樣。但如能不讓思維活動停留在特定的物件和內容上，

不把特定的物件看成是真的，一成不變的，即使自然界運行得再快，也與「我」沒有什麼妨礙。

回船上馬各歸去，多言師所呵──（ㄏㄜ），說個不停。師，指參寥禪師。呵，責怪。這兩句意為：大家都各自離船上馬轉向歸途了，如果一味多說多辯，喋喋不休，參寥禪師就要責怪了。

新評

這首詩前半部分寫景，描寫水勢；後半部分談佛教哲理，從水的流逝抒寫人生感慨，水乳交融，渾然一體。二者相聯繫的媒介是速度。由水速寫到「一念」、「千劫」，水流雖快，怎比得上世事變化之快？作者在這裡感慨人生有限，宇宙無窮。但他並未沉溺其中，而是摒棄悲哀，以「心無所住」自解，從而達到了心靈的昇華。精彩的比喻是這首詩的最大特點。如「有如」四句寫水勢，一氣托出七種形象，大大地拓展了讀者的想像力，使讀者對水流的湍急留下難忘的印象。博喻的運用，造成了雄放奇縱的風格。說理談道，化用禪語，語氣疏宕，別開曠放一境，不愧為東坡七古中的傑作。

❀ 送參寥師

題解

元豐元年（1078年）作於徐州。從題目上看，這首詩似乎是一首送別詩，實際上卻是從禪僧參寥的詩談起，來揭示詩禪相濟的道理的。參寥，即道潛，字參寥，余潛（在杭州西二百餘里）人，工詩，是中國歷史上有名的詩僧。蘇東坡特愛其詩，說它「無一點蔬筍氣，體制絕似儲光羲，非近詩僧可比」。《咸淳臨安志》：「道潛本姓何，幼不茹葷，以童子誦《法華經》為比丘，於內外

典無所不窺。」

上人學苦空，百念已灰冷。
劍頭惟一吷，焦谷無新穎。
胡為逐吾輩，文字爭蔚炳？
新詩如玉屑，出語便清警。
退之論草書，萬事未嘗屏。
憂愁不平氣，一寓筆所騁。
頗怪浮屠人，視身如丘井。
頹然寄淡泊，誰與發豪猛？
細思乃不然，真巧非幻影。
欲令詩語妙，無厭空且靜。
靜故了群動，空故納萬境。
閱世走人間，觀身臥雲嶺。
鹹酸雜眾好，中有至味永。
詩法不相妨，此語當更請。

新解

　　上人學苦空，百念已灰冷。劍頭惟一吷，焦谷無新穎——上人，指參寥。苦空，佛教認為生老病死為四苦，又有「四大皆空」之說。《維摩經·弟子品》：「五受陰洞達空無所起，是苦義；諸法究竟無所有，是空義。」劍頭惟一吷（ㄒㄩㄝ丶），《莊子·則陽》：「夫吹筦者，猶有嗃也；吹劍首者，吷而已矣。」意思是吹簫管能發出較大的聲音，如吹劍環上的小孔，就只能發出細微的聲音。吷，象聲詞。焦穀，燒焦的穀子。典出《維摩經·觀眾生品》：「如焦穀芽，如石女兒。」穎，帶芒的穗。這四句意為：

參寥作為僧人參學空苦之義,求空寂滅,是其本分。就像吹劍環上的小孔,只能發出細微的聲音,燒焦的穀子不可能有新的帶芒的穗一樣,沒什麼大驚小怪的,也並不新奇。

胡為逐吾輩,文字爭蔚炳?新詩如玉屑,出語便清警——蔚炳,指文采華美。這四句意為:你作為一個出家之人,為何也像我們這些俗人一樣,去追求詩歌藝術的完美?你新作的詩如碎玉一樣好,出語便清新警策。後兩句是稱讚參寥詩寫得好。

退之論草書,萬事未嘗屏。憂愁不平氣,一寓筆所騁——退之,韓愈字退之。韓愈曾寫《送高閑上人序》一文,稱讚張旭的草書道:「往時張旭善草書,不治他技,喜怒窘窮,憂悲愉懌,怨恨思慕,酣醉無聊不平,有動於心,必於草書焉發之……故旭之書,變動猶鬼神,不可端倪,以此終其身而名後世。」這四句意為:韓愈評論張旭的草書,認為張旭的草書所以通神,是因為他牽掛世間萬事萬物,將心中的憂愁不平之氣全都透過他的筆表現出來的緣故。

頗怪浮屠人,視身如丘井。頹然寄淡泊,誰與發豪猛——浮屠人,出家人。身如丘井,比喻心地寂滅,對世事無所反應。這是就高閑而言。還是在《送高閑上人序》中,韓愈又說:「今閑師浮屠化,一死生,解外膠,是其為心,必泊然無所起;其於世,必淡然無所嗜。泊與淡相遭,頹墮委靡,潰敗不可收拾,則其於書,得無象之然乎?」這四句意為:很奇怪像高閑那樣的出家人,心地寂滅,頹然淡泊,沒有什麼事可以引發其豪放激憤之情,書法藝術上怎能達到張旭的境界呢?此四句語脈承接「退之」而來。

細思乃不然,真巧非幻影。欲令詩語妙,無厭空且靜——不然,是對前面所說的高閑由於無以發「豪猛」之氣,書法藝術就不高的說法表示否定。這四句意為:仔細想想情況並非如此,正

如參寥的詩語之妙，並非如夢幻泡影。想要讓詩句高妙，就不要嫌棄空和靜。這四句由論書法轉為論作詩。

靜故了群動，空故納萬境。閱世走人間，觀身臥雲嶺——正因為靜，所以對一切動都能了然於心；正因為空，所以能夠容納萬事萬物。想看世間人情而在人間遊歷，想體察自身而在山野修行。「走人間」和「臥雲嶺」就是「了群動」和「納萬境」的具體表現。在蘇軾的詩論中，「空」是「納萬境」的前提。只有心靈呈現出虛空澄明的狀態，方能在詩歌創作的構思中，涵容無限豐富的境象，從而形成生動、活躍的審美意象。

鹹酸雜眾好，中有至味永。詩法不相妨，此語當更請——鹹味和酸味混合在一起，就能產生最好的滋味。作詩與學習佛法本來是不相妨礙的，這句話應該更加得到重視。以味言詩，出自唐代司空圖《與李生論詩書》：「文之難，而詩尤難。古今之喻多矣，而愚以為辨於味而後可以言詩也。江嶺之南，凡足資於適口者，若醯，非不酸也，止於酸而已；若醨（ㄔㄨㄛˊ鹹），非不鹹也，止於鹹而已。華之人以充饑而遽輟者，知其酸鹹之外，醇美者有所乏耳。」蘇軾很贊成司空圖的觀點，他在《東坡題跋》卷二《題韓柳詩》中也說：「所貴乎枯淡者，謂其外枯而中膏，似淡而實美。」司空圖要求調和五味，蘇軾則認為酸鹹之中就能展現出五味，二者在本質上是統一的。

新評

此詩取韓愈論高閒上人草書之旨，反其意而論詩，最後落實到「詩法不相妨」上，表達了蘇軾對禪與詩之間的關係的認識。禪宗雖提倡「不立文字」，卻並不以詩僧為異端，反倒是引為禪門的驕傲。「胡為逐吾輩，文字爭蔚炳？」看似詭異，實際是對參寥詩的

稱賞。宋代禪學大興，風行於士大夫之中，因而「學詩渾似學參禪」
一類的說法，成為一時風氣。從時間上看，蘇軾這首詩可謂得風氣
之先，對後來嚴羽諸人以禪喻詩、分別宗乘等，都不無影響。

❀ 續麗人行

題解

　　這是一首題畫詩。元豐元年（1078 年）五月徐州作。杜甫有
《麗人行》詩，這裡用了同一題目，故稱為「續」。李仲謀，不詳。
周昉，唐代著名畫家，尤其長於畫仕女。欠伸，打呵欠，伸懶腰。
內人，唐代教坊歌伎的專稱，後也用以泛指宮女。

　　李仲謀家有周昉畫背面欠伸內人，極精，戲作此詩。

　　深宮無人春日長，沉香亭北百花香。
　　美人睡起薄梳洗，燕舞鶯啼空斷腸。
　　畫工欲畫無窮意，背立東風初破睡。
　　若教回首卻嫣然，陽城下蔡俱風靡。
　　杜陵饑客眼長寒，蹇驢破帽隨金鞍。
　　隔花臨水時一見，只許腰肢背後看。
　　心醉歸來茅屋底，方信人間有西子。
　　君不見孟光舉案與眉齊，何曾背面傷春啼。

新解

　　小序意為：李仲謀家藏有一幅周昉的畫，畫面內容為背面打

呵欠的宮女，非常精美，於是戲作此詩。

深宮無人春日長，沉香亭北百花香。美人睡起薄梳洗，燕舞鶯啼空斷腸。畫工欲畫無窮意，背立東風初破睡。若教回首卻嫣然，陽城下蔡俱風靡——沉香亭，在長安興慶宮內，唐玄宗用外國進貢的沉香木所造。玄宗曾與楊貴妃在此賞花。薄梳洗，即淡妝。初破睡，剛睡醒。嫣然，笑得好看的樣子。陽城、下蔡，均為古楚國邑名。宋玉《登徒子好色賦》：「嫣然一笑，惑陽城，迷下蔡。」風靡，傾倒。這八句意為：深宮中寂靜無人，春日漫長，沉香亭北面百花盛開，香氣襲人。一個美貌的宮女睡醒後薄施淡妝，面對著鶯歌燕舞的大好春光獨自惆悵。畫工畫出了剛睡醒的宮女背對東風打呵欠的樣子，還想畫出宮女許多意蘊。如果讓這位宮女回過頭來嫣然一笑，一定會讓許多人為之傾倒。這八句極寫畫中宮女之動人情態。

杜陵饑客眼長寒，蹇驢破帽隨金鞍。隔花臨水時一見，只許腰肢背後看。心醉歸來茅屋底，方信人間有西子——杜陵饑客，指杜甫。蹇驢，駑弱的驢子。西子，即西施，春秋時期越國著名美女。這裡比喻虢國夫人等麗人。這六句意為：貧困的詩人杜甫眼裡射出寒冷的光芒，騎著瘦弱的驢子跟在騎著金鞍肥馬的富貴之人後面。靠近曲江邊，隔著花偶爾能見到一些麗人，也只能從背後看見她們美好的腰肢。看到這些麗人之後，為之心醉，到了家中回想起來，才相信世間竟然真有西施那樣的美女。這六句由周昉畫轉到杜甫《麗人行》詩，故作戲語，形容麗人之豔麗。

君不見孟光舉案與眉齊，何曾背面傷春啼——孟光，東漢梁鴻的妻子，相貌很醜陋，但德才兼備。每次送飯，總是將案（盤子一類的食具）高舉到與眉毛相齊，以示敬重。這兩句意為：大家都知道孟光與丈夫舉案齊眉，互相敬重，從來不曾對春傷懷，

背面而啼。這兩句又從杜詩回轉到周昉的畫,以古代賢德女人孟光與精神空虛的宮女對比,以議論作結。

新評

周昉所畫內人圖深刻描繪了宮女寂寞無聊的囚徒式的生活,曲折地揭露了封建社會制度對宮女的摧殘。蘇軾這首題畫詩不但使人見詩如見畫,而且還就原主題加以發揮,寫出了畫中所無的意蘊,是題畫詩的典範。結尾以議論作結,戲語中寓有深意,耐人尋味。

❀ 端午遍遊諸寺得禪字

題解

此詩寫於元豐二年(1079年)端午節,作者時在湖州。這是一首紀遊詩,按時間順序不斷變換觀察點,寫得錯落有致,平中見奇。

> 肩輿任所適,遇勝輒留連。
> 焚香引幽步,酌茗開淨筵。
> 微雨止還作,小窗幽更妍。
> 盆山不見日,草木自蒼然。
> 忽登最高塔,眼界窮大千。
> 卞峰照城郭,震澤浮雲天。
> 深沉既可喜,曠蕩亦所便。
> 幽尋未云畢,墟落生晚煙。
> 歸來記所歷,耿耿青不眠。

道人亦未寢，孤燈同夜禪。

新解

肩輿任所適，遇勝輒留連。焚香引幽步，酌茗開淨筵 —— 肩輿，一種用人力抬扛的代步工具，即用兩根竹竿，中設軟椅以坐人。茗，茶。淨筵，指寺院中的素筵。這四句意為：「我」乘坐小轎任性而遊，遇有勝景則遊覽流連。有時焚香探幽，有時品茶，有時吃寺中的素筵。

微雨止還作，小窗幽更妍。盆山不見日，草木自蒼然 —— 盆山，指寺院四面環山，如坐盆中。這四句意為：小雨時停時下，寺院的小窗清幽而妍麗。寺院四面環山，如坐盆中，少見天日，因而草木鬱鬱蔥蔥，自生自長，一片蒼然。這幾句描寫五月江南的獨特景色。

忽登最高塔，眼界窮大千。卞峰照城郭，震澤浮雲天。深沉既可喜，曠蕩亦所便。幽尋未云畢，墟落生晚煙 —— 最高塔，即湖州府治北飛英寺中的飛英塔。大千，大千世界，佛家語，指範圍廣大的世界。卞峰，卞山，在烏程縣北十八里。震澤，太湖。便，適意。這八句意為：忽然登上飛英塔，整個大千世界盡收眼底。卞山與城郭互相映照，太湖煙波浩渺。「我」既欣賞太湖無所不容的深沉大度，又喜愛登高遠眺，開闊視野。我們尋幽探勝的活動還沒有結束，已經是炊煙四起的時候了。

歸來記所歷，耿耿青不眠。道人亦未寢，孤燈同夜禪 —— 耿耿，指燈火明亮。這四句意為：遊覽歸來記下一天所經歷的事，燈光明亮，沒有睡意。道人也沒有去睡，我們共同在孤燈下參悟佛理。

新評

這是一首紀遊詩,作者在寫景上沒有固定的觀察點,而是隨意而吟,在記述作者的行蹤時,既緊扣詩題「遍遊諸寺」,又與作者的心境相對應。詩中用字極見功力,一個「照」字把微雨漸止之後,夕陽斜照、城郭明滅的情景寫得鮮活而富有生命力,而一個「浮」字更是可以和杜甫的名句「乾坤日夜浮」以及作者本人的名句「江遠欲浮天」相媲美,把太湖的氣勢表現了出來。篇末以幽尋未畢,歸記所歷,清夜談禪作結,寫得毫不費力,仍是「任性」的展現,因而全詩沒有由於完全按照時間順序來寫而產生的平滯之感。

❀ 初到黃州

題解

元豐三年(1080年)二月作。元豐二年(1079年)底,蘇軾得脫「烏台詩案」之獄,被貶為檢校尚書水部員外郎黃州團練副使,並於次年二月抵達黃州(治所在今湖北黃岡),作此詩。

自笑平生為口忙,老來事業轉荒唐。
長江繞郭知魚美,好竹連山覺筍香。
逐客不妨員外置,詩人例作水曹郎。
只慚無補絲毫事,尚費官家壓酒囊。

新解

自笑平生為口忙,老來事業轉荒唐。長江繞郭知魚美,好竹連山覺筍香 —— 為口忙,語意雙關,既指因言事和寫詩而獲罪,

又指為謀生糊口而奔忙,並呼應下文的「魚美」、「筍香」的口腹之美。郭,外城。這四句意為:「我」自己嘲笑自己一生為謀生糊口而奔走忙碌,到老了事業上反而越發蹉跎,一無所成。長江繞城,江中的魚味道鮮美,漫山遍野的竹林中有香甜的竹筍。首二句詩人以自嘲的口吻回顧了自己的人生道路,看似輕鬆詼諧,實含難言的內傷之情。

逐客不妨員外置,詩人例作水曹郎。只慚無補絲毫事,尚費官家壓酒囊——逐客,遭貶謫之人,作者自謂。員外,定額以外的官員,蘇軾所任的檢校官亦屬此列,故云。置,安置。水曹郎,隸屬水部的郎官。南朝梁代何遜、唐代張籍、後晉孟賓於等詩人均曾任過水部郎官職,作者被貶為水部員外郎,故云。壓酒囊,壓酒濾糟的布袋。宋代官俸一部分用實物來抵數,叫折支。作者自注:「檢校官例折支,多得退酒袋。」這四句意為:遭貶之人不妨以員外郎的身份安置在這裡,詩人總是要做做水部的郎官的。只慚愧自己對於政事沒有絲毫作用,今後將會破費朝廷許多抵做俸祿的「壓酒囊」。末聯是反話正說,既是詩人苦中作樂的自嘲,也是對掌權者的嘲笑。

新評

這首詩展現了詩人初到黃州,面對即將到來的嚴峻生活內心豐富而微妙的情感。它不僅深刻地刻畫出詩人複雜矛盾的心緒,而且還由這種心理變化展現出蘇軾樂觀豁達的天性和一貫的人生態度,即無論遭到多大的打擊和迫害,都始終保持自己樂觀超曠的胸襟,決不向命運低首屈服,更不為此搖尾乞憐,而是在逆境中尋求生活的樂趣,使生命永遠充滿活力和笑聲。詩的語言平實清淺,頗具行雲流水之勢。

❀ 正月二十日，與潘、郭二生出郊尋春，忽記去年是日同至女王城作詩，乃和前韻

題解

此詩作於元豐五年（1082 年）。元豐四年（1081 年）正月二十日，蘇軾去岐亭訪故友陳慥，潘、郭二生相送至女王城，作過一首七律。一年過去了，又是正月二十日，蘇軾乃和前韻作此詩。潘、郭二生，潘，潘大臨；一說是潘丙（潘大臨之叔），沽酒為生。郭，郭遘，賣藥為業。二人均是蘇軾在黃州的朋友。女王城，指黃州州治東十五里的永安城，俗稱女王城。一說是楚王城的訛稱。前韻，指蘇軾元豐四年（1081 年）所作的《正月二十日往岐亭，郡人潘、古、郭三人送余於女王城東禪莊院》詩。

東風未肯入東門，走馬還尋去歲春。
人似秋鴻來有信，事如春夢了無痕。
江城白酒三杯釅，野老蒼顏一笑溫。
已約年年為此會，故人不用賦招魂。

新解

東風未肯入東門，走馬還尋去歲春。人似秋鴻來有信，事如春夢了無痕 ── 東風，春風。東門，城之東門。鴻，大雁。這四句意為：春風未到，城中尚無春色，我們還如去年一樣騎著馬去城郊尋找春色。尋春的人來得像秋雁南飛時那樣準時，往事卻如夢境一般了無蹤跡。末二句被清代紀昀評為「深警」，為全詩的關鍵所在。

江城白酒三杯釅，野老蒼顏一笑溫。已約年年為此會，故人

不用賦招魂 —— 江城,指位於長江北岸的黃州。釅(一ㄢˋ),味濃。此指酒醇。招魂,《楚辭》篇名,漢代王逸《楚辭章句》以為宋玉為諷諫楚懷王召還屈原而作。現代學者認為是屈原自招生魂之作。這裡借指故友們為他的起復而四處活動。這四句意為:喝三杯味道醇厚的江城白酒,看到老農民蒼老容顏上的溫和笑容。「我」已和這裡的朋友們約定每年作此尋春之游,朋友們不用為了想設法把「我」調回京城而四處活動。前兩句寫尋春遊覽之樂,後二句是告慰故人,不是牢騷,也不是反語,而是真情實感的表達。

新評

蘇軾出郊尋春,重遊舊地,風景依舊,往事如煙,不勝感慨;同時又表達出身處逆境而寄情山水、隨遇而安的情緒。吐屬平和,超然曠達。其中「人似秋鴻來有信,事如春夢了無痕」一聯,比喻新穎,對仗圓轉精妙,歷來為人們所稱道。

❀ 紅梅三首(選一)

題解

本組詩作於元豐五年(1082 年)黃州任上。原來共有三首,今選第一首。其中第三、四句是詠紅梅的絕唱,也是畫紅梅的佳題。

怕愁貪睡獨開遲,自恐冰容不入時。
故作小紅桃杏色,尚餘孤瘦雪霜姿。

寒心未肯隨春態，酒暈無端上玉肌。

詩老不知梅格在，更看綠葉與青枝。

新解

怕愁貪睡獨開遲，自恐冰容不入時。故作小紅桃杏色，尚餘
孤瘦雪霜姿 —— 梅花因怕愁貪睡而很晚才綻放花朵，恐怕冰容不
合時尚，故微露桃杏之色，但孤瘦高潔之姿依然保持著。「獨開
遲」既點出了紅梅晚開，也賦予了她不與眾花爭春的品性。「自
恐」句不是說自己真的擔心，而是含蓄地表達了不願趨時的情感。
末句暗喻作者有時不免從俗，但高潔本性不變。

寒心未肯隨春態，酒暈無端上玉肌。詩老不知梅格在，更看
綠葉與青枝 —— 詩老，指宋代詩人石延年，字曼卿。石曼卿曾作
《紅梅》詩云：「認桃無綠葉，辨杏有青枝。」格，品格。在，所在。
更，豈能。這四句意為：梅花傲霜鬥雪的耐寒之心，不肯隨春天
的到來而改變，梅花那紅豔之色彷彿是人飲酒後臉上泛起的紅暈。
石曼卿不懂得梅花的品格，只會從有沒有綠葉青枝上去辨認梅花。
「酒暈」句極富美感，也出人意料，實為高雅之戲謔。

新評

這首詩以人喻花，以花自比，遺貌取神，形神兼備，構思巧妙，
刻畫精微。關鍵在於作者不屑於從「無綠葉」、「有青枝」上去描
寫梅花，而是突出吟詠對象內在的格調和品質，而紅梅冰容玉質、
不肯迎合時俗的品格，正是作者的夫子自道。結尾處詩人在譏諷「詩
老不知梅格在」的同時，把對梅的讚揚與自身的理想巧妙地昇華，
也做足了《紅梅》的題目。這個結尾，昇華了全詩，餘味無窮。

❀琴詩

本篇作於元豐五年（1082 年）閏六月。蘇軾自認為此詩為「偈」（ㄐㄧㄝˋ頌）。這一首詩，清代紀昀以為「此隨手寫四句，本不是詩」。陳邇冬則認為：「所見甚陋，實是好詩。」

武昌主簿吳君亮采，攜其友人沈君十二琴之說，與高齋先生空同子之文《太平之頌》以示予。予不識沈君，而讀其書如見其人，如聞十二琴之聲。予昔從高齋先生游，嘗見其寶一琴，無銘無識，不知其何代物也。請以告二子，使從先生求觀之。此十二琴者，待其琴而後和。元豐五年六月。

若言琴上有琴聲，放在匣中何不鳴？
若言聲在指頭上，何不於君指上聽？

新解

小序意為：武昌主簿吳亮采，帶著他的友人沈先生有關「十二琴」的解說，以及高齋先生的文章《太平之頌》來給「我」看。「我」不認識沈先生，但讀了他寫的解說之文後，如同見到了他本人，如同聽到了十二琴的聲音。「我」從前曾隨從高齋先生遊歷，曾經見過他所珍藏的一張琴，沒有銘記也沒有標識，不知道屬哪一朝代。在此轉告兩位，讓他們到高先生處請求一觀。至於這十二琴，待「我」看到琴後再做詩。元豐五年六月。

若言琴上有琴聲，放在匣中何不鳴——如果說，悠揚的琴聲來自於琴本身，那琴放在琴盒子裡，為什麼發不出聲音？言下之意，光有琴，婉轉的琴聲是不會自然發出來的。

若言聲在指頭上,何不於君指上聽——如果說,優美的琴聲是來自於彈琴的手指,那人們為什麼不從手指上欣賞美妙的音樂?言下之意,再高明的琴師,若沒有琴,光憑靈巧的手指也是奏不出樂章的。

新評

蘇軾的這首詩既不寫景,也非詠物,又不抒情,而是借琴闡發一種哲理,這哲理就是:琴、手指是彈奏出動聽音樂的客觀條件和主觀條件,兩者相互依存,對立統一。讀者借助其中所闡述的琴與手指間的辯證關係,可得到多方面的啟迪。此詩通俗淺易,寓哲理於形象之中,無論是在內容還是在形式上都給人以耳目一新之感。在內容上,該詩借物言理,言近意遠;在形式上,該詩採用只問不答、只駁不辯、答辯自在其中的手法,給人以新鮮之感。

❀ 寒食雨二首（其二）

題解

蘇軾於元豐二年（1079年）十二月被貶為黃州（今湖北省黃岡市）團練副使,三年（1080年）二月到黃州。這首詩作於元豐五年（1082年）三月,共兩首,此處選第二首。此詩題東坡墨蹟作《黃州寒食二首》。舊曆清明節前一天（一說清明節前兩天）為寒食節。這首詩寫詩人謫居之感,真切動人。

春江欲入戶,雨勢來不已。
小屋如漁舟,濛濛水雲裡。

空庖煮寒菜，破灶燒濕葦。

那知是寒食，但見烏銜紙。

君門深九重，墳墓在萬里。

也擬哭途窮，死灰吹不起。

新解

春江欲入戶，雨勢來不已。小屋如漁舟，濛濛水雲裡——江水快要進到屋裡了，雨還沒有停止的意思。小屋就像一葉漁船，隱沒在濛濛水雲之中。這四句極寫風雨荒村，蕭條荒涼，其實在寫謫居處之景。

空庖煮寒菜，破灶燒濕葦。那知是寒食，但見烏銜紙——庖，廚房。烏銜紙，古代風俗，寒食、清明時給死者掃墓，祭品放在墳前，常有烏鴉飛下啄食，掀動墳前的紙灰，好像銜起來一樣，故稱烏銜紙。這四句意為：在空空的廚房裡，殘破的爐灶裡燃著濕蘆葦，鍋裡煮著寒冷季節的蔬菜。不看到烏鴉掀動墳前的紙灰，哪能知道今天是寒食節呢？前兩句極寫生活之艱難。

君門深九重，墳墓在萬里。也擬哭途窮，死灰吹不起——哭途窮，東晉阮籍常獨自駕車隨意奔馳，每走到路的盡頭，便感慨萬端，痛哭而返。死灰吹不起，漢代韓安國因罪入獄，獄吏田甲凌辱他，韓安國說：死灰就不會再燃燒嗎？田甲回答說：如果死灰復燃，撒一泡尿就將它澆滅了。這四句意為：「我」欲回朝廷，奈何君門有九重之深；欲返故鄉，奈何祖墳有萬里之遙。「我」並不想如死灰復燃，但有窮途之哭而已。

新評

這首詩起筆極寫謫居荒涼之境，生活艱難，寓無限感慨。既不

能建功立業，又不能退居故里，詩人窮途末路，進退失據，但已心如死灰，別無他念，表達出避禍自全的思想。詩人以真幻互見之筆寫出了謫居之感，可謂精絕之作。

❀ 海棠

題解

《王直方詩話》記載：「東坡謫黃州，居定惠院之東，雜花滿山，而獨有海棠一株，土人不知貴。」對於這株幽居獨處的海棠，橫遭貶謫的蘇軾自元豐三年（1080）一到黃州，便視其為知己，並數次小酌花下，為之賦詩。

東風嫋嫋泛崇光，香霧空濛月轉廊。
只恐夜深花睡去，故燒高燭照紅妝。

新解

東風嫋嫋泛崇光，香霧空濛月轉廊 —— 嫋嫋，微風吹拂。崇光，指海棠花光澤的高潔美麗。這兩句意為：東風吹拂，海棠花閃著高潔美麗的光澤，月亮轉到回廊上方，月光下霧氣迷濛，花香四溢。

只恐夜深花睡去，故燒高燭照紅妝 —— 花睡去，此處以花擬人。據《明皇雜錄》載，唐玄宗召見楊貴妃，貴妃酒未醒，被扶而來，玄宗見其醉態，說：「真海棠睡未足也！」明皇是以人喻花，這裡是以花喻人。紅妝，比喻海棠。這兩句意為：只怕這株海棠花會像人一樣在深夜睡去，故特意點燃高燭照耀著她。

新評

　　這是一首詠海棠詩，末二句突發奇想，以花擬人，深切巧妙地表達了愛花惜花之情，大有「同是天涯淪落人」之感。這首絕句，由於構思別致，造語精工，想像奇妙，感情真誠，歷來為人所稱道。早在南宋時期，便已廣為傳誦。

❀ 洗兒戲作

題解

　　這首詩係元豐六年（1083 年）詩人在黃州時所作。這年七月二十七日朝雲生小子遯，即乾兒。洗兒，謂滿月。《東京夢華錄》：「生子滿月為洗兒會。」

　　人皆養子望聰明，我被聰明誤一生。
　　惟願孩兒愚且魯，無災無難到公卿。

新解

　　人皆養子望聰明，我被聰明誤一生。惟願孩兒愚且魯，無災無難到公卿——魯，呆拙。這四句意為：人們養育兒子都盼望其聰明，「我」卻被自己的聰明耽誤了一生。只希望「我」的兒子魯鈍、笨拙，一生無災無難就能做到公卿一類高官。

新評

　　詩人一生仕途坎坷，自認為乃被聰明所誤。生兒滿月之際，心生感慨，但願兒子愚魯。認為只有這樣才能得到高官厚祿，其實是

語含譏刺。舊注云:「詩中有玩世疾俗之意。」可謂確當。

❀東坡

題解

這首詩約作於元豐七年（1084 年）。宋神宗元豐三年（1080 年），作者被貶官到黃州，生活十分困窘。老朋友馬正卿給他從郡裡申請下來一片稱為東坡的舊營地，蘇軾加以整治，躬耕其中，對其傾注了深厚的感情，並自號「東坡居士」。東坡，地名，在黃岡（今屬湖北）城東。

> 雨洗東坡月色清，市人行盡野人行。
> 莫嫌犖确坡頭路，自愛鏗然曳杖聲。

新解

雨洗東坡月色清，市人行盡野人行 —— 市人，指奔走於市集的商人。野人，指農夫。這兩句意為：大雨過後，東坡月色清明，白天奔走於市集的商人走完之後，以耕種為業的農夫又來到東坡。

莫嫌犖确坡頭路，自愛鏗然曳杖聲 —— 犖（ㄌㄨㄛˋ）确，山多大石貌。這兩句意為：不要嫌棄這裡山路險峻不平，聽著那鏗然的曳杖之聲就能給「我」帶來樂趣。

新評

作者以清麗的筆調，寫對雨後月下東坡的賞愛，顯示出作者視險如夷的豪邁精神、不避坎坷的灑脫胸襟和面對挫折樂觀開朗的生

活態度。作者同一時期寫的《定風波》詞「竹杖芒鞋輕勝馬，誰怕？一蓑煙雨任平生」，與此可謂異曲同工。

❀ 次荊公韻四絕（選一）

題解

本組詩作於元豐七年（1084 年）八月，共四首，此選其第三首。蘇軾赴汝州，途經金陵，拜訪當時已經罷相退居金陵的王安石。連日晤談，唱和頗多，足見兩人雖政見不同，而友誼仍存。荊公，王安石。元豐三年（1080 年），王安石被封為荊國公。

騎驢渺渺入荒陂，想見先生未病時。
勸我試求三畝宅，從公已覺十年遲。

新解

騎驢渺渺入荒陂，想見先生未病時——陂，池塘，此指山坡。當時王安石正在金陵養病。這兩句意為：「我」想像你沒病時，一定騎驢到處漫遊。此含有盼望王安石病癒之意。

勸我試求三畝宅，從公已覺十年遲——十年，有兩說：一說指十年前，即熙寧七年（1074 年）前王安石當政時；一說指王安石隱居的十年，從熙寧七年（1074 年）到元豐七年（1084 年）。兩說皆通。此取後一說。這兩句意為：王安石勸「我」在金陵買田卜鄰，可以相從林下。在王安石退隱的十年中，「我」早該追隨相從。

新評

蘇軾與王安石雖政見不同,但蘇軾對王安石的才學品格仍十分欽敬。這首詩詩人以晚輩身份,表示對王安石身體狀況的關心,並以追隨相從之願,表達對王安石的敬慕。溫婉誠懇,情真意切。

❀ 題西林壁

題解

蘇軾於神宗元豐七年（1084 年）由黃州貶所改遷汝州（治所在今河南臨汝）團練副使。據宋代施宿《東坡先生年譜》：「四月發黃州,自九江抵興國,取高安,訪子由,因遊廬山……」可知此詩約作於本年五月間。西林,西林寺,在江西廬山北麓。晉代高僧慧永曾在此居住。宋時改稱乾明寺。廬山瑰麗的山水觸發了詩人的逸興壯思,於是寫下了若干首廬山紀遊詩。《題西林壁》是遊廬山後的總結,它描寫廬山變化多姿的風光,並借景說理,指出觀察問題應客觀全面,如果主觀片面,就得不出正確的結論。

橫看成嶺側成峰,遠近高低各不同。
不識廬山真面目,只緣身在此山中。

新解

橫看成嶺側成峰,遠近高低各不同 —— 橫看,從正面看,從山前山後看,山橫在眼前,所以說橫看。廬山總的是南北走向,橫看就是從東面西面看。側,側看,從側面看,從山的南端或北端看。這兩句意為:廬山從正面看是山嶺,從側面看是山峰。從

遠處、近處、高處、低處看，廬山的面貌各不相同。這兩句實寫遊山所見，概括而形象地寫出了移步換景、千姿萬態的廬山風光。

不識廬山真面目，只緣身在此山中——廬山，在江西省九江市南，自古以來就是遊覽勝地。緣，因為。這兩句意為：我們認不清廬山的真正面目，只因為我們就在這廬山之中。這兩句是即景說理，談遊山的體會。這兩句詩有著豐富的內涵，遊山所見如此，觀察世上事物也常常如此。它啟迪我們認識為人處世的一個哲理：由於人們所處的地位不同，看問題的出發點不同，對客觀事物的認識難免有一定的片面性；要認識事物的真相與全貌，必須超越狹小的範圍，擺脫主觀成見。

新評

這是一首哲理詩。詩人描繪廬山山嶺連綿、峰巒起伏的形態，透過橫側、遠近、高低等不同角度觀察，廬山呈現出不同的風姿、面目，而在對山形的描寫中寄寓了發人深省的哲理，說明人對客觀事物的認識是相對的，如果不從多方面觀察，就無法瞭解事物的本質。但詩人提示哲理不是抽象地發議論，而是緊緊扣住遊山談出自己獨特的感受，借助廬山的形象，用通俗的語言深入淺出地闡發哲理，故而親切自然，耐人尋味。

❀ 廬山二勝二首（選一）

題解

原詩共二首，一為《開先漱玉亭》，一為《棲賢三峽橋》。得十五六，遊覽過十分之五六。勝紀，完全記述下來。勝，盡。

開先，佛寺名，南唐中主李璟所建，在廬山南麓星子縣境內。

余遊廬山南北，得十五六，奇勝殆不可勝紀，而懶不作詩，獨擇其尤佳者作二首。

開先漱玉亭

高岩下赤日，深谷來悲風。

擘開青玉峽，飛出兩白龍。

亂沫散霜雪，古潭搖清空。

餘流滑無聲，快瀉雙石谾。

我來不忍去，月出飛橋東。

蕩蕩白銀闕，沉沉水精宮。

願隨琴高生，腳踏赤鯉公。

手持白芙蕖，跳下清泠中。

新解

小序意為：「我」遊覽了廬山南北兩麓，到過十分之五六的景點。雄奇的勝景不可勝記，由於疏懶，也未一一作詩。只選擇最佳的景點創作了兩首詩。

高岩下赤日，深谷來悲風。擘開青玉峽，飛出兩白龍——白龍，比喻白色的瀑布。這四句意為：「我」來到漱玉亭已是日下高岩的黃昏時分，深谷中風聲四起。瀑布流過開先寺前青玉峽後，分為兩股。

亂沫散霜雪，古潭搖清空。餘流滑無聲，快瀉雙石谾——（ㄏㄨㄥ ˊ），大山溝。這四句意為：瀑布散出的水沫如霜雪，瀑布之下匯成深潭，水波動盪，使倒映於水中的天空也隨之搖動。

餘下的水無聲地流淌，飛快地瀉入兩個山溝內。

我來不忍去，月出飛橋東。蕩蕩白銀闕，沉沉水精宮——「我」來到這裡不想離開。月亮出來照耀橋東，月光皎潔，月下亭台有如以白銀所築之闕、水晶（一作「水精」）所造之宮。這幾句寫月光下所見的寺、亭和瀑布。

願隨琴高生，腳踏赤鯉公。手持白芙蕖，跳下清泠中——琴高，傳說中的一位水仙，曾騎紅色鯉魚遊戲人間。生，先生。赤鯉公，鯉魚的尊稱。唐代段成式《酉陽雜俎》載：唐朝因皇帝姓李，李、鯉同音，所以不准捕捉。賣鯉魚的，判刑，打六十棍。芙蕖，又稱芙蓉、荷花。李白《廬山遙寄盧全侍御虛舟》：「手把芙蓉朝玉京。」清泠（ㄌㄧㄥˊ），水名，見《山海經》。這裡借指開先瀑布。又《莊子·讓王》：「舜以天下讓其友北人無擇，無擇因自投於清泠之淵。」這四句意為：看到這仙境一般的勝景，「我」真想追隨琴高，腳踏紅鯉魚，手拿白荷花，跳入這瀑布之中，出世成仙。

新評

這首詩描寫開先漱玉亭從黃昏到月出的景色，很有獨創性。前半部分從虛處落筆，飛瀑清潭，清流深壑，宛如在目；後半部分由虛轉幻，月下亭台幻化為人間仙境，使人飄飄然有出世之思。在作者久謫黃州，環境略有改善，而前途仍然未卜的時候，詩人產生這種出塵之想，是完全可以理解的。

❀ 郭祥正家醉畫竹石壁上，郭作詩為謝，且遺二古銅劍

題解

此詩為元豐七年（1084年）七月蘇軾過當塗（今屬安徽）時所作。郭祥正，字功父，當塗人，有詩名。遺（ㄨㄟˋ），贈送。

空腸得酒芒角出，肝肺槎牙生竹石。
森然欲作不可回，吐向君家雪色壁。
平生好詩仍好畫，書牆涴壁長遭罵。
不嗔不罵喜有餘，世間誰復如君者。
一雙銅劍秋水光，兩首新詩爭劍鋩。
劍在床頭詩在手，不知誰作蛟龍吼。

新解

空腸得酒芒角出，肝肺槎牙生竹石。森然欲作不可回，吐向君家雪色壁——芒角，植物初生的尖葉，借指筆鋒。槎（ㄔㄚˊ）牙，雜亂生長的樣子。森然，繁多的樣子。這四句意為：酒入腹中，創作的欲望不可遏制，平日鬱積在胸中的不平之氣，透過在你家雪白的牆壁上畫竹石表現出來。

平生好詩仍好畫，書牆涴壁長遭罵。不嗔不罵喜有餘，世間誰復如君者——涴（ㄨㄛˋ），玷污。喜有餘，極為喜歡。這四句意為：「我」一生喜歡作詩也喜歡作畫，在人家牆壁上寫詩作畫常常遭到責。「我」在你家牆壁上作畫，你既不生氣，也不責我，而且還特別高興，世間還有像你這樣的人嗎？

一雙銅劍秋水光，兩首新詩爭劍鋩。劍在床頭詩在手，不知誰作蛟龍吼——秋水光，形容劍之鋒利。蛟龍吼，比喻劍之鋒芒畢露。詩可與劍爭鋒。這四句意為：你贈送給「我」的兩把銅劍光亮如秋水，你為答謝「我」而作的兩首新詩也可與劍爭鋒。現在劍在「我」的床頭，詩在「我」手中，只是不知道它們誰願意

作蛟龍吼。

　　這首詩記述詩人醉後在郭祥正家牆壁上畫竹石，郭作詩答謝且贈送兩把古銅劍的事。題材極平常，但詩人卻寫得語調輕鬆，幽默自然，新奇可喜，勃鬱情深，奇氣縱橫，是他人所難以企及的。

❀ 高郵陳直躬處士畫雁二首（選一）

題解

　　元豐八年（1085 年）作。陳直躬，宋代名畫家，高郵（今屬江蘇）人。他的畫頗為當時所推重。處士，指隱居不仕的人。蘇軾曾寫信給陳直躬，希望能得到一幅有關苕霅（ㄓㄚˊ）曉景的畫，陳直躬就畫了一張以曉雪（水名，在今浙江省境內，通稱苕溪、霅溪）晨光為背景的野雁圖送給他。這首詩就是題詠此畫的。原詩共兩首，此選其一。

　　野雁見人時，未起意先改。
　　君從何處看，得此無人態？
　　無乃槁木形，人禽兩自在。
　　北風振枯葦，微雪落璀璀。
　　慘澹雲水昏，晶熒沙礫碎。
　　弋人悵何慕，一舉渺江海。

新解

　　野雁見人時，未起意先改——意，指神態。這兩句意為：野雁看見人時，雖沒有立即飛起來，但已改變了停在原地的神態，準備起飛。

　　君從何處看，得此無人態？無乃槁木形，人禽兩自在——槁（《ㄍㄠˇ》）木，枯木。這裡指陳直躬觀察野雁時形如槁木。《莊子‧齊物論》：「固形可使如槁木。」這四句意為：你在什麼地方觀察的，才得到野雁這不見人時的自然神態？大概是你形如槁木，才使得人與雁和諧共處，怡然自得。

　　北風振枯葦，微雪落璀璀。慘澹雲水昏，晶熒沙礫碎——璀璀，原指玉的光澤，此處用來形容雪的光潔。這四句意為：北風吹動著乾枯的蘆葦，落在地上的薄雪閃著玉一樣的光澤。雲水慘澹昏黑，細碎的沙礫晶瑩光亮。這幾句寫畫的背景。

　　弋人悵何慕，一舉渺江海——弋人，獵雁的人。這兩句意為：野雁見人來必定振翅高飛，一舉而橫絕江海；獵雁者見野雁已有起飛意，知道捕獵不成，只能悵然羨慕。

新評

　　這是一首題畫詩。詩人寫出了陳直躬此畫表現出的野雁欲飛未飛時一剎那間的精神狀態，從靜止中畫出了野雁的動態，稱讚陳直躬高超的繪畫藝術。這首詩以詠畫為主，但詠畫中又時時穿插進詩人的思想情緒，從見弋（ㄧˋ）人而振翅高飛的野雁身上，我們也依稀能看到欲潔身避禍的詩人的影子，從而產生詩畫共鳴，相映生輝的效果。

登州海市並序

題解

這首詩作於元豐八年（1085 年）。這年十月，蘇軾赴登州任知州，到任五日，詔命赴京改任禮部郎中。登州，治所在今山東蓬萊。海市，登州海上有時出現雲氣，呈現出宮室、樓臺、城池、人物、車馬等形狀，稱為海市，是大氣中因光線折射所形成的反映地面物體的形象。舊，猶如說久。廣德王，俗稱東海龍王。

予聞登州海市舊矣。父老云：「嘗出於春夏，今歲晚，不復見矣。」予到官五日而去，以不見為恨，禱於海神廣德王之廟，明日見焉，乃作此詩。

東方雲海空復空，群仙出沒空明中。
蕩搖浮世生萬象，豈有貝闕藏珠宮？
心知所見皆幻影，敢以耳目煩神功。
歲寒水冷天地閉，為我起蟄鞭魚龍。
重樓翠阜出霜曉，異事驚倒百歲翁。
人間所得容力取，世外無物誰為雄。
率然有請不我拒，信我人厄非天窮。
潮陽太守南遷歸，喜見石廩堆祝融。
自言正直動山鬼，豈知造物哀龍鍾。
伸眉一笑豈易得，神之報汝亦已豐。
斜陽萬里孤鳥沒，但見碧海磨青銅。
新詩綺語亦安用？相與變滅隨東風。

新解

　　小序意為：我聽說登州的海市蜃樓很久了。當地的父老鄉親說：「往常海市出現於春夏之季，如今季節太晚，不可能再出現了。」「我」到當地為官，五日後即改任他職即將離去，以沒有見到海市為遺憾，於是在海神廣德王之廟祈禱，第二天就有海市出現，於是創作了此詩。

　　東方雲海空復空，群仙出沒空明中。蕩搖浮世生萬象，豈有貝闕藏珠宮？心知所見皆幻影，敢以耳目煩神功——貝闕、珠宮，想像中的水神所居的宮室。屈原《九歌·河伯》：「魚鱗屋兮龍堂，紫貝闕兮珠宮。」神功，一作神工，意同。這六句意為：東方的雲海裡原來是空蕩蕩的，後來在空明之處有群仙或隱或現。有浮世萬象生出在空中搖盪，難道真有貝闕珠宮？心知海市蜃樓都是幻影，怎敢煩勞神靈現出海市來。這是描述詩人沒看到海市時對海市的想像。

　　歲寒水冷天地閉，為我起蟄鞭魚龍。重樓翠阜出霜曉，異事驚倒百歲翁。人間所得容力取，世外無物誰為雄。率然有請不我拒，信我人厄非天窮——異事，序中所說，海市一般出現於春夏之季，而這次竟出現於歲暮。登州父老從沒見過這樣的事，故云「異事」。這八句意為：「我」祈求龍王在這天寒水冷天地閉合的時候把蟄伏的蛇蟲喚起來，並鞭打魚龍，使它們出現在海市中。重樓翠山在降霜的天曉時出現，這樣的怪把百歲老翁都驚倒了。人間所能得到的東西容許人們用力去取得，海市是世外幻影，並無實物，誰能佔有它稱雄呢？「我」輕率地向龍王請求，龍王卻不拒絕「我」，從而確信「我」在世間受到的挫折，是遭到人為的打擊，而不是天要使「我」窮困。

　　潮陽太守南遷歸，喜見石廩堆祝融。自言正直動山鬼，豈知

造物哀龍鍾。伸眉一笑豈易得，神之報汝亦已豐 —— 潮陽太守，指唐代韓愈，他曾被貶為潮州（當時又稱潮陽郡）刺史，後被召還。石廩、祝融，均為衡山峰名。衡山有七十二峰，終年常在雲裡霧裡，不易看到。韓愈北歸途中，曾遊衡山，看到了「紫蓋連延接天柱，石廩騰擲堆祝融」。正直動山鬼，傳說要是聖賢來游，衡山上的雲霧才開。韓愈說：「我來正逢秋雨節，陰氣晦昧無清風。潛心默禱若有應，豈非正直能感通！」龍鍾，指衰老，不靈活的樣子。這六句意為：潮陽太守韓愈貶官南方，北歸游衡山時很高興看到了石廩峰和祝融峰。韓愈以為是自己的正直感動了山神，使雲霧散開，哪裡知道是上天憐憫他年老疲憊而讓他心遂所願。我看到海市舒展眉頭一笑，難道這樣的快樂是容易得到的嗎？這表明神報答自己已經夠豐厚的了。

斜陽萬里孤鳥沒，但見碧海磨青銅。新詩綺語亦安用？相與變滅隨東風 —— 青銅，指青銅鏡。這四句意為：海市消失了，只看見斜陽萬里，孤鳥消失在天際；碧海無波，像磨得很光亮的青銅鏡面一樣。用綺麗的詞語來寫新詩又有什麼用，海市和海上吹來的東風一起消失了。這幾句寫海市消失，幻影不再的景象。

新評

蘇軾赴任登州，到官五日而去，得見海市蜃樓奇觀，留下這傳世詩篇。詩寫海市蜃樓從無到有，從有到無，層次清楚，想像豐富，議論恰切。清代查慎行《初白庵詩評》云：「只『重樓翠阜出霜曉』一句著題，此外全用議論。」指出了這首詩的特色，即以議論入詩。蘇軾以議論入詩，拓展了詩的題材、內容與境界，是對中國古代詩歌的一大貢獻。此詩即是顯例。詩中的議論與抽象議論不同，是詩的議論，是與上下文及詩的意境密切結合的，因此不顯得枯燥無味。

❀ 歸宜興，留題竹西寺三首

題解

元豐八年（1085年）五月作。蘇軾量移汝州，途中請求罷汝州職回宜興休養，獲准。這幾首詩正是他回宜興途中過揚州時所作。時宋神宗剛死不久。蘇軾題詩，一為獲准退休而高興，二為淮浙間五穀豐熟而歡欣。竹西寺，在揚州。

其一

十年歸夢寄西風，此去真為田舍翁。
剩覓蜀岡新井水，要攜鄉味過江東。

其二

道人勸飲雞蘇水，童子能煎鶯粟湯。
暫借藤床與瓦枕，莫教辜負竹風涼。

其三

此生已覺都無事，今歲仍逢大有年。
山寺歸來聞好語，野花啼鳥亦欣然。

新解

十年歸夢寄西風，此去真為田舍翁。剩覓蜀岡新井水，要攜鄉味過江東 —— 田舍翁，指以耕田為業的農民。當時詩人曾在常州宜興買地，故云。剩，作「多」字講。蜀岡，在揚州，有井水甚清洌，唐代陸羽評之為「天下第五泉」。鄉味，指蜀岡新井水。因井水所在地名蜀岡，詩人之故鄉在蜀地，故稱鄉味。這四句意為：十年來「我」把回鄉休養的夢都寄託給西風了，這一次回去真要耕種鄉里做農民了。多找來些蜀岡的新井水，好把它帶回宜興去。

道人勸飲雞蘇水，童子能煎鶯粟湯。暫借藤床與瓦枕，莫教辜負竹風涼——雞蘇，即水蘇，草藥名，可以用作飲料。鶯粟，即鶯子粟，藥用植物，可煮粥。這四句意為：道人勸「我」喝雞蘇水，童子還在煎鶯粟湯給「我」喝。「我」暫時向道人借一下藤床和瓦枕去睡覺，不要辜負涼爽的竹林之風。

　　此生已覺都無事，今歲仍逢大有年。山寺歸來聞好語，野花啼鳥亦欣然——大有，大熟，豐收。《穀梁傳》：「五穀大熟，為大有年。」聞好語，聽到好話、好消息。其具體內容有二說：其一，據蘇轍作子瞻墓誌：「公至揚州，常州人為公買田，書至，公喜，作詩有『聞好語』之句。」其二，蘇軾《辯詩劄子》謂：「臣實喜聞百姓謳歌吾君之子。」這四句意為：「我」一生都一事無成，今年正遇上豐收年。從山寺回來聽到好消息，看到盛開的野花和啼叫的鳥兒都感到高興。

新評

　　這三首小詩以一種輕鬆自在的筆調記敘了在竹西寺的所見所聞，表達了歸隱夙願終於實現的喜悅之情，同時也抒發了貶謫之身得以解脫的閒適、放達的情懷。

❀ 惠崇春江晚景二首（選一）

題解

　　本詩為作者於元豐八年（1085 年）作於汴京（今河南開封）。一題作「惠崇春江曉景」。這是一首題畫詩，從詩的內容看，這幅畫是一幅以春天景物為背景的鴨戲圖。惠崇，宋朝僧人，福建

建陽人,著名畫家,也是詩人。《春江晚景》是他的一幅畫。

> 竹外桃花三兩枝,春江水暖鴨先知。
> 蔞蒿滿地蘆芽短,正是河豚欲上時。

新解

竹外桃花三兩枝,春江水暖鴨先知。蔞蒿滿地蘆芽短,正是河豚欲上時——蔞蒿,生長在河灘上的一種草本植物,可以食用。蘆芽,蘆筍。河豚,魚名。內臟有劇毒,經過加工後肉可以食用。河豚欲上時,河豚春天要從海裡回游到江河,初春正是河豚將要逆流而上的時候。這四句意為:竹林外桃樹上有幾枝桃花已經盛開,鴨子在江上戲水,春天江水變暖它們最先察覺。蔞蒿(ㄌㄡˊ ㄏㄠ)佈滿河灘,蘆筍也開始抽芽,這正是河豚魚由海入江,逆流而上的早春時節。

新評

這首題畫詩依據畫面內容生動地描繪了江南春色,竹子桃花,蔞蒿蘆芽,一派早春欣欣向榮的景象。但詩人並不局限於畫面的意境,而是運用聯想從地面景寫到江上景,再轉到河灘景,從視覺寫到觸覺(江水暖),再到聯想(河豚欲上),既再現了畫面之景,又極大地擴展和深化了畫的意境。特別是寫出視覺之外所感覺到的春的氣息,從鴨子在水上嬉戲感知春江水暖,又聯想到畫家畫不出的暖流中「河豚欲上」,把畫寫活了。詩人用他的想像,把江南初春特有的氣氛表現得十分真切,真可謂「詩中有畫,畫中有詩」。

❀ 送賈訥倅眉

題解

元祐元年（1086 年），蘇軾知登州任，到官五日，調回京師。一年之間，三遷要職，任翰林學士。賈訥這時將到作者的故鄉眉州做官，作者故而作詩相送。賈訥，時出任眉州通判。倅（ㄘㄨ ㄟˋ）眉，任眉州副知州。宋制，通判皆為副知州。倅，副職。

老翁山下玉淵回，手植青松三萬栽。
父老得書知我在，小軒臨水為君開。
試看一一龍蛇活，更聽蕭蕭風雨哀。
便與甘棠同不剪，蒼髯白甲待歸來。

新解

老翁山下玉淵回，手植青松三萬栽。父老得書知我在，小軒臨水為君開——老翁山，在今眉山市東坡區土地鄉。蘇軾父母和其妻王弗的墳墓皆在此山。其下有老翁井。玉淵，指「老翁井」泉。小軒，有窗的小屋。開，設置。一本作「蓬萊親手為君開」。這四句意為：老翁山下清澈的泉流環繞，山上栽有青松三萬多株。故鄉的父老鄉親得到書信知道「我」還在，會在臨水的地方為「我」設置有窗的小屋。

試看一一龍蛇活，更聽蕭蕭風雨哀。便與甘棠同不剪，蒼髯白甲待歸來——龍蛇，形容枝幹盤曲。風雨，想像中的松濤。甘棠同不剪，《詩經·召南》中有《甘棠》篇：「蔽芾甘棠，勿剪勿伐，召伯所茇。」說的是周代召伯下鄉，曾憩息在一株棠樹下。當地人民為紀念召伯，以後對這棵樹便特意地加以保存、愛護。

作者引用這個故事,說青松當和甘棠一樣受到人民的保護。因為預想到賈訥要去那裡,所以這樣稱譽他。蒼髯白甲待歸來,蘇洵《老翁井銘》:「往歲十年,山空月明,常有老人蒼顏白髮,偃息於泉上。」蘇軾自注:「先君葬於蟆頤山之東二十餘里,地名老翁泉。」賈訥許諾前往看望,故有此語。這四句意為:老翁山上松樹枝幹盤曲,松濤陣陣。家鄉父老要像當年百姓為紀念召伯而愛護他曾在下面休息過的棠樹一樣保護老翁山上的松樹,並殷切盼望您的到來。此四句是詩人設想老翁山的情形。

新評

這首詩寫詩人委託賈訥看顧父母墳園和問候家鄉父老。詩人離鄉萬里,久宦在外,故鄉的一草一木不時牽動他的情懷。詩人印象中故鄉的實景與設想之情景結合在一起,對故土的眷戀之情便躍然紙上,讀來令人感歎不已。

❀ 書李世南所畫秋景二首(選一)

題解

這首詩作於哲宗元祐三年(1088年)前後。當時蘇軾做翰林學士,與李世南同在汴京(今河南開封)。李世南,字唐臣,時任宣德郎,工山水畫,作《秋景平遠圖》,蘇軾為其畫題了二首七絕。這是第一首。

野水參差落漲痕,疏林攲倒出霜根。
扁舟一棹歸何處?家在江南黃葉村。

蘇東坡全集

新解

野水參差落漲痕，疏林欹倒出霜根。扁舟一棹歸何處？家在江南黃葉村——落漲痕，秋水下落後，往日漲水淹沒的岸邊床地又都顯露出來了。欹（一），傾斜。出霜根，露出經霜後枯萎的樹根。這四句意為：深秋水落，岸邊露出參差不齊的漲水時的痕跡，岸上稀疏的樹林有的傾斜倒下，露出飽經風霜的樹根。那艘小船要划向什麼地方去呀？可能是划向江南的黃葉村吧。首二句給讀者展示的是一幅蕭疏的水鄉深秋景物圖。後二句詩人發揮想像，於景物中融入人情，賦予畫面悠然無盡的情思。

新評

這是一首題畫詩，前兩句著重以濃筆勾勒景物，給人以親切的時節風物之感；後二句用淡墨略加點染，畫景之外情調悠揚，耐人尋味，充分展現了蘇軾題畫詩善於馳騁神思，不滯於物象，常以想像來豐富畫幅的意趣之特點。

❀ 書鄢陵王主簿所畫折枝二首（選一）

題解

這首詩作於哲宗元祐三年（1088年）前後。鄢陵，即今河南鄢陵縣。王主簿，生平不可考。主簿，官名。折枝，花卉畫的一種表現手法，花卉不畫全株，只畫連枝折下來的部分。

論畫以形似，見與兒童鄰。
賦詩必此詩，定非知詩人。

詩畫本一律，天工與清新。
邊鸞雀寫生，趙昌花傳神。
何如此兩幅，疏淡含精勻。
誰言一點紅，解寄無邊春。

新解

論畫以形似，見與兒童鄰。賦詩必此詩，定非知詩人——見，見解。這四句意為：以形似作為論畫的標準，這個見解與兒童的見解差不多。認為寫詩只有寫得形似才算是好詩的人，一定不是懂詩的人。這四句闡述論畫、賦詩以形似為標準是膚淺的。

詩畫本一律，天工與清新。邊鸞雀寫生，趙昌花傳神——邊鸞，唐代畫家，工花鳥畫。據說他畫的孔雀跟活的一樣，好像能鳴叫。趙昌，宋代畫家，工折枝花卉，人謂他能與花傳神。這四句意為：好詩、好畫的標準是一樣的，都要巧奪天工，清新自然，就像邊鸞畫的鳥好像活的、趙昌畫的花能傳神一樣。這幾句正面提出詩畫標準，並舉例證明。

何如此兩幅，疏淡含精勻。誰言一點紅，解寄無邊春——疏淡，指畫畫用筆不多，清淡著色。精勻，指畫面精巧勻稱。這四句意為：王主簿這兩幅畫用筆不多，著色清淡，而且精巧勻稱，只用了一點紅，就寄託了無邊的春意。這幾句回到題畫上來，透過類比，突出王主簿之畫清新自然、形神兼備的特點。

新評

這是一首題畫詩。作者在詩中闡述了關於「形似」的見解，是蘇軾用詩歌形式評論文藝作品的名篇。蘇軾精通詩、畫，他的關於「形似」的見解出於他多年的創作實踐，在我國古代藝術理論中佔

有重要地位，很受後人矚目。在寫法上，通篇幾乎全用議論，但能將哲理融於情景之中，避免了淡乎寡味的缺點，是蘇軾「以議論為詩」的一篇代表作。

❀ 贈劉景文

題解

本篇作於元祐五年（1090 年）蘇軾知杭州時。劉景文，名季孫，北宋開封祥符（今屬河南開封）人，當時任兩浙兵馬都監，駐杭州。劉景文工詩文，蘇軾很看重他，曾稱他為「慷慨奇士」，與他詩酒往還，交誼頗深。

荷盡已無擎雨蓋，菊殘猶有傲霜枝。
一年好景君須記，最是橙黃橘綠時。

新解

荷盡已無擎雨蓋，菊殘猶有傲霜枝。一年好景君須記，最是橙黃橘綠時——蓋，車蓋，這裡比喻荷葉。最，一本作「正」。這四句意為：初冬時節荷花已枯敗，荷莖再也不能舉起擎雨的荷葉，菊花枯萎，花、葉全無，只有枝幹依然挺拔，鬥風傲霜。你應記住，一年之中最好的風光是初冬橙黃橘綠之時。詩人先用高度概括的筆墨描繪了一幅殘秋的圖景，然後借對橙橘的歌頌，點明詩旨，語淺情遙，耐人尋味。

新評

這首小詩透過荷、菊、橙、橘四種時物的變化特徵,生動細膩地描寫了深秋初冬的景色。最末兩句是贊是惜,曲盡其妙。更可貴的是,這還不是一首單純的寫景詩,它融寫景、詠物、贊人於一體,借物喻人,讚頌劉景文的品格與節操。

❀ 泛潁

題解

元祐六年(1091年)八月,蘇軾以翰林學士承旨兼侍讀出知潁州(治所在今安徽阜陽)。此詩當是詩人到潁州後所作。潁,潁河。《清一統志》:「西湖在阜陽縣西北三里,長十里,廣二里。潁河合諸水匯流處也。」

> 我性喜臨水,得潁意甚奇。
> 到官十日來,九日河之湄。
> 吏民相笑語,使君老而癡。
> 使君實不癡,流水有令姿。
> 繞郡十餘里,不駛亦不遲。
> 上流直而清,下流曲而漪。
> 畫船俯明鏡,笑問汝為誰?
> 忽然生鱗甲,亂我須與眉。
> 散為百東坡,頃刻復在茲。
> 此豈水薄相,與我相娛嬉。
> 聲色與臭味,顛倒眩小兒。

等是兒戲物，水中少磷緇。
趙陳兩歐陽，同參天人師。
觀妙各有得，共賦泛潁詩。

新解

　　我性喜臨水，得潁意甚奇。到官十日來，九日河之湄。吏民相笑語，使君老而癡。使君實不癡，流水有令姿——湄，水邊。這八句意為：「我」本性喜愛水，看到潁水覺得它很有奇特之處。「我」到任之後十天裡，有九天來到河邊。屬下官吏和百姓相互笑著說，我們的長官老而傻了。「我」其實並不是傻，而是這流水實在有令人著迷之處。

　　繞郡十餘里，不駛亦不遲。上流直而清，下流曲而漪。畫船俯明鏡，笑問汝為誰？忽然生鱗甲，亂我鬚與眉。散為百東坡，頃刻復在茲。此豈水薄相，與我相娛嬉——不駛亦不遲，用陶潛《和胡西曹示顧賊曹》中「蕤賓五月中，清朝起南颶。不駛亦不遲，飄飄吹我衣」詩句，寫水流不急也不緩。漪，微波。鱗甲，指水的波紋。薄相，遊戲，今滬語寫作「白相」。這十二句意為：河水繞著郡城十多里，流得不急也不緩。上游河道直而河水清澈，下游河道曲折而河水有波紋。風平浪靜，畫船在水面上如同在明鏡上一樣，自己的影子倒映在水中，「我」笑著問他你是誰。忽然微風吹來，河面生起波紋，打亂了水中「我」的影子。波紋散開，水中出現了許多「我」的形象。風停波靜，頃刻之間又恢復成一個「我」了。這是水在和「我」開玩笑，與「我」一同嬉戲娛樂呢。這幾句恣意揮斥而妙趣橫生，筆力曲折而無不盡意。

　　聲色與臭味，顛倒眩小兒。等是兒戲物，水中少磷緇——磷緇，出自《論語·陽貨》：「不曰堅乎？磨而不磷；不曰白乎？涅

而不緇。」因打磨而變薄叫磷，因染色而變黑叫緇，用以比喻受環境影響而起變化。這四句意為：世人為榮華富貴、聲色貨利所迷惑，弄得七顛八倒。水同樣是兒戲之物，但玩水不致染上不良習性。這幾句寫出了自己不會同流合污及淡泊超脫的個性。

趙陳兩歐陽，同參天人師。觀妙各有得，共賦泛潁詩——趙，趙令疇，字景貺，當時以承議郎為潁州簽判。陳，陳師道，字履常，一字無己，當時任潁州教授。兩歐陽，指歐陽修的兩個兒子歐陽棐和歐陽辯，因母去世，居潁州。觀妙，《老子》中說：「常無欲以觀其妙。」這裡用其意。這四句意為：同游的人有趙令疇、陳無己、歐陽棐和歐陽辯，他們與「我」共同參悟天地之道，各自從中悟出人生哲理，共賦《泛潁》詩。

新評

這首詩記述了詩人泛舟潁河的過程，寫出了詩人獨特的感受和頓悟。在詩人筆下，一切景物皆充滿哲理而又透出蓬勃的朝氣。在這首詩中，詩人俯船下望，見水中影，生出不知是人是「我」的疑惑；轉而水動波生，紋起影亂，「散為百東坡」，而少頃複又聚為一影。這一現象給了詩人以很深的感悟。詩意是虛中見虛，虛而求實，而形象卻是活潑的，於常景中寫出新意，這表現出詩人很深的功力。從總體上看，這首詩清新俊逸，舒卷自如，是蘇軾這一時期的代表作。

❀ 書丹元子所示李太白真

題解

元祐八年（1093年）九月，詩人以侍讀學士出知定州（今河北定縣），此詩是到定州後所作。這是蘇軾題在李白畫像上的一首詩。丹元子，一位姚姓道士的別號，作者曾稱他「飄飄然有謫仙風氣」。真，畫像。

天人幾何同一漚，謫仙非謫乃其遊，
麾斥八極隘九州。化為兩鳥鳴相酬，
一鳴一止三千秋。開元有道為少留，
縻之不可矧肯求。西望太白橫峨岷，
眼高四海空無人。大兒汾陽中令君，
小兒天臺坐忘身。平生不識高將軍，
手汙吾足乃敢嗔。作詩一笑君應聞。

新解

天人幾何同一漚，謫仙非謫乃其遊，麾斥八極隘九州。化為兩鳥鳴相酬，一鳴一止三千秋。開元有道為少留，縻之不可矧肯求——天人，指聰慧有才藝的人。用魏時邯鄲淳稱讚曹植的話（見《三國志‧魏書‧王粲傳》裴注引《魏略》）。詩裡借指古代才俊之士。漚（又），水泡。佛教認為天（宇宙）、人（人生）都很短暫，像個水泡，旋生旋滅。謫仙，指李白。《新唐書‧李白傳》載，賀知章讀了李白的文章，讚歎說：「子，謫仙人也！」麾斥，放縱。八極，指極遠的地方。《淮南子‧地形訓》：「九州之外有八寅，八寅之外有八紘，八紘之外有八極。」隘，狹小。此處作動詞用。九州，原指上古時代中國的行政區劃，後泛指中華大地。雙鳥，指李白和杜甫兩大詩人。開元，唐玄宗的年號（713年—741年）。此時玄宗治國有道，社會繁榮，史稱盛世。縻（ㄇㄧˊ），籠絡。

羿（ㄕㄣˇ），況，況且。這七句意為：古來多少才俊之士都已湮沒無聞了，像李白這樣的仙人出現在人間並不是有罪被貶，不過是其高興下凡來遊歷罷了。他放縱八極，暢遊天地，那個小小的九州在他的眼裡就顯得十分狹小了。李白和杜甫同時，他們以詩歌互相酬答，很難再得，有如天外雙鳥，一唱一停要經過三千年。李白因為開元年間政治清明，才肯在長安短暫停留。像這種人皇帝都沒法籠絡他，難道他還會去乞求什麼嗎？這七句用幻境寫李白的精神境界，比喻奇特。

西望太白橫峨岷，眼高四海空無人。大兒汾陽中令君，小兒天臺坐忘身。平生不識高將軍，手汙吾足乃敢嗔。作詩一笑君應聞──太白，秦嶺主峰，在陝西省武功縣南。峨，峨眉山。岷，岷山，在今四川境內。大兒、小兒，東漢末年禰衡蔑視權貴，只稱讚孔融和楊修，曾說：「大兒孔文舉，小兒楊祖德。餘子碌碌，莫足數也。」（見《後漢書‧禰衡傳》）汾陽中令君，指郭子儀，曾被封為汾陽王，任中書令。天臺坐忘身，指司馬承禎。他曾寫過一篇《坐忘論》。高將軍，高力士，唐玄宗最寵信的宦官，曾任右監門衛將軍、驃騎大將軍。相傳李白在宮中陪玄宗喝酒，醉後令高力士脫靴。嗔，生氣。君，指李白。這七句意為：西望秦、蜀之間，太白山、峨眉山、岷山高聳入天，隔斷道路，李白也是眼高絕頂，雄視四海，只看得起郭子儀和司馬承禎。我李白一生也不認識高力士，他給我脫靴要是弄髒我的腳，我就生氣地斥責他。我蘇軾作詩已畢，付之一笑，你李白應該是聽到了吧。此七句是全詩的主旨，著重寫李白對權貴的蔑視。

新評

這首詩以近乎戲謔的語言表達了蘇軾對李白這位偉大前輩獨特

而深刻的理解。詩人運用一連串的比喻和典故將李白視王侯如糞土的精神面貌非常準確而豐滿地反映出來,同時也反映出詩人自己的思想情操。全詩句句用韻,七句換韻,這在古體詩中是少見的章法。

❀ 八月七日初入贛,過惶恐灘

題解

紹聖元年(1094 年),詩人赴惠州(今廣東惠州)貶所,路經惶恐灘時所作。此年「新黨」再度執政,蘇軾被政敵迫害,不斷貶官,最後以寧遠軍節度副使的名義,安置在惠州。從江西萬安到贛州,贛江北流,沿途有十八個灘,其中以黃公灘最險,南方人讀「黃公」如「惶恐」,後訛變為惶恐灘。

> 七千里外二毛人,十八灘頭一葉身。
> 山憶喜歡勞遠夢,地名惶恐泣孤臣。
> 長風送客添帆腹,積雨扶舟減石鱗。
> 便合與官充水手,此生何止略知津。

新解

七千里外二毛人,十八灘頭一葉身。山憶喜歡勞遠夢,地名惶恐泣孤臣 ── 七千里,當指作者家鄉距離贛江里程的約數。二毛人,垂老的人。老年人頭髮兼有黑白二色,故稱。一葉身,乘坐一葉扁舟的人,與上句「二毛人」均指老而被貶,冒險遠行的自己。喜歡,作者自注:「蜀道有錯喜歡鋪,在大散關上。」孤臣,遭冷遇被貶謫的臣子。這四句意為:「我」這個從七千里外被謫

貶來的頭髮斑白的老人，隻身乘坐一葉小船在十八里灘上漂泊。因思念故鄉山水而憂思成夢，看到這叫惶恐灘的灘頭就更讓「我」愁極而泣了。

長風送客添帆腹，積雨扶舟減石鱗。便合與官充水手，此生何止略知津——石鱗，水流過江底石上所形成如魚鱗的波紋。與，為、替的意思。知津，知道渡口所在。《論語·微子》載：孔子曾在途中向隱士長沮、桀溺問津。他們因為不同意孔子那種急於用世的主張，避免作正面答覆，只說：「是知津矣。」（他是知道渡口的，何必問我們。）這裡是反用其意。這四句意為：順風行船，風將船帆吹得鼓了起來，送「我」遠行；久雨過後，江水新漲，船行江上，水深看不到那麼多石鱗了。「我」正應當為官府充當水手，因為「我」一生經歷的風浪多的是，豈止是知道幾個渡口而已。格調由淒苦轉向豪放，結尾更作達觀語。

新評

詩上半首氣勢顯得低沉，當他過那十分險惡令人惶恐的險灘時，忽然回想到四十年前，初從四川取道陝西入京趕考，經過錯喜歡鋪的情景。年輕時功名順遂，原以為致君澤民，大有可為，然而四十年的經歷卻告訴自己，那些想法只不過是錯喜歡，而今所有的，則是垂淚孤臣的無限惶恐而已。這是對自己一生的高度概括，卻以唱歎出之，令人淒然欲絕。而下半首的第五、六句則忽然轉入開朗，以行船遇到順風漲水，來暗示自己面對種種逆境不屈不撓，終能戰勝它們，所以也沒有什麼值得顧慮的。結尾以水手自喻，是對前第二、第四兩句的否定。如此曠達語，將前面低沉的情緒一掃而空，充分顯示了詩人開闊的胸襟，也顯示了蘇詩「清雄」的特色。如此用意用筆，大闔大開，妙不可言。

❀ 荔支歎

題解

這首七言古詩作於哲宗紹聖二年（1095年），當時作者正被貶謫在惠州（治所在今廣東惠陽）。荔支，即荔枝。本篇是為歷代進貢荔枝這類弊政而發出的嗟歎，故名。這首詩將對歷史的批判和對現實的揭露結合起來，歷來被譽為「史詩」。作者雖在政治上屢遭打擊，但他仍然關心現實，常常在詩中提出自己的政見，指陳得失，一顆赤子之心，是經常和人民的疾苦聯繫在一起的。無論從思想上還是藝術上，都深得老杜之精髓。

十里一置飛塵灰，五里一堠兵火催。
顛坑僕穀相枕藉，知是荔支龍眼來。
飛車跨山鶻橫海，風枝露葉如新采。
宮中美人一破顏，驚塵濺血流千載。
永元荔支來交州，天寶歲貢取之涪。
至今欲食林甫肉，無人舉觴酹伯游。
我願天公憐赤子，莫生尤物為瘡痏。
雨順風調百穀登，民不饑寒為上瑞。
君不見武夷溪邊粟粒芽，前丁後蔡相籠加。
爭新買寵各出意，今年鬥品充官茶。
吾君所乏豈此物？致養口體何陋耶！
洛陽相君忠孝家，可憐亦進姚黃花。

新解

十里一置飛塵灰，五里一堠兵火催。顛坑僕穀相枕藉，知是

荔枝龍眼來——置，驛站，差官歇腳換馬的設施。堠（ㄏㄡˋ），大路旁記里程的土堆，這裡也借指驛站。飛塵灰，指人馬奔馳，塵土遠揚。兵火催，形容趕路緊迫，有如兵火。顛、僕，摔倒。枕藉，死傷的人相枕而臥，倒在一起。龍眼，桂圓。歷朝進貢，主要是荔枝，但漢代曾兩物同貢。這四句意為：皇帝叫差官運送荔枝十里換一次馬，五里設一個亭站，快馬疾馳，塵土飛揚，就像傳送軍事情報一樣。由於奔跑得太快，有的跌入坑裡，有的摔進山谷，屍體散亂地堆在一起。看到這些，人們就知道是進貢的荔枝和龍眼到了。這是描寫漢代急如星火運送進貢荔枝的情形。

飛車跨山鶻橫海，風枝露葉如新采。宮中美人一破顏，驚塵濺血流千載——飛車，古代神話中能在天空飛行的車子。鶻，這裡指一種快船。進貢荔枝，都用快馬驛遞。飛車既非世間所有，進貢也不用水運，所以這句只是說明為了早日送到荔枝，不惜想盡一切辦法。宮中美人，指楊貴妃。破顏，一笑。這四句意為：皇帝為了加快運送速度，用飛車躍過山崗，用快船穿過海道，使荔枝的風枝露葉就像新採的一樣。皇帝為了博得美人因吃上鮮荔枝而一笑，情願讓人民遭殃。多年以來，莫不如此。這是描寫唐代傳送進貢荔枝的情景。

永元荔枝來交州，天寶歲貢取之涪。至今欲食林甫肉，無人舉觴酹伯遊。我願天公憐赤子，莫生尤物為瘡痏。雨順風調百穀登，民不饑寒為上瑞——永元，東漢和帝的年號（89年—104年）。交州，今廣東、廣西南部。天寶，唐玄宗的年號（742年—755年）。涪，涪州（今重慶市涪陵區）。林甫，李林甫，唐玄宗天寶年間的宰相。他口蜜腹劍，一意逢迎，對進貢荔枝的事毫不勸阻，所以人民恨不得吃他的肉。觴，一種酒器。酹，將酒倒在地上，古代的一種祭儀。伯游，即唐羌。東漢和帝時，交州進貢荔枝、龍眼，

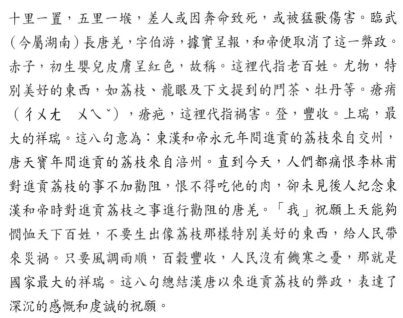

十里一置，五里一堠，差人或因奔命致死，或被猛獸傷害。臨武（今屬湖南）長唐羌，字伯游，據實呈報，和帝便取消了這一弊政。赤子，初生嬰兒皮膚呈紅色，故稱。這裡代指老百姓。尤物，特別美好的東西，如荔枝、龍眼及下文提到的鬥茶、牡丹等。瘡痏（ㄔㄨㄤ　ㄨㄟˇ），瘡疤，這裡代指禍害。登，豐收。上瑞，最大的祥瑞。這八句意為：東漢和帝永元年間進貢的荔枝來自交州，唐天寶年間進貢的荔枝來自涪州。直到今天，人們都痛恨李林甫對進貢荔枝的事不加勸阻，恨不得吃他的肉，卻未見後人紀念東漢和帝時對進貢荔枝之事進行勸阻的唐羌。「我」祝願上天能夠憫恤天下百姓，不要生出像荔枝那樣特別美好的東西，給人民帶來災禍。只要風調雨順，百穀豐收，人民沒有饑寒之憂，那就是國家最大的祥瑞。這八句總結漢唐以來進貢荔枝的弊政，表達了深沉的感慨和虔誠的祝願。

　　君不見武夷溪邊粟粒芽，前丁後蔡相籠加。爭新買寵各出意，今年鬥品充官茶。吾君所乏豈此物？致養口體何陋耶！洛陽相君忠孝家，可憐亦進姚黃花——武夷，山名，在福建，著名的產茶區。粟粒芽，初春的芽茶，小如粟粒，是茶之極品，極珍貴。丁，丁謂，宋真宗時曾任宰相，以諂媚著稱，封晉國公。蔡，蔡襄，字君謨，以有風節著稱，官至端明殿學士，曾著《茶錄》。作者自注雲：「大小龍茶，始於丁晉公，而成於蔡君謨。歐陽永叔聞君謨進小龍團，驚歎曰：『君謨，士人也。何至作此事？』」籠加，籠裝加封，進貢朝廷。鬥品，可供比賽的精品茶。宋代士大夫有鬥茶的風俗。各出所得名茶，共同品嘗，較其高下。官茶，向官家進貢的茶。致養口體，奉養皇帝的口腹和身體，指物質享受。《孟子·離婁》中曾說，奉養父母應當養志（隨順其心意）而不應只注意養口體（供應豐富的物質享受）。何陋耶，多麼庸俗

啊。洛陽相君，指錢惟演。他晚年以使相留守西京（洛陽），故稱。忠孝家，錢惟演的父親吳越王錢俶主動歸降宋朝，被太宗稱讚為「以忠孝而保社稷」，所以說他出自「忠孝家」。可憐，可惜。姚黃，牡丹中的珍品，黃色，最初由姓姚的培養出來，故稱。錢惟演晚年留守洛陽時，曾將此花進貢仁宗。這八句意為：君不見武夷溪邊的粟粒芽，先後被丁謂和蔡襄籠裝加封進貢給皇帝。他們各出主意，藉以爭新討好。今年還借鬥茶為名，將所得名茶作為進貢皇家的官茶。難道我們的君王所缺乏的就是這些東西嗎？進貢這些滿足君王口腹之欲的東西真是太庸俗了。可惜現在被稱為忠孝之家的洛陽錢惟演也開始給皇帝進貢叫姚黃的牡丹花了。這八句由感歎漢唐進貢荔枝的弊政，聯繫到當今貢茶、貢花之事，批判當時的弊政。

新評

這首詩由漢唐時代進貢荔枝給人民造成的災難落筆，揭示了由於皇家的窮奢極欲、官吏的媚上取寵，各地名產都得進貢的弊政，對宋代的茶貢、花貢，也作了深刻的諷刺。詩中首十二句寫漢唐貢荔枝之擾民，繼以四句作議論，貫通前後。然後由古及今，感歎不但前代弊政未革，又複花樣翻新，雖以忠孝聞名的賢王、以有風節著稱的文士也有貢茶、貢花之事，可見這項弊政，有增無減。詩篇雖若歎古，實則諷今。不及貢茶、貢花之擾民，而其擾民與進貢荔枝無異，自在言外。本詩寫得跌宕起伏，沉鬱頓挫，這種大闔大開、似斷實連的結構，奔騰磅 的筆勢，造就了強烈的藝術效果。

食荔支二首（選一）

題解

紹聖三年（1096年）蘇軾謫居惠州時作。荔支，即荔枝。作者對嶺南的荔枝，具有特別的愛好，故藉以表達一種放達自適的人生態度。

羅浮山下四時春，盧橘楊梅次第新。
日啖荔支三百顆，不辭長作嶺南人。

新解

羅浮山下四時春，盧橘楊梅次第新。日啖荔枝三百顆，不辭長作嶺南人——羅浮山，在廣東東江北岸的增城、博羅、河源等縣之間，長達百餘公里。盧橘，即枇杷。次第，依次。啖（ㄉㄢ ㄟ），吃。嶺南，大庾嶺等五嶺以南地區。惠州在大庾嶺南，故云。這四句意為：羅浮山下一年四季都是春天，枇杷和楊梅依次成熟。每天能吃上三百顆荔枝，「我」寧願長作嶺南地區的居民。

新評

具有開闊胸襟和樂觀精神的人能在生活中處處發現生活的樂趣，蘇軾就是如此。蘇軾在詩中巧用戲語，誇張風趣、生動傳神地表現了他對荔枝的由衷讚美和觸處生春的生活情趣，令人讀後有輕鬆愉悅之感。

縱筆

題解

　　本詩係詩人於紹聖四年（1097年）作於惠州。據《艇齋詩話》說此詩傳至京師，宰相章惇看見了，說：「蘇軾在惠州還這般快活嗎？」怒而再予謫貶。不久蘇軾即被再貶儋（ㄉㄢ）耳（今海南省儋州市。在當時是最邊遠、最荒涼的軍州）。

　　白髮蕭散滿霜風，小閣藤床寄病容。
　　報導先生春睡美，道人輕打五更鐘。

新解

　　白髮蕭散滿霜風，小閣藤床寄病容。報導先生春睡美，道人輕打五更鐘——蕭散，蕭疏冷落的樣子。這裡形容頭髮稀少。報導，報告說。先生，作者自指。這四句意為：「我」白髮稀疏滿面蒼老之色，躺在小閣樓的藤床上休養有病之身。下人報說「先生睡得很甜美」，道士就輕輕敲鐘報時，以免驚醒「我」。

新評

　　詩人以白描手法，寥寥幾筆就勾畫出一位飽經風霜、老病纏身而又安閒自適、淡然處之的自我形象，表現出自己達觀知命、積極樂觀的精神風貌。

　　❀ 被酒獨行，遍至子雲、威、徽、先覺四黎之舍三首（選一）

題解

本詩作於元符二年（1099 年）春，共三首，此選一首。時蘇軾六十四歲，已被貶謫儋州（州治在今海南省儋州市）兩年。他身為「罪人」，初期居官舍，後被逐出。幸得王介石等人的幫助，在城南「汙池之側桃榔樹下」，築了五間泥房居住。被酒，帶醉，剛喝過酒。子雲、威、徽、先覺，當地四個姓黎的村民，是蘇軾的好友。

半醒半醉問諸黎，竹刺藤梢步步迷。
但尋牛矢覓歸路，家在牛欄西復西。

新解

半醒半醉問諸黎，竹刺藤梢步步迷。但尋牛矢覓歸路，家在牛欄西復西——問，訪問，拜訪。諸黎，諸位黎姓人家。牛矢，牛糞。這四句意為：「我」半醒半醉之中訪問諸位黎姓農家，地面竹刺藤梢叢生，路徑不明。「我」回家找不著路，只得沿著有牛糞的路徑走，因為「我」家就在牛欄之西，大致不會走錯的。

新評

這首詩以淺易如話的語言表現了生活的真實，毫不雕琢，雖寫了「牛矢」之類粗俗的東西，但因作者從真情實感出發，讀起來使人感受的不是「淺俗」而是雅，不是「粗醜」而是美。於毫不經意間呈現出行雲流水般的活潑姿態，確是大家氣格。

❀ 汲江煎茶

題解

　　元符三年（1100年）在儋州作。這首詩描寫了汲江水煎茶的過程，清新活潑，從一個側面反映了詩人謫居僻鄉的生活情況和精神狀態。

　　活水還須活火煮，自臨釣石取深清。
　　大瓢貯月歸春甕，小杓分江入夜瓶。
　　雪乳已翻煎處腳，松風忽作海時聲。
　　枯腸未易禁三碗，坐聽荒城長短更。

新解

　　活水還須活火煮，自臨釣石取深清。大瓢貯月歸春甕，小杓分江入夜瓶──活水，流動的水。活火，謂猛火。深清，指既深又清的江水。甕，一種盛東西的陶器，腹部較大。這四句描寫了煎茶取水的過程：煎茶水要用流動的水，火要用猛火，「我」親自到釣魚石上取江深處的清水。月下用大瓢向甕裡舀水，月映在水中，好像把月也舀在瓢中，用小勺將江水注入瓶中。

　　雪乳已翻煎處腳，松風忽作海時聲。枯腸未易禁三碗，坐聽荒城長短更──處腳，指茶腳。松風，喻湯沸聲。三碗，反引唐·盧仝《謝孟諫議新茶》「三碗搜枯腸」詩意。長短更，指報更敲鼓之數。敲少者為短，多者為長。這四句意為：乳白色的茶湯翻滾著煎著茶腳，茶湯沸騰之聲聽起來彷彿海潮聲。枯腸難禁三碗茶水，坐聽荒城長短報更之鼓聲。此四句寫出了謫居心情，有弦外之音。

新評

這首詩描繪汲水煎茶之過程，比喻生動形象，生活情景信手拈來，風格清新活潑，非東坡之大手筆，不能道此。南宋詩人楊萬里對這首詩十分讚賞，稱其「一篇之中句句皆奇，一句之中字字皆奇」。

❀ 儋耳

題解

紹聖四年（1097年）蘇軾貶儋耳。元符三年（1100年）正月哲宗去世，徽宗繼位，詔元祐中謫官都遷回內郡居住，這首詩即作於此時。詩中表現了作者初得詔書時的欣喜之情。儋耳，即今海南省儋州市。

霹靂收威暮雨開，獨憑欄檻倚崔嵬。
垂天雌霓雲端下，快意雄風海上來。
野老已歌豐歲語，除書欲放逐臣回。
殘年飽飯東坡老，一壑能專萬事灰。

新解

霹靂收威暮雨開，獨憑欄檻倚崔嵬。垂天雌霓雲端下，快意雄風海上來——霹靂，疾猛之雷。崔嵬，山高貌。霓，彩虹。《埤雅》：「虹常雙見，鮮盛者為雄，其暗者雌。」此處以雌喻小人。雄風，帝王之風。戰國楚・宋玉《風賦》：「此大王之雄風也。」這四句既寫眼前實景，又是象徵時局。首句象徵朝政更新，第三

句象徵政敵的失勢，此時迫害元祐黨人的蔡京等人已受到台諫的排擠。第四句既寫海風之快意，又暗喻內移詔書的降臨。四句意為：在雷雨停住的黃昏時刻，「我」獨自登高，憑欄遠望。雲端下彩虹橫跨天際，海面吹來的風令人心怡氣爽。

野老已歌豐歲語，除書欲放逐臣回。殘年飽飯東坡老，一壑能專萬事灰——除書，拜官之詔書。除去舊官，改授新官曰除。一壑能專，意為有棲身之地。《莊子‧秋水》載坎井之蛙語：「擅一壑之水而誇坎井之樂，此亦至矣。」莊子是譏坎井之蛙的淺薄，後人卻以「專一丘之歡，擅一壑之美」表現「輕天一，細萬物」的隱逸思想（晉‧陸雲《逸民賦序》）。蘇軾的用法與此相同。前兩句一寫農民豐收之喜，一寫自己被召回之喜；後兩句寫自己今後的打算，略顯消沉。四句意為：農民們唱著歡慶豐收的歌，拜官的詔書要把被放逐的人召回。「我」已是風燭殘年，只要能吃飽飯，有棲身之地，就別無奢求了。

新評

全詩由景入手，起筆雄勁，中間聯繫時局，屬對精警，結尾袒露心聲，雖然被召還內地，但已風燭殘年，萬念俱灰，不能有什麼作為了。

❀ 澄邁驛通潮閣二首（選一）

題解

元符三年（1100年）五月，蘇軾受命移廉州（今廣西合浦縣）安置。六月赴廉州途中作此詩。原共二首，此處選第二首。澄邁

驛，設在澄邁縣（今海南省北部）的驛站。通潮閣，一名通明閣，
在澄邁西，是驛站的建築。

　　餘生欲老海南村，帝遣巫陽招我魂。
　　杳杳天低鶻沒處，青山一發是中原。

新解

　　餘生欲老海南村，帝遣巫陽招我魂。杳杳天低鶻（ㄏㄨˊ）沒
處，青山一發是中原──帝，天帝。巫陽，古代女巫名。《楚辭‧
招魂》：「帝告巫陽曰：『有人在下，我欲輔之。魂魄離散，汝
筮予之。』（巫陽）乃下招曰：『魂兮歸來！』」此處詩人化用《招
魂》之意，借天帝以指朝廷，借招魂以指奉旨內遷。杳杳，形容
極遠。這四句意為：「我」要在這海南荒村度過「我」的殘生了，
「我」盼望著天帝能派人招回「我」的遊魂。在遙遠的鶻鳥飛沒
的盡頭，連綿橫亙的青山細如髮絲，那裡就是中原大地。後二句
以遠景抒寫對故鄉的懷念之情，情感熾熱綿長，動人心魄。

新評

　　這首詩著意抒發思鄉盼歸的心情，卻不直抒胸臆，而是以景寫
情。黃庭堅曾稱讚蘇軾的詩「氣吞五湖三江」，而「杳杳（一ㄠˇ）
天低鶻沒處，青山一發是中原」正顯示了蘇詩特有的磅　氣勢。詩雖
寫悲傷之懷，卻不流於頹唐委頓，畫面疏朗，筆力雄放。前人稱蘇
詩有「清雄」之特色，這首堪稱代表作。

　　❀ 六月二十日夜渡海

題解

　　這首詩是元符三年（1100年）六月詩人自海南島北歸時所作。紹聖元年（1094年），哲宗親政，蔡京、章惇之流用事，專整元祐舊臣，蘇軾被一貶再貶，由英州（今廣東英德）至惠州，最後遠放儋州，前後七年。直到元符三年（1100年）五月，才獲赦北歸。這時，他已六十五歲了。此詩是他北歸渡瓊州海峽時所作。

　　參橫斗轉欲三更，苦雨終風也解晴。
　　雲散月明誰點綴，天容海色本澄清。
　　空餘魯叟乘桴意，粗識軒轅奏樂聲。
　　九死南荒吾不恨，茲游奇絕冠平生。

新解

　　參橫斗轉欲三更，苦雨終風也解晴。雲散月明誰點綴，天容海色本澄清——參、斗，二十八宿中的兩宿。橫、轉，指星座位置的移動。三更，半夜。一夜分為五更。苦雨，下個不停的雨。終風，吹個不停的風。點綴，加以襯托或裝飾，使原有的事物變得更為美好。《晉書·謝重傳》載，謝重在會稽王司馬道子家裡做客，正值月色明淨。司馬道子認為極好，謝重卻認為不如有點雲彩點綴的好。司馬道子開玩笑說：你自己心地不乾淨，還想將天空也弄得污穢嗎？此處用這個典故比喻自己被政敵誣陷，但本來清白，終獲昭雪。這四句意為：參宿和斗宿移動位置，天色已快到半夜了。本來淒風苦雨不停，此時人要渡海，似乎風雨也知道，因而放晴了。天空雲散月明，沒有任何點綴，海天之間現出原本的澄清景象。這四句寫渡海時所見，以寫景為主，但景中含情，情景交融。

空餘魯叟乘桴意，粗識軒轅奏樂聲。九死南荒吾不恨，茲游奇絕冠平生——魯叟，指孔子。乘桴（ㄈㄨˊ），坐木筏。《論語•公冶長》云：「道不行，乘桴浮於海。」（孔子曾慨歎自己的主張無法實現，想坐木筏到海外去。）軒轅，即黃帝。《莊子•天地》：「（黃）帝張（演奏）咸池之樂於洞庭之野。」這句是以軒轅古樂比大海濤聲。九死，多次幾乎送命。冠，居第一位。這四句意為：我如今渡海北歸，只不過空有孔子乘桴行道的想法還留在胸中，領會到大海波濤之聲如黃帝演奏的咸池之音樂。儘管被貶南荒之地九死一生，但我並不以此為恨，因為這番遊歷中我所見到的奇絕景色是我一生中最多的。這四句用典巧妙。末二句既含蓄，又幽默。讀至此，詩人的曠達襟懷和豪放性格也就躍然紙上了。

新評

蘇軾在其政敵的殘酷迫害之下，被貶謫南方達七年之久，經受了無窮無盡的物質上的困苦與精神上的折磨，但他始終是樂觀和豁達的。

前四句純用比體，融情於景。「雲散」一聯，看似寫景，而詩人意在抒情，用晉人典故來闡述自己雖然長期被人誣衊和陷害，但本來是清白純潔的，所以現在終於真相大白，極為精切。第五句言遷流海外有年，愧未能在其地化民成俗，所以只能說有乘桴之事，而未能符孔子之心，因此不免遺憾。但就個人而言，卻已飽覽奇景，雖死無恨了。詩中沒有怨，沒有悔，而只是感到禍中得福，真是胸襟闊大，寵辱不驚。蘇軾的作品何以成為中國人民抵抗庸俗風習和黑暗勢力的精神支柱，也可以從這些地方找到一些原因。

◎第二篇：詞（蘇東坡）

❀ 水調歌頭（明月幾時有）

題解

今人龍榆生《唐宋詞格律》：唐大曲有《水調歌》，據《隋唐嘉話》，為隋煬帝鑿汴河時所作。宋樂入「中呂調」，見《碧雞漫志》卷四。凡大曲有「歌頭」，此殆裁截其首段為之。九十五字，前後片各四平韻。亦有前後片兩六言句夾葉仄韻者，有平仄互葉幾於句句用韻者。

蘇軾此詞作於宋神宗熙寧九年（1076 年），即丙辰年的中秋節，為作者醉後抒情，懷念弟弟蘇轍之作。

丙辰中秋，歡飲達旦，大醉，作此篇，兼懷子由。

明月幾時有？把酒問青天。不知天上宮闕，今夕是何年？我欲乘風歸去，又恐瓊樓玉宇，高處不勝寒。起舞弄清影，何似在人間？　　轉朱閣，低綺戶，照無眠。不應有恨，何事長向別時圓？人有悲歡離合，月有陰晴圓缺，此事古難全。但願人長久，千里共嬋娟。

新解

小序意為：丙辰年中秋節，「我」痛痛快快地飲酒，一直喝到次日天亮，大醉之後創作此詞，並且懷念子由。

明月幾時有，把酒問青天 ——「我」手持酒杯向青天發問，明亮的月亮幾時才有？借用李白「青天有月來幾時？我今停杯一問之」詩意，向青天發問。

不知天上宮闕，今夕是何年 —— 不知道天上的宮闕中，今天

晚上是何年何月。表明作者在「出世」與「入世」之間，亦即在「退」與「進」、「隱」與「仕」之間深自徘徊的困惑心態。

我欲乘風歸去，又恐瓊樓玉宇，高處不勝寒──「我」本想乘著清風回歸天上，又擔心瓊樓玉宇地處高端，不勝寒冷。寫詞人對月宮仙境產生的嚮往和疑慮。其實仍是徘徊於「仕」與「隱」之間的矛盾心理的表現。

起舞弄清影，何似在人間──月光之下翩翩起舞，欣賞清麗的身影，天上比不上人間。暗示詞人的「入世」思想戰勝了「出世」思想，表現了詞人執著於人生、熱愛人間的思想感情。

轉朱閣，低綺戶，照無眠──月光轉過朱閣，低射綺戶，照著不眠之人。實寫月光照人間的景象，並由月引出人事。

不應有恨，何事長向別時圓──「我」與月亮無冤無恨，為何總是在「我」與家人分別之時，它就團圓呢？以設問的方式表達惱月照人，增加「月圓人不圓」的悵恨。

人有悲歡離合，月有陰晴圓缺，此事古難全──人世間有悲歡離合，天上月有陰晴圓缺，這樣的事古來如此，難以兼美。寫詞人對人世間悲歡離合的解釋，也表明作者瀟脫、曠達的襟懷。

但願人長久，千里共嬋娟──但願人間的親情、友情長久，千里之外的兄弟美好如願。轉出更高的思想境界，向世間所有離別的親人，送出深摯的慰問和祝福。

新評

這首詞是蘇軾詞作中的代表作。詞中充分展現了作者對永恆的宇宙和複雜多變的人類社會兩者的綜合理解與認識，是作者的世界觀透過對月和對人的觀察所作的一個以局部概括整體的小小總結。作者俯仰古今變遷，感慨宇宙流轉，厭惡宦海浮沉，在皓月當空、

孤高曠遠的意境中，滲入濃厚的哲學意味，揭示睿智的人生理念，達到了人與宇宙、自然與社會的高度契合。

❀ 水調歌頭（落日繡簾卷）

快哉亭作

題解

本詞作於東坡貶居黃州的第四年，是蘇軾豪放詞的代表作之一。全詞透過描繪快哉亭周圍壯闊的水光山色，抒發了作者曠達豪邁的人生態度。

落日繡簾卷，亭下水連空。知君為我，新作窗戶濕青紅。長記平山堂上，欹枕江南煙雨，渺渺沒孤鴻。認得醉翁語，山色有無中。

一千頃，都鏡淨，倒碧峰。忽然浪起，掀舞一葉白頭翁。堪笑蘭台公子，未解莊生天籟，剛道有雌雄。一點浩然氣，千里快哉風。

新解

落日繡簾卷，亭下水連空——落日之後卷起繡簾，快哉亭下水天相連。交代創作此詞的時間及地點，描繪出一幅「水連空」的壯闊景象。

知君為我，新作窗戶濕青紅——「我」很感謝您為「我」建造了如此華美的亭子。君，指張偓佺，快哉亭的建造者。「窗戶濕青紅」，形容窗戶色彩猶新，如油漆未幹。

長記平山堂上，欹枕江南煙雨，渺渺沒孤鴻。認得醉翁語，山色有無中——常常回憶自己在揚州平山堂所領略的江南山色，

欣賞孤鴻的出沒。也記得醉翁歐陽修公的名言「山色有無中」。此為以憶景寫景。醉翁,即歐陽修。

一千頃,都鏡淨,倒碧峰——快哉亭前的都鏡峰倒映在千頃碧波之上,山水融為一體。此三句寫眼前景,由近及遠。

忽然浪起,掀舞一葉白頭翁——此二句為特寫,描述碧波之中忽顯露白髮漁翁,似乎正是蘇軾自身的寫照。

堪笑蘭台公子,未解莊生天籟,剛道有雌雄。一點浩然氣,千里快哉風——可笑戰國楚宋玉未解莊子有關天籟的見解,只知道風有雌雄之分。其實,江上吹拂的風,不正是充蕩著浩然之氣的快哉之風嗎?蘭台公子,指宋玉,他在《風賦》中,將風分為「大王之雄風」和「庶人之雌風」。「天籟」語出《莊子》,「浩然氣」語出《孟子》。

新評

全詞熔寫景、抒情、議論於一爐,既描寫了浩闊雄壯、水天一色的自然風光,又於其中貫注了一種坦蕩曠達的浩然之氣,展現出詞人身困逆境卻泰然處之、浩氣凜然的精神風貌,充分展現了蘇詞雄奇奔放的特色。

❀ 水調歌頭(昵昵兒女語)

題解

此詞是根據唐朝詩人韓愈寫音樂的名作《聽穎師彈琴》改寫的,大約作於元祐二年(1087年)蘇軾在京師任翰林學士、知制誥時。

歐陽文忠公嘗問余：「琴詩何者最善？」答以退之聽穎師琴詩最善。公曰：「此詩最奇麗，然非聽琴，乃聽琵琶也。」餘深然之。建安章質夫家善琵琶者，乞為歌詞。餘久不作，特取退之詞，稍加括，使就聲律，以遺之云。遺（ㄨㄟˋ：贈送）

昵昵兒女語，燈火夜微明。恩怨爾汝來去，彈指淚和聲。忽變軒昂勇士，一鼓填然作氣，千里不留行。回首暮雲遠，飛絮攪青冥。

眾禽裡，真彩鳳，獨不鳴。躋攀寸步千險，一落百尋輕。煩子指間風雨，置我腸中冰炭，起坐不能平。推手從歸去，無淚與君傾。

新解

小序意為：歐陽文忠公曾經問「我」：「描寫琴聲的詩哪一首最好？」「我」回答說，唐代韓退之《聽穎師彈琴》這首詩最好。歐陽文忠公又說：「這一首詩最為奇麗，但描寫的不是聽琴，而是聽琵琶。」「我」十分同意這一觀點。建安章質夫家一位擅長彈琵琶的人，請「我」作一首歌詞。「我」久久未能寫出，於是特地將韓退之的《聽穎師彈琴》詩稍稍改寫，使之符合聲律，送給他。歐陽文忠公，即歐陽修。刉（ㄩㄣˋ）括，依某種文體原有的內容、詞句改寫成另一種體裁。

昵昵兒女語，燈火夜微明。恩怨爾汝來去，彈指淚和聲——樂聲初發，彷彿靜夜微弱的燈光下，一對青年男女談愛說恨，卿卿我我，往覆不已。「彈指淚和聲」，見出彈奏開始，音調既輕柔又低抑。

忽變軒昂勇士，一鼓填然作氣，千里不留行——曲調由低抑到高昂，猶如氣宇軒昂的勇士，在騤響的鼓聲中，躍馬馳騁，不

可阻擋。

回首暮雲遠，飛絮攪青冥——樂聲又猶如遠天的暮雲，高空的飛絮。以景物形容聲情，把音樂形象化為遠天的暮雲，高空的飛絮，極盡縹緲幽遠之致。

眾禽裡，真彩鳳，獨不鳴。躋攀寸步千險，一落百尋輕——百鳥爭喧，唯獨彩鳳不鳴。瞬息間高音突起，曲折而上，好像走在懸崖峭壁之上，步履維艱。樂聲又陡然下降，恍如一落千丈，飄然墜入深淵，弦音戛然而止。

煩子指間風雨，置我腸中冰炭，起坐不能平——彈者技藝很高，能興風作雨。使聽者感受頗深，腸中忽而高寒、忽而酷熱，時起時坐，不能平靜。

推手從歸去，無淚與君傾——音樂具有震撼人心的力量，不僅使人坐立不寧，而且簡直讓人難以禁受，推手止彈，願隨之歸去。由於連連泣下，再也沒有淚水可以傾灑了。

新評

蘇詞從開頭到下片的「一落百尋輕」均寫音樂，寫音樂的部分比韓詩增加了十個字，占了全詞百分之七十多的篇幅，使得整個作品更為集中、凝煉、主次分明，同時又保留了韓詩的妙趣和神韻。在改寫的過程中，蘇軾顯示了自己的創造性，從而使此詞獲得了新的藝術生命和獨特的審美價值。

附：韓愈《聽穎師彈琴》

昵昵兒女語，恩怨相爾汝。劃然變軒昂，勇士赴敵場。浮雲柳絮無根蒂，天地闊遠隨飛揚。喧啾百鳥群，忽見孤鳳凰。躋攀

分寸不可上，失勢一落千丈強。嗟餘有兩耳，未省聽絲篁。自聞
穎師彈，起坐在一旁。推手遽止之，濕衣淚滂滂。穎手爾誠能，
無以冰炭置我腸。

❀ 念奴嬌（大江東去）
赤壁懷古

題解

今人龍榆生《唐宋詞格律》：又名〔百字令〕、〔酹江月〕、
〔大江東去〕、〔壺中天〕、〔湘月〕。唐・元稹《連昌宮詞》自注：
「念奴，天寶中名倡，善歌。每歲樓下酺宴，累日之後，萬眾喧隘，
嚴安之、韋黃裳輩辟易而不能禁，眾樂為之罷奏。玄宗遣高力士
大呼於樓上曰：『欲遣念奴唱歌，邠王二十五郎吹小管逐，看人
能聽否？』未嘗不悄然奉詔。」（見《元氏長慶集》卷二十四）
王灼《碧雞漫志》卷五又引《開元天寶遺事》：「念奴每執板當席，
聲出朝霞之上。」曲名本此。宋曲入「大石調」，復轉入「道調
宮」，又轉入「高宮大石調」。「此調音節高亢，英雄豪傑之士
多喜用之……一百字，前後片各四仄韻。其用以抒寫豪壯感情者，
宜用入聲韻部。另有平韻一格」。

這首詞寫於神宗元豐五年（1082 年）七月，是蘇軾貶居黃州
期間游黃州城外的赤壁磯時所作。

大江東去，浪淘盡、千古風流人物。故壘西邊，人道是、三國
周郎赤壁。亂石崩雲，驚濤裂岸，卷起千堆雪。江山如畫，一時多
少豪傑。　　遙想公瑾當年，小喬初嫁了，雄姿英發，羽扇綸巾。

談笑間、強虜灰飛煙滅。故國神游,多情應笑我,早生華髮。人生如夢,一樽還酹江月。

新解

大江東去,浪淘盡、千古風流人物 —— 滾滾江水向東流去,大浪淘沙,千古以來的風流人物全都呈現出來。開篇把傾注不盡的大江與名高累世的歷史人物聯繫起來,設置了一個極為廣闊而悠久的空間、時間背景。

故壘西邊,人道是、三國周郎赤壁 —— 人們都說那故壘的西邊,就是當年三國時周瑜打敗曹操的赤壁。周郎,周瑜,字公瑾。這兩句既是拍合詞題,又是下闋緬懷公瑾的伏筆。

亂石崩雲,驚濤裂岸,卷起千堆雪。江山如畫,一時多少豪傑 —— 赤壁之地,亂石如崩裂的雲彩,驚濤駭浪擁向江岸,一如卷起千萬堆雪。江山如畫,一時豪傑紛紛。這五句集中描寫赤壁雄奇壯闊的景物。

遙想公瑾當年,小喬初嫁了,雄姿英發,羽扇綸巾 —— 遙想當年的周公瑾,絕代美人小喬剛剛嫁給他,雄姿英發,手持羽扇,頭戴綸巾。以美人烘托英雄,更見出周瑜的風姿瀟灑、韶華似錦、年輕有為。「雄姿英發,羽扇綸巾」,是從肖像儀態上描寫周瑜裝束儒雅,風度翩翩。綸(ㄍㄨㄢ)巾,古代配有青絲帶的頭巾。「葛巾毛扇」,是三國以來儒將常用的打扮,著力刻畫其儀容裝束,正反映出作為指揮官的周瑜臨戰時的瀟灑從容。

談笑間、強虜灰飛煙滅 —— 談笑之間,強敵就被消滅,化為灰塵煙霧。虜,是對敵軍的憎恨稱呼。

故國神游,多情應笑我,早生華髮 —— 神遊故國,應笑我多情善感,早早就生出花白的頭髮。感慨身世,言生命短促,人生

無常，深沉、痛切地發出了年華虛擲的悲歎。

人生如夢，一樽還酹江月——人生世間如同做夢，「我」還是用一杯酒灑地，祭祀清江明月吧。結句抑鬱沉挫地表達了詞人對坎坷身世的無限感慨。「一樽還酹江月」，借酒抒情，思接古今。酹（ㄌㄟˋ），祭祀的一種方式，以酒灑地。

新評

這首詞感慨古今，雄渾蒼涼，大氣磅礴，昂揚鬱勃，把人們帶入江山如畫、奇偉雄壯的景色和深邃無比的歷史沉思中，喚起讀者對人生的無限感慨和思索，融景物、人事感歎、哲理於一體，給人以撼魂蕩魄的藝術力量。此詞對於一度盛行纏綿悱惻之風的北宋詞壇，具有振聾發聵的作用，是豪放詞最傑出的代表。

❀ 醉翁操（琅然，清圓，誰彈，響空山）

題解

龍榆生《唐宋詞格律》：琴曲，屬「正宮」。沈遵創作，蘇軾始創為填詞……九十一字，前片十平韻，後片七平韻，一仄韻。康熙《御定詞譜》：「此本琴曲，所以蘇詞（按：指《東坡詞》）不載。自辛稼軒編入詞中，復遂沿為詞調。」在宋人中亦只有辛詞一首可校。

此作是為琴曲〔醉翁操〕所譜寫的一首詞。醉翁，即歐陽修。

琅琊幽谷，山水奇麗，泉鳴空澗，若中音會。醉翁喜之，把酒臨聽，輒欣然忘歸。既去十餘年，而好奇之士沈遵聞之往遊，以琴寫其聲，曰〔醉翁操〕。節奏疏宕，而音指華暢，知琴者以

為絕倫。然有其聲而無其辭。翁雖為作歌,而與琴聲不合。又依《楚辭》作〔醉翁引〕,好事者亦倚其辭以制曲。雖粗合韻度,而琴聲為詞所繩約,非天成也。後三十餘年,翁既捐館舍,遵亦沒久矣。有盧山玉澗道人崔閒,特妙於琴,恨此曲之無詞,乃譜其聲,而請於東坡居士以補之云。

　　琅然,清圓,誰彈,響空山。無言,惟翁醉中知其天。月明風露娟娟,人未眠。荷蕢過山前,曰有心也哉此賢。　　醉翁嘯詠,聲和流泉。醉翁去後,空有朝吟夜怨。山有時而童顛,水有時而回川。思翁無歲年,翁今為飛仙。此意人間,試聽徽外三兩弦。

新解

　　序言意為:琅琊幽谷,山水奇麗,泉水鳴於空澗,猶如彈奏音樂。醉翁歐陽修公喜歡此處,常常把酒臨聽,欣然忘歸。歐陽公離開此地十餘年之後,有好奇之士沈遵聽說此景,便去遊賞,同時用琴曲譜寫其聲,名叫〔醉翁操〕。此曲節奏疏宕,樂音華麗而暢達,懂得琴曲的內行認為乃絕倫之作。可是只有琴曲而沒有歌辭。醉翁雖然曾經為此創作歌辭,可惜與琴聲不合。又曾依據《楚辭》創作〔醉翁引〕,好事者又憑藉此辭譜寫樂曲。雖說粗合韻度,但琴聲終被詞所制約,達不到妙然天成的境界。此後三十多年,醉翁已經下世,沈遵也去世許久。盧山的玉澗道人崔閒,對琴特別精通,遺憾此曲沒有歌詞,於是譜寫其聲,請東坡居士來補足。

　　琅然,清圓,誰彈,響空山——如此琅然,如此清圓,像是誰在彈琴,響徹空山。形容鳴泉飛瀑之聲,有如彈琴。

　　無言,惟翁醉中知其天——這是天地間自然生成的絕妙樂曲。

這一絕妙的樂曲，很少有人能得其妙趣，只有醉翁歐陽修能於醉中理解其天然妙趣。

月明風露娟娟，人未眠——鳴泉之聲猶如明月之下的和風微露那般美好，讓聽者無心入眠。從聲響所產生的巨大感人效果來寫流泉之美妙。

荷蕢過山前，曰有心也哉此賢——此流泉之聲響猶如孔子之擊磬聲，荷蕢者對擊磬聲評價說：這個擊磬的人內心賢明啊！用此典故，頌揚流泉之自然聲響。蕢（ㄎㄨㄟˋ），用草編的筐子。

醉翁嘯詠，聲和流泉。醉翁去後，空有朝吟夜怨——醉翁於此嘯詠，其聲音與流泉相和；醉翁離開滁州，流泉失去知音，聲響似帶有怨恨情緒。

山有時而童顛，水有時而回川。思翁無歲年，翁今為飛仙——山頭按時節而逢春，河水按時節而洄流。然而，思念醉翁，沒有年歲之限，他卻早已化為飛仙。

此意人間，試聽徽外三兩弦——鳴泉雖不復存，醉翁也已化為飛仙，但鳴泉之美妙樂曲，醉翁所追求之絕妙意境，卻仍然留存人間。徽，繫弦之繩。

新評

蘇軾此詞，寫鳴泉及其和聲，能將無形之聲寫得真實可感，足見詞人對於大自然造化之工的深切體驗。清‧鄭文焯曰：「讀此詞，覺蘇之深於律可知。」下片對醉翁歐陽修的深切緬懷，無處不在。醉翁泉下有知，當欣喜於當年的慧眼識珠。

❀ 水龍吟（似花還似非花）

次韻章質夫楊花詞

題解

龍榆生《唐宋詞格律》：又名〔龍吟曲〕、〔莊椿歲〕、〔小樓連苑〕。《清真集》入「越調」。各家格式出入頗多，茲以歷來傳誦蘇、辛兩家之作為準。一百零二字，前後片各四仄韻。又第九句第一字並是領格，宜用去聲。結句宜用一字領下三字，收得較為有力。

蘇詞向以豪放著稱，但也有婉約之作，這首〔水龍吟〕即為其中之一。

章質夫即章楶（ㄐㄧㄝˊ）（1027年—1102年），浦城人。治平二年（1065年）進士。哲宗朝，歷集賢殿修撰，知渭州，進端明殿學士。徽宗建中靖國元年（1101），除同知樞密院事。楊花詞即其以〔水龍吟〕為詞牌詠楊花的詞。詞如下：「燕忙鶯懶花殘，正堤上、柳花飄墜。輕飛點畫青林，誰道全無才思。閒趁遊絲，靜臨深院，日長門閉。傍珠簾散漫。垂垂欲下，依前被，風扶起。蘭帳玉人睡覺，怪春衣、雪沾瓊綴。繡床旋滿，香毬無數，才圓卻碎。時見蜂兒，仰粘輕粉，魚吹池水。望章台路杳，金鞍遊蕩，有盈盈淚。」

似花還似非花，也無人惜從教墜。拋家傍路，思量卻是，無情有思。縈損柔腸，困酣嬌眼，欲開還閉。夢隨風萬里，尋郎去處，又還被鶯呼起。　　不恨此花飛盡，恨西園、落紅難綴。曉來雨過，遺蹤何在？一池萍碎。春色三分，二分塵土，一分流水。細看來，不是楊花，點點是離人淚。

新解

似花還似非花，也無人惜從教墜。拋家傍路，思量卻是，無情有思——楊花看似花又不是花，沒有人憐惜它的墜落。它離開楊樹，拋擲路旁，也有無限情思。這幾句既吟詠物象，又寫人言情，準確地把握住了楊花那「似花非花」的獨特「風流標格」。

縈損柔腸，困酣嬌眼，欲開還閉——柔腸因縈繞牽掛而受損，嬌眼因乏困而欲睜又閉。形象地比喻少女初醒時的慵懶之態。

夢隨風萬里，尋郎去處，又還被鶯呼起——這三句化用唐人金昌緒（一說為蓋嘉運）《春怨》詩意：「打起黃鶯兒，莫教枝上啼。啼時驚妾夢，不得到遼西。」借楊花之飄舞以寫思婦由懷人不至引發的惱人春夢。

不恨此花飛盡，恨西園、落紅難綴——不怨恨楊花飛盡，只怨恨西園中的落花飄盡，難以綴起。點出寫楊花的真意，在於惜春。由惜到恨，情思深切。

曉來雨過，遺蹤何在？一池萍碎——拂曉一陣雨過，落花的遺蹤在哪裡呢？只見一池萍碎。這幾句交代恨的具體原因：不僅落紅難綴，而且池萍破碎，猶如心碎。

春色三分，二分塵土，一分流水——春色逝去的結果是，落花已化為塵土，隨流水逝去。「三分」之述極形象，分明是心碎的具化。

細看來，不是楊花，點點是離人淚——仔細看來，那不是楊花，而是點點思念離人之淚。此述惜春之恨，直至落淚，為何而落？乃是由於「離人」。於結尾處點出真正原因。

新評

此詞藉暮春之際「拋家傍路」的楊花，化「無情」之花為「有

思」之人,「直是言情,非復賦物」,幽怨纏綿而又空靈飛動地抒寫了帶有普遍性的離愁。篇末「細看來,不是楊花,點點是離人淚」,實為顯志之筆,千百年來為人們反覆吟誦、玩味,堪稱神來之筆。與章質夫原詞相比,蘇軾的次韻之章更顯柔美,人花合一更為自然。

❀ 滿庭芳(三十三年)

題解

龍榆生《唐宋詞格律》:又名〔鎖陽臺〕,《清真集》入「中呂調」。九十五字,前片四平韻,後片五平韻。過片二字,亦有不葉韻連下為五言句者。康熙《御定詞譜》:「仄韻者,《樂府雅詞》名〔轉調滿庭芳〕。」

這首詞是蘇軾發配黃州時的作品。其時同鄉陳慥與蘇軾過從甚密,五年中七次來訪。元豐六年(1083 年)五月,「棄官黃州三十三年」的王長官因送陳慥到荊南某地訪東坡,得以與東坡會晤,蘇乃作此詞。

有王長官者,棄官黃州三十三年,黃人謂之王先生。因送陳慥來過餘,因為賦此。

三十三年,今誰存者?算只君與長江。凜然蒼檜,霜乾苦難雙。聞道司州古縣,雲溪上、竹塢松窗。江南岸,不因送子,寧肯過吾邦? 摐摐(ㄔㄨㄤ),疏雨過,風林舞破,煙蓋雲幢。願持此邀君,一飲空缸。居士先生老矣,真夢裡、相對殘。歌聲斷,行人未起,船鼓已逢逢。

新解

小序意為：有個叫王長官的人，棄官黃州三十三年，黃州人叫他王先生。他因送「我」的朋友陳慥來荊南，得以與「我」會晤，於是「我」賦此詞。

三十三年，今誰存者？算只君與長江──三十三年過去了，如今誰還存在？算來只有您與長江。將長江擬人化的同時，以比擬的方式將王長官高潔的人品與長江共論，予以高度評價。

凜然蒼檜，霜乾苦難雙──猶如凜然屹立的蒼檜，經歷風霜苦雨，更見挺拔。喻王長官品格之高。

聞道司州古縣，雲溪上、竹塢松窗──聽說王長官居住在司州古縣，竹塢松窗，雲溪潺潺。司州古縣，指王長官當時居住的地方──黃陂，唐代武德初以黃陂置南司州。這兩句記述王長官所居之處甚為古樸寧靜。

江南岸，不因送子，寧肯過吾邦──王長官居住在長江南岸，若不是因為送人，哪肯來我們這一帶。言王長官因為有寧靜的居處，故不肯輕易外出。

擬擬，疏雨過，風林舞破，煙蓋雲幢。願持此邀君，一飲空缸──只聽之聲，疏雨過後，狂風在林中舞畢，雲煙升騰。面對此景，願持此杯邀君共飲，一口氣喝完一缸酒。這幾句既寫當日氣候景色，又透過自然景象的不凡，暗示作者與貴客的遇合之脫俗。擬擬（ㄔㄨㄤ　ㄔㄨㄤ），擬雨聲，其韻鏗然，有風雨驟至之感。

居士先生老矣，真夢裡、相對殘──「我」已經老了，與你徹夜暢談，而不是在夢中。此為對王長官傾訴人生如夢的感受，極形象，以燈下對訴，「真夢裡，相對殘」，寫主客通宵達旦暢飲歡談，彼此情投意合。

歌聲斷，行人未起，船鼓已逢逢——拂曉船行，而醉酒者尚未醒。逢逢（ㄆㄥˊ　ㄆㄥˊ），鼓聲。

新評

全詞語言乾淨簡練之極，而內容、含義隱括極多，融敘事、寫人、狀景、抒情於一爐，既寫一方奇人之品格，又抒曠達豪放之情感，實遠出於一般描寫離合情懷的詩詞之上。詞中凜然如蒼檜的王先生這一形象，可謂東坡理想人格追求的絕妙寫照。

❀ 滿庭芳（蝸角虛名）

題解

這首詞以議論為主，具有濃厚的哲理意味，同時也有強烈的抒情色彩。從詞中所表現的內容來看，它的寫作年代當為蘇軾貶謫黃州之後。

蝸角虛名，蠅頭微利，算來著甚乾忙。事皆前定，誰弱又誰強。且趁閒身未老，須放我、些子疏狂。百年裡，渾教是醉，三萬六千場。

思量，能幾許？憂愁風雨，一半相妨。又何須抵死，說短論長。幸對清風皓月，苔茵展、雲幕高張。江南好，千鐘美酒，一曲滿庭芳。

新解

蝸角虛名，蠅頭微利，算來著甚乾忙——虛名如同蝸角，微利如同蠅頭，為此乾忙乎什麼呢？借用《莊子》中蝸角爭利的寓言，揭示了功名利祿的虛幻。

事皆前定，誰弱又誰強——事事自有因緣，不可與爭，得者未必強，而失者也未必弱。事，指名利得失之事。

且趁閒身未老，須放我、些子疏狂。百年裡，渾教是醉，三萬六千場——且趁著閒身尚未老朽，讓「我」疏狂一些吧。在百年的生命中，讓「我」天天大醉，共計三萬六千場。詞人試圖醉中不問世事，以全身遠禍。人生幾何，命運多舛，但詞人終究以無際的綠茵、高張的雲幕，與浩大無窮的宇宙合而為一，求得了內心的寧靜。

思量，能幾許？憂愁風雨，一半相妨。又何須抵死，說短論長——仔細思量，人生能有多長？這其中的憂愁和各種風風雨雨又占去一半。所以不必說短論長，事情本來就是曲折起伏的。

幸對清風皓月，苔茵展、雲幕高張——所幸「我」能面對清風皓月，欣賞無際的綠茵、高張的雲幕。此為自慰之語，有在「清風皓月」中淡忘名利之意。

江南好，千鍾美酒，一曲滿庭芳——置身風景美好的江南，「我」將飲千鍾美酒，歌一曲滿庭芳。結尾三句情緒樂觀開朗，充滿了飄逸曠達、超凡脫俗的閒適至樂之情，表明作者終於擺脫了世俗功名的羈絆，獲得了精神的超脫與解放。

新評

此詞情理交融，奔放舒卷，盡情地展示了詞人人生道路上受到重大挫折之後既憤世嫉俗又飄逸曠達的內心世界，表現了他寵辱皆忘、超然物外的人生態度。這首詞是一通極具抒情性的人生哲理議論，全篇援情入理，情理交融，現身說法，直抒胸臆，既充滿飽經滄桑、憤世嫉俗的沉重哀傷，又洋溢著對於精神解脫和聖潔理想的追求與嚮往，表達了詞人於人生的種種困惑中尋求超脫的出世思想。

❀ 滿庭芳（歸去來兮）

題解

宋神宗元豐七年（1084 年），謫居黃州達五年之久的蘇軾，奉命由黃州移汝州（今屬河南）。當他即將離開黃州赴汝州時，他的心情是矛盾而又複雜的：既有人生失意、宦海浮沉的哀愁和依依難舍的別情，又有久慣世路、洞悉人生的曠達之懷。這種心情，十分真實而又生動地反映在此詞中。

元豐七年四月一日，余將去黃移汝，留別雪堂鄰里二三君子。會李仲覽自江東來別，遂書以遺之。

歸去來兮，吾歸何處？萬里家在岷峨。百年強半，來日苦無多。坐見黃州再閏，兒童盡、楚語吳歌。山中友，雞豚社酒，相勸老東坡。

雲何，當此去，人生底事，來往如梭。待閒看，秋風洛水清波。好在堂前細柳，應念我、莫剪柔柯。仍傳語，江南父老，時與曬漁蓑。

新解

小序意為：元豐七年（1084 年）四月一日，「我」即將離開黃州移任汝州，於是與雪堂的諸位鄰里分別，創作此詞。正好李仲覽從江東過來與「我」話別，遂將此詞書寫下來送給他。

歸去來兮，吾歸何處？萬里家在岷峨——歸去吧，「我」回歸到哪裡去呢？「我」的家鄉在萬里之外的岷山與峨眉山。借用陶淵明《歸去來兮辭》首句，非常貼切地表達了自己思歸故里的強烈願望。岷峨，岷山與峨眉山，代指作者的故鄉。

百年強半，來日苦無多——在百年的人生旅途中，「我」已

年過大半,可歎所剩時日無多。以時光易逝、人空老大的感歎,映襯出失意思鄉的感情十分濃烈。

坐見黃州再閏,兒童盡、楚語吳歌——在黃州徒然見證兩個閏年,兒童們盡是楚語吳歌。坐,徒然,空。見到兩個閏年,恰好是五年。

山中友,雞豚社酒,相勸老東坡——「我」在黃州山中的老朋友,每逢社日都請「我」喝酒吃肉,勸「我」老死於東坡之地。這幾句細緻地表現了作者與黃州百姓之間純真質樸的情誼。

雲何,當此去,人生底事,來往如梭——「我」向黃州父老解釋說自己不得不到汝州,並歎息人生無定,來往如梭。

待閒看,秋風洛水清波——「我」到汝州之後,將用閒適的心情,欣賞河南的秋風,洛水的清波。

好在堂前細柳,應念我、莫剪柔柯。仍傳語,江南父老,時與曬漁蓑——好在雪堂前的細柳是「我」親手所栽,看在這一點上,請不要剪伐其柔嫩的枝柯。再懇請父老時時為「我」曬漁蓑,自己有朝一日還要重返故地,重溫這段難忘的生活。以對黃州雪堂的留戀再次表達了與鄰里父老之間的深厚感情。

新評

這首詞於平直中見含蓄婉曲,於溫厚中透出激憤不平,於依依惜別的深情中表達出蘇軾與黃州父老之間珍貴的情誼,抒發了作者坎坷不幸的人生歷程中,既滿懷悲苦又尋求解脫的雙重心理。

❀ 滿江紅(江漢西來)
寄鄂州朱使君壽昌

題解

龍榆生《唐宋詞格律》：《樂章集》、《清真集》入「仙呂調」。宋以來作者多以柳永詞為準。九十三字，前片四仄韻，後片五仄韻，一般例用入聲韻。聲情激越，宜抒豪壯情感和恢宏襟抱，亦可酌增襯字。姜夔改作平韻……則情調俱變。

此詞是作者貶居黃州期間寄給時任鄂州太守的友人朱壽昌的。

江漢西來，高樓下、蒲萄深碧。猶自帶，岷峨雪浪，錦江春色。君是南山遺愛守，我為劍外思歸客。對此間、風物豈無情，殷勤說。

《江表傳》，君休讀；狂處士，真堪惜。空洲對鸚鵡，葦花蕭瑟。獨笑書生爭底事，曹公黃祖俱飄忽。願使君、還賦謫仙詩，追黃鶴。

新解

江漢西來，高樓下、蒲萄深碧。猶自帶，岷峨雪浪，錦江春色——長江、漢水滾滾從西而來，黃鶴樓下的江水呈現出葡萄美酒一樣的深碧之色。而在「我」看來，這江水還帶有「我」家鄉岷山、峨眉山的雪浪，以及錦江之春色。江漢，即長江、漢水。「蒲萄深碧」，化用李白的詩句「遙看漢水鴨頭綠，恰似蒲萄初醱醅」，形容流經黃鶴樓前的長江水呈現出一派葡萄美酒般的深碧之色。蒲萄，即葡萄。岷峨、錦江，皆為四川山水，代指作者的家鄉。

君是南山遺愛守，我為劍外思歸客。對此間、風物豈無情，殷勤說——您是受人愛戴、受人尊敬的太守，「我」是思歸家鄉劍外的客居之人。面對此地的風土人情，豈能無動於衷，故而殷勤細說。此四句由景到人，上接岷江錦水，引動思歸之情；又將

153

黃鶴樓與赤壁磯一線相連,觸發懷友之思。

《江表傳》,君休讀;狂處士,真堪惜——《江表傳》,您就別再讀了;狂處士禰衡才真正可惜啊。《江表傳》,三國江左史乘。該書多記三國吳事蹟,原書今已不傳,散見於晉·裴松之《三國志》注中。狂處士,指恃才傲物、招致殺身之禍的禰衡。言外之意是,書生何苦與殘害人才的曹操、黃祖輩糾纏,以惹禍招災,他們雖能稱雄一時,不也歸於泯滅了嗎?

空洲對鸚鵡,葦花蕭瑟——空對鸚鵡洲,只見秋葦蕭瑟,而昔人何在?鸚鵡洲,在今武漢長江之中。傳說英祖之子英射在洲上大宴,禰衡在宴上獻賦。

獨笑書生爭底事,曹公黃祖俱飄忽——可笑書生能成什麼大事,連漢末曹操、黃祖那樣狡詐的奸雄也都如煙塵飄忽遠去了。

願使君、還賦謫仙詩,追黃鶴——希望您超然於風高浪急的政治漩渦之外,寄意於歷久不朽的文章事業,像李白那樣,撰寫出色的作品來追躡前賢。

新評

詞中既景中寓情,關照友我雙方,又開懷傾訴,談古論今。作者用直抒胸臆的方式表情達意,既表現出朋友間的深厚情誼,又於發自肺腑的議論中袒露自己的內心世界。詞中寓情於景,寓情於事,言直意紆,表達出蒼涼悲慨、郁勃難平的激情。全詞大開大闔,境界豪放,議論縱橫,顯示出豪邁雄放的風格與嚴密的章法結構的統一。

❀ 歸朝歡(我夢扁舟浮震澤)

和蘇堅伯固

康熙《御定詞譜》：《樂章集》注：夾鐘商。辛棄疾詞有「菖蒲自照清溪綠」句，名《菖蒲綠》。

此詞作於紹聖元年（1094）七月，是作者為酬贈闊別多年後又不期而遇的老友蘇堅（字伯固）而作。

我夢扁舟浮震澤，雪浪搖空千頃白。覺來滿眼是廬山，倚天無數開青壁。此生長接淅，與君同是江南客。夢中游、覺來清賞，同作飛梭擲。　　明日西風還掛席，唱我新詞淚沾臆。靈均去後楚山空，灃陽蘭芷無顏色。君才如夢得，武陵更在西南極。《竹枝詞》、莫徭新唱，誰謂古今隔。

新解

我夢扁舟浮震澤，雪浪搖空千頃白。覺來滿眼是廬山，倚天無數開青壁——「我」曾夢見與你共同乘舟於太湖，雪白的浪花一望無際。夢醒之後滿眼是廬山的倚天之峰。寫作者與伯固同游廬山的所見所感。震澤，即太湖。

此生長接淅，與君同是江南客——咱倆一生行色匆匆，都是江南的過客。這是作者宦海浮沉的生動概括。接淅，本於《孟子·萬章下》：「孔子之去齊，接淅而行。」後指行色匆匆。

夢中游、覺來清賞，同作飛梭擲——迷離幻象、湖山清景，俱如飛梭過眼，轉瞬即逝了。

明日西風還掛席，唱我新詞淚沾臆。靈均去後楚山空，灃陽蘭芷無顏色——這四句是對伯固的勉勵。意思是隨著西去的征帆，

作者心隨帆駛，由地及人，聯想到在澧陽行吟漂泊過的屈原，那裡的香草也因為偉人的逝去而憔悴無華了，隱約地流露出希望蘇堅追踵前賢，能寫出使山川增色的作品來。靈均，即屈原。屈原《離騷》：「名餘曰正則兮，字餘曰靈均。」

君才如夢得，武陵更在西南極。《竹枝詞》、莫傜新唱，誰謂古今隔——這四句是正面提出期望：你的才華不比夢得遜色，他謫居的武陵在離這裡很遠的西南方，又和你所要去的澧陽同是莫傜聚居之地，到了那邊便可接續劉夢得的餘風，創作出可與劉禹錫的《竹枝詞》相媲美的「莫傜新唱」來，讓這個寂寞已久的澧浦夷山，能重新奏響詩的合唱，與千古名賢相互輝映。「誰謂古今隔」，語出東晉‧謝靈運《七里瀨》詩：「誰謂古今殊，異代可同調。」夢得，指唐代詩人劉禹錫。

新評

此詞以雄健的筆調，營造出純真爽朗、境界闊大、氣度昂揚的詞境，抒寫了作者的浩逸襟懷。全詞氣象宏闊，情致高健，堪稱蘇詞中抒寫離別的代表之作。這首詞橫放而不失空靈，直抒胸臆而又不流於平直，是一篇獨具匠心的佳作。

❀ 木蘭花令（霜餘已失長淮闊）

次歐公西湖韻

題解

龍榆生《唐宋詞格律》：其名《木蘭花令》者，《樂章集》入「仙呂調」，前後片各三仄韻（平仄句式與《玉樓春》全同，但《樂

章集》以《玉樓春》入「大石調」，似又有區別）。

這首詞是蘇軾五十六歲時為懷念恩師歐陽修而作。

霜餘已失長淮闊，空聽潺潺清潁咽。佳人猶唱醉翁詞，四十三年如電抹。　　草頭秋露流珠滑，三五盈盈還二八。與余同是識翁人，惟有西湖波底月！

新解

霜餘已失長淮闊，空聽潺潺清潁咽 —— 淮河已失去盛水季節那種宏闊的氣勢，潁水潺潺，如泣如訴。霜餘，指深秋。

佳人猶唱醉翁詞，四十三年如電抹 ——「醉翁詞」是指歐陽修從知潁州到晚年退休居潁時所作詞（如組詞〔採桑子〕等），當時以其疏雋雅麗的獨特風格盛傳於世。數十年之後，歌女們仍在傳唱，足見「潁人思公」。蘇軾這次來潁州（今屬河南），上距歐公知潁州已四十三年了，歲月流逝，真如電光一閃而過。

草頭秋露流珠滑，三五盈盈還二八 —— 草上的秋露像流動的珠子一樣一滑而過，歲月也如此，昨天還是十五月圓（三五），今天就是十六（二八）。「三五盈盈還二八」，借用謝靈運《怨曉月賦》「昨三五分既滿，今二八分將缺」，喻生命短促，人生無常。

與余同是識翁人，惟有西湖波底月 —— 自歐公知潁州以後四十三年，不特歐公早逝，即使當年識翁之人，今存者亦已無多，眼前者，只有「我」和西湖波底之月而已。

新評

這首詞委婉深沉，清麗悽惻，情深意長，空靈飄逸，語出悽婉，

幽深的秋景與心境渾然一體。結尾寫波底之月，以景結情，傳達出因月光之清冷孤寂而生的悲涼傷感。全詞於一派淡泊、淒清的秋水月色中化出淡淡的思念和歡惋，因景而生懷人之情，悲歡人生無常，令人感慨萬千，悵然若失。

❀ 臨江仙（一別都門三改火）
送錢穆父

題解

龍榆生《唐宋詞格律》：雙調小令，唐教坊曲。《樂章集》入「仙呂調」。《張子野詞》入「高平調」。五十八字，上下片各三平韻。約有三格，第三格增二字。柳永演為慢曲，九十三字，前片五平韻，後片六平韻。

這首詞是宋哲宗元祐六年（1091 年）春蘇軾知杭州時，為送別自越州（今浙江紹興）北徙途經杭州的老友錢穆父（名勰）而作。

一別都門三改火，天涯踏盡紅塵。依然一笑作春溫。無波真古井，有節是秋筠。惆悵孤帆連夜發，送行淡月微雲。樽前不用翠眉顰。人生如逆旅，我亦是行人。

新解

一別都門三改火，天涯踏盡紅塵。依然一笑作春溫 —— 歲月如流，錢穆父與「我」此次杭州重聚，已是別後的第三個年頭了。三年來，穆父奔走天涯，踏盡紅塵。分別雖久，可情誼彌堅，相見歡笑，猶如春天般溫暖。改火，古代鑽木取火，四季所用樹木

種類不同,故名。此處用以比喻時節改易。

無波真古井,有節是秋筠 —— 更為可喜的是友人與「我」都能以道自守,保持耿介風節。白居易《贈元稹》詩云:「無波古井水,有節秋竹筠。」

惆悵孤帆連夜發,送行淡月微雲。樽前不用翠眉顰 ——「我」與友人分別時雖然抑鬱無歡,但哀愁很快轉為曠達豪邁,送行之時,但見淡月微雲,不見離愁別恨。勸告離宴中歌舞相伴的歌妓用不著為離別而哀怨。

人生如逆旅,我亦是行人 —— 其實人生如寄,人人都是天地間的過客,「我」也如此,又何必計較眼前聚散和江南江北呢?

新評

本詞一改以往送別詩詞纏綿感傷、哀怨愁苦或慷慨悲涼的格調,創新意於法度之中,寄妙理於豪放之外,議論風生,直抒性情,寫得既有情韻,又富理趣,充分展現了作者曠達灑脫的個性風貌。詞人對老友的眷眷惜別之情,寫得深沉細膩,婉轉回環,一波三折,動人心弦。

蘇軾一生雖積極入世,具有鮮明的政治理想和政治主張,但另一方面又受老莊及佛家思想影響頗深,每當官場失意、處境艱難時,他總能「游於物之外」,「無所往而不樂」,以一種恬淡自安、嫻雅自適的態度來應對外界的紛紛擾擾,表現出超然物外、隨遇而安的曠達、灑脫情懷。

❀ 臨江仙(忘卻成都來十載)

送王緘

治平二年（1065 年），蘇軾的妻子王弗染病身亡。歸葬眉山十年後，妻弟王緘到錢塘看望蘇軾。百感交集之下，蘇軾寫下了這首詞。

　　忘卻成都來十載，因君未免思量。憑將清淚灑江陽。故山知好，孤客自悲涼。　　　坐上別愁君未見，歸來欲斷無腸。殷勤且更盡離觴。此身如傳舍，何處是吾鄉。

新解

　　忘卻成都來十載，因君未免思量。憑將清淚灑江陽──「忘卻」不過是為了擺脫悲痛的纏繞，但是王緘的到來，一下子勾起了「我」往日的回憶；日漸平復的感情創傷重又陷入了極度的痛楚之中。

　　故山知好，孤客自悲涼──這兩句是作者囑託妻弟：今日送別，請你將「我」的傷心之淚帶回家鄉，灑向江頭一吊。

　　坐上別愁君未見，歸來欲斷無腸。殷勤且更盡離觴──這次相見之前及相見之後，愁腸皆已斷盡，以後雖再遇傷心之事，亦已無腸可斷了。借酒澆愁，排遣離懷，只是無可奈何。

　　此身如傳舍，何處是吾鄉──身如傳舍，歸鄉無望。看似徹悟，實則悲痛已極。傳舍，古時供來往行人休止住宿的處所。

新評

　　此詞將送別的惆悵、悼亡的悲痛、政治的失意、鄉思的愁悶交織於一起，表達了詞人極度傷感悲苦的心緒。蘇軾當時因為與變法派政見不合而被迫到杭州任通判，內心本來就有一種壓抑、孤獨之

感，眼下與鄉愁、旅思及喪妻之痛攪混一起，其心情之壞，更是莫可名狀了。

❀ 臨江仙（夜飲東坡醒復醉）

題解

這首詞作於神宗元豐五年（1082 年），即東坡黃州之貶的第三年。全詞風格清曠而飄逸，寫作者深秋之夜於東坡雪堂開懷暢飲，醉後返歸臨皋住所的情景，表現了詞人退避社會、厭棄塵世的人生態度和要求徹底解脫的出世思想。

　　夜飲東坡醒復醉，歸來彷彿三更。家童鼻息已雷鳴。敲門都不應，倚杖聽江聲。長恨此身非我有，何時忘卻營營？夜闌風靜縠紋平。小舟從此逝，江海寄餘生。

新解

　　夜飲東坡醒復醉，歸來彷彿三更。家童鼻息已雷鳴。敲門都不應，倚杖聽江聲——在東坡徹夜歡飲，醉而復醒，醒而復醉，當回臨皋寓所時，自然很晚了。家童鼻息如雷，作者則諦聽江聲。描繪出夜靜人寂的境界。

　　長恨此身非我有，何時忘卻營營——經常遺憾身非己有，到何時才能忘卻紛紛擾擾的俗世？以一種透徹了悟的哲理思辨，發出了對整個宇宙、人生、社會的懷疑、厭倦、無所希冀、無所寄託的深沉喟歎。

　　夜闌風靜縠紋平。小舟從此逝，江海寄餘生——面對此景，

詞人心與景會，神與物遊，情不自禁地產生脫離現實社會的浪漫主義的遐想，要趁此良辰美景，駕一葉扁舟，隨波流逝，任意東西，他要將自己有限的生命融化於無限的大自然之中。縠（ㄏㄨˊ）紋，指江水平靜，波紋如縠（有縐紋的紗）。

新評

蘇東坡政治上受到沉重打擊之後，思想幾度變化，由入世轉向出世，追求一種精神自由、合乎自然的人生理想。他複雜的人生觀中，由於雜有某些老莊思想，因而於痛苦的逆境中形成了曠達不羈的性格。「小舟從此逝，江海寄餘生」，這餘韻深長的歇拍，表達出詞人瀟灑如仙的曠達襟懷，是他不滿世俗、嚮往自由的心聲。

宋代葉夢得《避暑錄話》中記載，蘇軾作了此詞之後，人們傳說他「掛冠服江邊，乘舟長嘯去矣。郡守徐君猷聞之驚且懼，以為州失罪人，急命駕往謁，則子瞻鼻鼾如雷，猶未醒也」。這則傳說，生動地反映了蘇軾追求超脫而未能的人生遭際。

❀ 西江月（世事一場大夢）

題解

龍榆生《唐宋詞格律》：又名〔步虛詞〕、〔江月令〕。唐教坊曲，《樂章集》、《張子野詞》併入「中呂宮」。清季敦煌發現唐琵琶譜，猶存此調，但虛譜無詞。茲以柳永詞為準。五十字，上下片各兩平韻，結句各葉一仄韻。沈義父《樂府指迷》：「〔西江月〕起頭押平聲韻，第二、第四句就平聲切去，押側聲韻，如平韻押『東』字，側聲須押『董』、『凍』字方可。」

這首詞反映了作者謫居後的苦悶心情，詞調較為低沉、哀婉，

充滿了人生空幻的深沉喟歎。具體寫作年代,大概是在元豐三年(1080 年)。

　　世事一場大夢,人生幾度新涼。夜來風葉已鳴廊,看取眉頭鬢上。　　酒賤常愁客少,月明多被雲妨。中秋誰與共孤光,把盞淒然北望。

新解

　　世事一場大夢,人生幾度新涼 —— 世事如同一場大夢,人的一生中經歷過幾次春暖秋涼,便屆年邁。包含了不堪回首的辛酸往事,還概括了對整個人生紛紛擾擾究竟有何目的和意義這一問題的懷疑、厭倦和企求解脫與捨棄的思想。

　　夜來風葉已鳴廊,看取眉頭鬢上 —— 昨天晚上風吹樹葉之聲響於長廊,對此豈不愁上眉頭?進一步寫出了因時令風物而引起的人生惆悵。

　　酒賤常愁客少,月明多被雲妨 —— 酒肆中酒價本來就低,常常發愁客人稀少;而明亮的月亮則大多被烏雲籠罩。前句委婉地點出作者遭貶斥後勢利小人避之如水火的情形;「月明多被雲妨」,隱喻奸人當道,排斥善類,忠而被謗,因讒遭貶。

　　中秋誰與共孤光,把盞淒然北望 —— 中秋之夜誰與「我」一同面對孤獨的月光?「我」只好手持酒杯,淒然北望故鄉的親人。這兩句所包含的情感非常豐富:有對故鄉親人的無限思念,有對國事的憂慮和對群小當道的憤懣,有渴望朝廷理解、重用的深意,也有難耐的孤寂落寞和不被世人理解的苦痛淒涼。

新評

以景寓情，情景交融，是這首中秋詞的藝術特色。全詞透過對新涼風葉、孤光明月等景物的描寫，將吟詠節序與感慨身世、抒發悲情緊密地結合起來，由秋思及人生，觸景生情，感慨悲歌，情真意切，令人回味無窮。

❀ 西江月（照野彌彌淺浪）

題解

這首寄情山水的詞，作於蘇軾貶謫黃州期間。作者在詞中描繪出一個物我兩忘、超然物外的境界，把自然風光和自己的感受融為一體，詩情畫意中表現了其心境的淡泊、快適，抒發了他樂觀、豁達、以順處逆的襟懷。

春夜行蘄水中，過酒家飲，酒醉，乘月至一溪橋上，解鞍，曲肱醉臥少休。及覺已曉，亂山攢擁，流水鏘然，疑非塵世也。書此語橋柱上。

照野彌彌淺浪，橫空曖曖層霄。障泥未解玉驄驕，我欲醉眠芳草。可惜一溪風月，莫教踏碎瓊瑤。解鞍欹枕綠楊橋，杜宇數聲春曉。

新解

小序意為：春日之夜行於蘄春，路過酒家歡飲，酒醉。乘著月色到了一座溪橋之上，解開鞍轡，彎曲胳膊醉臥，稍事休息。等到醒來天已大亮，只見亂山攢擁，只聽流水鏘然，懷疑不是塵

世。於是將此詞寫在橋柱之上。蘄（ㄑㄧˊ），地名。今湖北蘄春。

照野彌彌淺浪，橫空曖曖層霄——放眼望去，彌漫的都是淺淺的浪花；天空中層雲橫陳。作者這兩句意在鋪敘其所處的時地環境。彌彌，水盛的樣子；層霄，即層雲。

障泥未解玉驄驕，我欲醉眠芳草——這兩句寫作者因景生情，欲野遊，醉眠芳草，放鬆身心。障泥，是用錦或布製作的馬薦，墊於馬鞍之下，一直垂到馬腹兩邊，以遮塵土。《世說新語・術解》：王武子善解馬性，嘗乘一馬，著連錢障泥，前有水，終日不肯渡。王云：「此必是惜障泥。」使人解去，便徑渡。

可惜一溪風月，莫教踏碎瓊瑤——這兩句寫作者愛惜夜月水色的心情，以至又生不忍打擾之情。可惜，可愛的意思。瓊瑤，指美玉，這裡比喻皎潔的水上月色。

解鞍欹枕綠楊橋，杜宇數聲春曉——這兩句寫詞人用馬鞍作枕，倚靠著它斜臥綠楊橋上小憩。此時，杜宇聲聲傳來，作者睜眼一看，天竟然大亮了。

新評

作者以空山明月般澄澈空靈的心境，描繪出一幅富有詩情畫意的月夜人間仙境圖，把自己的身心完全融化到大自然中，忘卻了世俗的榮辱得失和紛紛擾擾，表現了自己與造化神遊的暢適愉悅，讀來回味無窮，令人神往。

❀ 鷓鴣天（林斷山明竹隱牆）

題解

龍榆生《唐宋詞格律》：又名〔思佳客〕。五十五字，前後片各三平韻，前片第三、四句與過片三言兩句多作對偶。

此詞為東坡貶謫黃州時所作，是他當時鄉間幽居生活的寫照。詞中所表現的，是作者雨後游賞的歡快與閒適的心境。

林斷山明竹隱牆，亂蟬衰草小池塘。翻空白鳥時時見，照水紅蕖細細香。　村舍外，古城旁，杖藜徐步轉斜陽。殷勤昨夜三更雨，又得浮生一日涼。

新解

林斷山明竹隱牆，亂蟬衰草小池塘——遠處鬱鬱蔥蔥的樹林盡頭，有高山聳入雲端，清晰可見；近處叢生的翠竹，像綠色的屏障，圍護牆院。小小一方池塘周圍，是衰敗的草叢中亂叫的蟬蟲。

翻空白鳥時時見，照水紅蕖細細香——遼廓的天空，不時地能看到白鳥飛上飛下，自由翱翔。滿池荷花，映照綠水，散發出柔和的芳香。

村舍外，古城旁，杖藜徐步轉斜陽。殷勤昨夜三更雨，又得浮生一日涼——「我」於太陽西下時手拄藜杖在古城旁緩步遊賞，恰好昨夜三更時分，天公饒有情意似的下了一場好雨，使得「我」又度過了涼爽的一天。「浮生」二字表明作者對人生如夢的感悟。

新評

這首詞先寫作者遊賞時所見村景，接著才點明詞中所寫之游賞和遊賞所見均因昨夜之雨而引起，抒發自己雨後得新涼的喜悅。這種寫法，避免了平鋪直敘，讀來婉轉蘊藉，回味無窮。

❀ 定風波（莫聽穿林打葉聲）

題解

龍榆生《唐宋詞格律》：一作〔定風波令〕。唐教坊曲。《張子野詞》入「雙調」，六十二字，上片三平韻，錯葉二仄韻，下片二平韻，錯葉四仄韻。《樂章集》演為慢詞，一入「雙調」，一入「林鐘商」，並全用仄韻。茲附九十九字一種，前片六仄韻，後片七仄韻。

此詞作於蘇軾黃州之貶後的第三個春天。它透過野外途中偶遇風雨這一生活中的小事，於簡樸中見深意，於尋常處生奇警，表現出曠達超脫的胸襟，寄寓著超凡超俗的人生理想。

三月七日，沙湖道中遇雨。雨具先去，同行皆狼狽，余獨不覺。已而遂晴，故作此。

莫聽穿林打葉聲，何妨吟嘯且徐行。竹杖芒鞋輕勝馬，誰怕？一蓑煙雨任平生。　　料峭春風吹酒醒，微冷，山頭斜照卻相迎。回首向來蕭瑟處，歸去，也無風雨也無晴。

新解

小序意為：三月七日，在沙湖道中遇到風雨。雨具先人而去，同行的人都覺得狼狽不堪，只有「我」不以為然。不久即晴朗，所以創作此詞。

莫聽穿林打葉聲，何妨吟嘯且徐行——不要一聽到雨水穿林打葉的聲音就害怕，不妨欣賞一下雨景，邊走邊吟嘯。一方面渲染出雨驟風狂，另一方面又以「莫聽」二字點明外物不足縈懷之

蘇東坡全集

意。作者雨中照常舒徐行步，表現出一絲挑戰色彩，呼應小序「同行皆狼狽，餘獨不覺」。

竹杖芒鞋輕勝馬，誰怕？一蓑煙雨任平生 ——「我」手拄竹杖，腳穿芒鞋，輕快勝過騎馬，有誰使「我」害怕呢？一蓑煙雨，度過此生。詞人竹杖芒鞋，頂風沖雨，從容前行，以「輕勝馬」的自我感受，傳達出一種搏擊風雨、笑傲人生的輕鬆、喜悅和豪邁之情。「一蓑煙雨任平生」，則由眼前風雨推及整個人生，有力地強化了作者面對人生的風風雨雨而我行我素、不畏坎坷的超然情懷。

料峭春風吹酒醒，微冷，山頭斜照卻相迎。回首向來蕭瑟處，歸去，也無風雨也無晴 —— 雨過天晴後，「我」被山風吹醒了酒，渾身一抖，恰好望見山頭斜照。回頭再看先前的風雨蕭瑟處，十分坦然。面對歸途，管它是風雨還是晴朗呢！篇末吟出飽含人生哲理意味的「回首向來蕭瑟處，歸去，也無風雨也無晴」的名句來，自然界的雨晴既屬尋常，社會人生中的政治風雲、榮辱得失又何足掛齒？

新評

縱觀全詞，一種醒醉全無、無喜無悲、寵辱皆忘的人生哲學和處世態度呈現在讀者面前。讀罷此詞，對於人生的沉浮、情感的憂樂，我們自會有一番全新的體悟。

✿ 定風波（常羨人間琢玉郎）

題解

168

蘇軾的好友王鞏(字定國)因受「烏台詩案」牽連,被貶謫到地處嶺南荒僻之地的賓州。王定國受貶時,其歌女柔奴毅然隨行到嶺南。元豐六年(1083)王鞏北歸,出柔奴為蘇軾勸酒。蘇問及廣南風土,柔奴答以「此心安處,便是吾鄉」。蘇軾聽後,大受感動,作此詞以贊。詞中以簡潔流暢的語言,凝煉而又傳神地刻畫了柔奴外表與內心相統一的美好品性,也抒發了作者政治逆境中隨遇而安、無往不快的曠達襟懷。

　　王定國歌兒曰柔奴,姓宇文氏,眉目娟麗,善應對,家世住京師。定國南遷歸,余問柔:「廣南風土,應是不好?」柔對曰:「此心安處,便是吾鄉。」因為綴詞云。

　　常羨人間琢玉郎,天應乞與點酥娘。自作清歌傳皓齒,風起,雪飛炎海變清涼。　　萬里歸來年愈少,微笑,笑時猶帶嶺梅香。試問嶺南應不好?卻道,此心安處是吾鄉。

新解

　　小序意為:王定國的歌女叫柔奴,姓宇文,長得眉目娟麗,善於應對,全家世居京城。王定國從南方貶所回歸,「我」問隨他前行的柔奴:廣南一帶的風土人情好不好呢?」柔奴回答道:「此心安處,便是我的家鄉。」「我」於是有感而發,創作此詞。

　　常羨人間琢玉郎,天應乞與點酥娘——這兩句描繪柔奴的天生麗質、晶瑩俊秀。

　　自作清歌傳皓齒,風起,雪飛炎海變清涼——柔奴能自作歌曲,清亮悅耳的歌聲從她芳潔的口中傳出,令人感到如同風起雪飛,使炎暑之地一變而為清涼之鄉,使政治上失意的主人變憂鬱

苦悶、浮躁不寧而為超然曠放、恬靜安詳。

萬里歸來年愈少，微笑，笑時猶帶嶺梅香——嶺南艱苦的生活她甘之如飴，心情舒暢，歸來後容光煥發，更顯年輕，微笑之時如同帶有嶺南之梅的芳香。嶺梅，指大庾嶺（今屬廣東）上的梅花。

試問嶺南應不好？卻道，此心安處是吾鄉——「我」問她嶺南好不好，她卻答道：「此心安處，便是吾鄉。」最後寫到詞人和她的問答。白居易《初出城留別》中有「我生本無鄉，心安是歸處」；《種桃杏》中有「無論海角與天涯，大抵心安即是家」等語。

新評

這首詞不僅刻畫了歌女柔奴的姿容和才藝，而且著重歌頌了她的美好情操和高潔人品。柔中帶剛，情理交融，空靈清曠，細膩柔婉，是這首詞的風格所在。「此心安處，便是吾鄉」，有著詞人的個性特徵，完全是蘇東坡式的警語。它歌頌柔奴隨緣自適的曠達與樂觀，同時也寄寓著作者自己的人生態度和處世哲學。

❀ 少年游（去年相送）
潤州作，代人寄遠

題解

龍榆生《唐宋詞格律》：《樂章集》、《張子野詞》入「林鐘商」，《清真集》分入「黃鐘」、「商調」，後片有出入，茲以柳永詞為定格。五十字，前片三平韻，後片二平韻。蘇軾、周

邦彥、姜夔三家又各為別格,五十一字,前後片各兩平韻。

宋神宗熙寧七年(1074年)三月底、四月初,任杭州通判的蘇軾因賑濟災民而遠至潤州(今江蘇鎮江)時,為寄託自己對妻子的思念之情,寫下了這首詞。此詞是作者假託妻子居杭思己之作,含蓄婉轉地表現了夫妻雙方的一往情深。

去年相送,於杭門外,飛雪似楊花。今年春盡,楊花似雪,猶不見還家。對酒捲簾邀明月,風露透窗紗。恰似姮娥憐雙燕,分明照、畫梁斜。

新解

去年相送,於杭門外,飛雪似楊花。今年春盡,楊花似雪,猶不見還家——《詩經·采薇》:「昔我往矣,楊柳依依;今我來思,雨雪霏霏。」此處化用其意,意謂去年冬天相送時,原以為此次行役的時間不長,可如今春天已盡,楊花飄絮,仍不見人歸來。

對酒捲簾邀明月,風露透窗紗。恰似姮娥憐雙燕,分明照、畫梁斜——捲起簾子引明月做伴,可是風露又乘隙而入,透過窗紗,撲入襟懷。妻子孤寂地思念丈夫,恰似月宮孤寂的姮娥一樣,憐愛雙棲的燕子,把她的光輝與柔情斜斜地灑向那畫梁上的燕巢。姮(ㄏㄥˊ)娥,即嫦娥。

新評

「雪似楊花」、「楊花似雪」兩句,比擬既工,語亦精巧,可謂推陳出新的絕妙好辭。將「姮娥」與思婦類比,以虛襯實,以虛證實,襯托女主人公的孤寂無伴;又以對比襯托法,透過描寫雙燕相伴的畫面,反襯出天上孤寂無伴的姮娥和梁下孤寂無伴的思婦之

孤苦淒冷，也是相當高超的藝術手法。

❀ 南歌子（山與歌眉斂）
遊　賞

題解

龍楡生《唐宋詞格律》：又名〔南柯子〕、〔風蝶令〕。唐教坊曲，《金奩集》入「仙呂宮」，廿六字，三平韻。例以對句起。宋人多用同一格式重填一片，謂之「雙調」。

這首詞寫的是杭州的游賞之樂，但並非寫全杭州或全西湖，而是寫宋時杭州名勝十三樓。

山與歌眉斂，波同醉眼流。遊人都上十三樓，不羨竹西歌吹古揚州。菰黍連昌歜，瓊彝倒玉舟。誰家水調唱歌頭。聲繞碧山飛去晚雲留。

新解

山與歌眉斂，波同醉眼流 —— 歌女眉頭黛色濃聚，就像遠處蒼翠的山巒；醉後眼波流動，就像湖中的激灩水波。

遊人都上十三樓，不羨竹西歌吹古揚州 —— 凡是來遊西湖的人，沒有不上十三樓的；只要一上十三樓，就不會再羨慕古代揚州的竹西亭了，也就是說，十三樓並不比竹西亭遜色。

菰黍連昌歜，瓊彝倒玉舟 —— 宴會上的糕點和美酒數不勝數。前句指宴會上用的糕點，「彝」為貯酒器，「玉舟」即酒杯，意為漂亮的酒壺，不斷地往杯中倒酒。

誰家水調唱歌頭。聲繞碧山飛去晚雲留──不知誰家唱起了水調一曲，歌喉宛轉，音調悠揚，情滿湖山，最後飄繞著近處的碧山而去，而傍晚的雲彩卻不肯流動，彷彿是被歌聲所吸引而留步。

新評

此詞以寫十三樓為中心，但並沒有將這一名勝的風物作細緻的刻畫，而是用寫意的筆法，著意描繪聽歌、飲酒等雅興豪舉，烘托出一種與大自然同化的精神境界，給人一種飄然欲仙的愉悅之感；同時，對比手法的運用也為此詞增色不少，十三樓的美景就是透過與竹西亭的對比而凸顯出來的，省了很多筆墨，卻增添了強烈的藝術效果。此外，移情的作用也不可小看。作者利用歌眉與遠山、目光與水波的相似，賦予遠山和水波以人的感情，創造出「山與歌眉斂，波同醉眼流」這一極為迷人的藝術佳境。晚雲為歌聲而留步，自然也是一種移情，耐人品味。

❀ 南鄉子（寒雀滿疏籬）
梅花詞和楊元素

題解

龍楡生《唐宋詞格律》：唐教坊曲。《金奩集》入「黃鐘宮」。二十七字，兩平韻，三仄韻。五代人詞略有增減字數者。南唐改作平韻體，《張子野詞》入「中呂宮」，重填一片，五十六字，上下片各四平韻。宋以後多遵用之。

本詞寫於蘇軾任杭州通判的第四年即熙寧七年（1074）初春，是作者與時任杭州知州的楊元素相唱和的作品。

寒雀滿疏籬,爭抱寒柯看玉蕤。忽見客來花下坐,驚飛,踏散芳英落酒巵。　　痛飲又能詩,坐客無氈醉不知。花盡酒闌春到也,離離,一點微酸已著枝。

新解

寒雀滿疏籬,爭抱寒柯看玉蕤──冰雪中熬了一冬的寒雀,翔集梅花周圍,瞅準空檔,便爭相飛上枝頭,好像要細細觀賞花朵似的。(蕤ㄖㄨㄟˊ繁花盛開下垂的樣子)

忽見客來花下坐,驚飛,踏散芳英落酒巵──它們迷花戀枝,不忍離去,客來花下,尚未覺察,直至客人坐定酌酒,方始覺之,而驚飛之際,不慎踏散芳英,又恰恰落入酒杯之中。巵(ㄓ),酒杯。

痛飲又能詩,坐客無氈醉不知──楊元素才調不凡,門下自無俗客。詩、酒二事,此中人原是人人來得,不過這次有梅花助興,飲興、詩情便不同於往常。坐客無氈則寒,而主人如今飲興正酣,故不復知。

花盡酒闌春到也──這句非指一次宴集時間如許之長,而是指自梅花開後,此等聚會,殆無虛日。

離離,一點微酸已著枝──這兩句重新歸結到梅,但寒柯玉蕤,已為滿枝青梅所取代。

新評

此詞既不句句黏著梅花上,也未嘗有一筆不寫梅花,可謂不即不離,妙合無垠。詞中未正面描寫梅花的姿態、神韻與品格,而採用了側面烘托的辦法來加以表現,顯示了詞人高超的藝術表現技巧。

❀ 南鄉子（回首亂山橫）
送述古

熙寧七年（1074 年）七月，蘇軾任杭州通判時的同僚與好友陳襄（字述古）移守南都（今河南商丘），蘇軾追送其至臨平（今餘杭），寫下了這首情真意切的送別詞。

回首亂山橫，不見居人只見城。誰似臨平山上塔，亭亭，迎客西來送客行。歸路晚風清，一枕初寒夢不成。今夜殘燈斜照處，熒熒，秋雨晴時淚不晴。

新解

回首亂山橫，不見居人只見城——回頭眺望，只見亂山橫陳，看不到人，只能看到城。起首兩句寫詞人對陳襄的離去特別戀戀不捨，一送再送，直到回頭不見城中的人影。

誰似臨平山上塔，亭亭，迎客西來送客行——誰能像臨平山上的塔一般，亭亭玉立，木然地迎來西方的客，又送走東行之人。寫臨平山上的塔，意喻詞人不像亭亭聳立的塔，能目送友人遠去，所以深感遺憾，又反映了詞人不像塔那樣無動於衷地迎客西來複送客遠去。

歸路晚風清，一枕初寒夢不成——歸途中晚風淒清，枕上初寒，「我」因思念友人而夜不成眠。

今夜殘燈斜照處，熒熒，秋雨晴時淚不晴——殘燈斜照，微光閃爍，秋雨之後是天晴，而「我」的念友之淚卻流個不停。這些意象的組合拼接，營造出一種清冷孤寂的氛圍，更加烘托出作

者淒涼孤寂的心境。（熒一ㄥ ㄒ：光線微弱的樣子）

新評

　　這首詞藝術上的特色主要是將山塔、秋雨擬人化，賦予作者自身的感情和心緒，將無生命的景物寫活。這種手法，表現出詞人不凡的功力。末句「秋雨晴時淚不晴」，用兩個「晴」字把雨和淚聯繫起來，比喻貼切而新穎，加強了作者思念之苦的表達效果，讀來扣人心扉，令人歎惋不已。

❀ 南鄉子（悵望送春杯）

…集句

題解

　　選取前人成句合為一篇叫集句。這本是詩之一體，始見於西晉・傅咸《七經詩》。宋代自石延年、王安石到文天祥，都喜為集句詩，而以文天祥《集杜詩》二百篇最為著名。王安石以集句為詞，開詞中集句一體。蘇軾作有〔南鄉子〕《集句》三首，這是其中的第二首，詞中所集皆唐人詩句。詳審詞意，當作於貶謫黃州時期。

　　悵望送春杯（杜牧），漸老逢春能幾回（杜甫）。花滿楚城愁遠別（許渾），傷懷。何況清絲急管催（劉禹錫）。　　吟斷望鄉台（李商隱），萬里歸心獨上來（許渾）。景物登臨閒始見（杜牧），徘徊。一寸相思一寸灰（李商隱）。

新解

悵望送春杯，漸老逢春能幾回 —— 悵望著送春之酒，撩起了比酒更濃的傷春之情。

花滿楚城愁遠別，傷懷。何況清絲急管催 —— 落花滿城，離愁滿懷，傷心人別有懷抱，更何況酒筵上清絲急管之音樂，只能加重難以為懷之悲哀。

吟斷望鄉台，萬里歸心獨上來 —— 登臨高臺，一抒望鄉之情。此為吟詩所不能表達的，故而「吟斷」。人窮則思返本，何況南遷愈遠離故國。

景物登臨閒始見，徘徊。一寸相思一寸灰 —— 徘徊於臺上，春景如畫。然而，君門不可通，故國不可還，兩般相思，一樣成灰。

新評

詞中所取唐人詩句無一不切合詞人當下之情境、命運、心態，既經其靈氣融通，遂煥然而為一新篇章，具一新生命。集句為詞，信手拈來，渾然天成，如自己出，是此詞又一特色。東坡這首集句詞之成功，足見其博學強識，更足見其思想之自由靈活。

❀ **南鄉子（霜降水痕收）**

重九涵輝樓呈徐君猷

題解

這首詞是蘇軾貶謫黃州期間，於元豐五年（1082年）重陽日，在郡中涵輝樓宴席上為黃州知州徐君猷而作。

霜降水痕收，淺碧鱗鱗露遠洲。酒力漸消風力軟，颼颼，破帽多情卻戀頭。佳節若為酬？但把清樽斷送秋。萬事到頭都是夢，休休，明日黃花蝶也愁。

新解

霜降水痕收，淺碧鱗鱗露遠洲 —— 霜降之後的深秋時節，水淺而明，江心之沙洲都露出來了。此為創作這首詞的背景。「鱗鱗」，水泛微波，似魚鱗狀；「露遠洲」，水位下降，露出江心的沙洲。

酒力漸消風力軟，颼颼，破帽多情卻戀頭 —— 站在亭台之上，於微風中酒醒，感受到自己被貶的處境，卻泰然處之。「酒力漸消」，皮膚敏感，故覺有「風力」。而風本甚微，故覺其「力軟」。風力雖軟，卻仍覺有「颼颼」涼意。也正因為風力很軟，所以才不至於落帽。此處反用晉代名士孟嘉落帽之典故，說破帽對他的頭很有感情，不管風怎樣吹，抵死不肯離開。

佳節若為酬？但把清樽斷送秋 —— 適逢佳節，何以為酬？只好舉杯打發走秋天。化用杜牧《重九齊山登高》詩「但將酩酊酬佳節，不用登臨怨落暉」句意。「斷送」，此即打發走之意。

萬事到頭都是夢，休休，明日黃花蝶也愁 —— 世上萬事到頭來都是一場夢，算了吧，到明日黃花滿地，蝴蝶也生惆悵。首句化用唐·潘閬「萬事到頭都是夢，休嗟百計不如人」句意。第三句反用唐·鄭谷詠《十日菊》中「節去蜂愁蝶不知，曉庭還繞折殘枝」句意。

新評

「萬事到頭都是夢，休休」，這與蘇軾別的詞中所發出的「人

間如夢」、「世事一場大夢」、「未轉頭時皆夢」、「古今如夢，何曾夢覺」、「君臣一夢，古今虛名」等慨歎異曲同工，表現了蘇軾後半生的生活態度。在他看來，世間萬事，皆是夢境，轉眼成空；榮辱得失、富貴貧賤，都是過眼雲煙；世事的紛紛擾擾，不必耿耿於懷。如果命運不允許自己有為，就飲酒作樂，終老餘生；如有機會一展抱負，就努力為之。這種進取與退隱、積極與消極的矛盾心理，在詞中得到了集中展現。

❀望江南（春未老）
超然台作

題解

龍榆生《唐宋詞格律》：〔憶江南〕，又名〔望江南〕、〔夢江南〕、〔江南好〕。《金奩集》入「南呂宮」。段安節《樂府雜錄》：「〔望江南〕始自朱崖李太尉（德裕）鎮浙日，為亡妓謝秋娘所撰。本名〔謝秋娘〕，後改此名。」廿七字，三平韻。中間七言二句宜對偶。第二句亦有添一襯字者。宋人多用雙調。

宋神宗熙寧七年（1074年）秋，蘇軾由杭州移守密州（今山東諸城）。次年八月，他命人修葺城北舊台，並由其弟蘇轍題名「超然」，取《老子》「雖有榮觀，燕處超然」之義。熙寧九年（1076年）暮春，蘇軾登超然台，眺望春色煙雨，觸動鄉思，寫下此作。

春未老，風細柳斜斜。試上超然臺上看，半壕春水一城花。煙雨暗千家。寒食後，酒醒卻諮嗟。休對故人思故國，且將新火試新茶。詩酒趁年華。

新解

春未老,風細柳斜斜——春天尚未到頭,微微春風中,柳條斜斜。以春柳在春風中的姿態——「風細柳斜斜」,點明當時的季節特徵:春已暮而未老。

試上超然臺上看,半壕春水一城花——試著登上超然台眺望,只見春水半壕,滿城皆花。這兩句直說登臨遠眺,而「半壕春水一城花」,句中設對,以春水、春花,將眼前圖景鋪排開來。

煙雨暗千家——上片以「煙雨暗千家」作結,居高臨下,說煙雨籠罩著千家萬戶。

寒食後,酒醒卻諮嗟——這兩句觸景生情,意為:寒食過後,正是清明節,應當返鄉掃墓。

休對故人思故國,且將新火試新茶——但是,此時卻欲歸而歸不得,為擺脫思鄉之苦,只能借煮茶來自我排遣對故國的思念之情。

詩酒趁年華——進一步申明:必須超然物外,忘卻塵世間的一切,抓緊時機,借詩酒以自娛。

新評

這首豪邁與婉約相兼的詞,透過春日景象和作者感情、神態的複雜變化,表達了詞人豁達超脫的襟懷和「用之則行,舍之則藏」的人生態度。這首詞情由景發,情景交融。詞中渾然一體的斜柳、樓臺、春水、城花、煙雨等暮春景象,以及燒新火、試新茶的細節,細膩、生動地表現了作者細微而複雜的內心活動,表達了遊子熾烈的思鄉之情。將寫異鄉之景與抒思鄉之情結合得如此天衣無縫,足見作者藝術功力之深。

❀ 賀新郎（乳燕飛華屋）
夏　景

題解

龍榆生《唐宋詞格律》：又名〔金縷曲〕、〔乳燕飛〕、〔貂裘換酒〕。傳以《東坡樂府》所收為最早，惟句逗平仄，與諸家頗多不合。因以《稼軒長短句》為準。一百十六字，前後片各六仄韻。大抵用入聲部韻者較激壯，用上、去聲部韻者較淒鬱，貴能各適物宜耳。

這是一首抒寫閨怨的雙調詞。

乳燕飛華屋，悄無人、桐陰轉午，晚涼新浴。手弄生綃白團扇，扇手一時似玉。漸困倚、孤眠清熟。簾外誰來推繡戶？枉教人夢斷瑤台曲。又卻是、風敲竹。　　石榴半吐紅巾蹙，待浮花浪蕊都盡，伴君幽獨。穠豔一枝細看取，芳心千重似束。又恐被、秋風驚綠。若待得君來向此，花前對酒不忍觸。共粉淚、兩簌簌。

新解

乳燕飛華屋，悄無人、桐陰轉午，晚涼新浴——乳燕飛過華麗的房屋，靜悄悄的，不見人影。梧桐樹陰轉過中午，漸漸涼爽了，美人新浴初出。點出初夏季節、過午時分環境之幽靜。「晚涼新浴」，推出傍晚新涼和出浴美人。

手弄生綃白團扇，扇手一時似玉——這兩句進而工筆描繪美人「晚涼新浴」之後的嫻雅風姿。作者寫團扇之白，不只襯托美人的肌膚潔白和品質高潔，而且象徵美人的命運、身世。自從漢代班婕妤作團扇歌後，白團扇常常是紅顏薄命、佳人失時的象徵。

漸困倚、孤眠清熟。簾外誰來推繡戶？枉教人夢斷瑤台曲。

又卻是、風敲竹——美人入夢後，曚曨中彷彿有人掀開珠簾，敲打門窗，不由得引起她的一陣興奮和一種期待。可是從夢中驚醒，卻只聽到那風吹翠竹的蕭蕭聲，等待她的仍舊是一片寂寞。

石榴半吐紅巾蹙——化用白居易詩「山榴花似結紅巾」（《題孤山寺山石榴花示諸僧眾》）句意，形象地描繪出了榴花的外貌特徵。

待浮花浪蕊都盡，伴君幽獨——這是美人觀花引起的感觸和情思。此二句既表明榴花開放的季節，又用擬人手法寫出了它不與桃李爭豔、獨立於群芳之外的品格。

穠豔一枝細看取，芳心千重似束——前句刻畫出花色的明麗動人；後句不僅捕捉住了榴花外形的特徵，並再次托喻美人那顆堅貞不渝的芳心，寫出了她似若有情、愁心難展的情態。

又恐被、秋風驚綠——此句由花及人，油然而生美人遲暮之感。

若待得君來向此，花前對酒不忍觸。共粉淚、兩簌簌——寫懷抱遲暮之感的美人與榴花兩相憐惜，共花落簌簌而淚落簌簌。（簌簌ㄙㄨˋ ㄙㄨˋ 紛紛墜下的樣子。）

新評

上片寫美人，下片掉轉筆鋒，專詠榴花，借花取喻，時而花人並列，時而花人合一。作者賦予詞中的美人、榴花以孤芳高潔、自傷遲暮的品格和情感，在這兩個美好的意象中滲透進自己的人格和感情。詞中寫失時之佳人，托失意之情懷；以婉曲纏綿的兒女情腸，寄慷慨鬱憬的身世之感。

❀ 卜運算子（缺月掛疏桐）

黃州定慧院寓居作

題解

龍榆生《唐宋詞格律》：北宋時盛行此曲。萬樹《詞律》以
為取義於「賣卜算命之人」。雙調，四十四字，上下片各兩仄韻。
兩結亦可酌增襯字，化五言句為六言句，於第三字逗。宋教坊複
演為慢曲，《樂章集》入「歇指調」。八十九字，前片四仄韻，
後片五仄韻。

　　這首詞是元豐五年（108 年 2）十二月蘇軾初貶黃州寓居定慧
院時所作。詞中借月夜孤鴻這一形象托物寓懷，表達了詞人孤高
自許、蔑視流俗的心境。

　　缺月掛疏桐，漏斷人初靜。時見幽人獨往來，縹緲孤鴻影。驚
起卻回頭，有恨無人省。揀盡寒枝不肯棲，寂寞沙洲冷。

新解

　　缺月掛疏桐，漏斷人初靜。時見幽人獨往來，縹緲孤鴻影——
前兩句營造出一個夜深人靜、月掛疏桐的孤寂氛圍，為幽人、孤
鴻的出場作鋪墊。「漏」指古人計時用的漏壺。「漏斷」即指深夜。
接下來的兩句，先是點出一位獨來獨往、心事浩茫的「幽人」形象，
隨即輕靈飛動地由「幽人」而引出孤鴻，使這兩個意象產生對應
和契合。

　　驚起卻回頭，有恨無人省。揀盡寒枝不肯棲，寂寞沙洲冷——
專寫孤鴻遭遇不幸，心懷幽恨，驚恐不已。「揀盡寒枝不肯棲」，
只好落宿於寂寞荒冷的沙洲。這裡，詞人以象徵手法，匠心獨運

地透過鴻的孤獨縹緲、驚起回頭、懷抱幽恨和選求宿處，表達了作者貶謫黃州時期的孤寂處境和高潔自許、不願隨波逐流的心境。

新評

這首詞的境界，確如宋·黃庭堅所說：「語意高妙，似非吃煙火食人語，非胸中有萬卷書，筆下無一點塵俗氣，孰能至此！」這種高曠灑脫、絕去塵俗的境界，得益於高妙的藝術技巧。作者「以性靈詠物語」，取神題外，意中設境，托物寓人；在對孤鴻和月夜環境背景的描寫中，選景敘事均簡約凝煉，空靈飛動，含蓄蘊藉，生動傳神，具有高度的典型性。

❀ 洞仙歌（冰肌玉骨）

題解

龍榆生《唐宋詞格律》：唐教坊曲。《樂章集》兼入「中呂」、「仙呂」、「般涉」三調，句逗亦參差不一。茲以《東坡樂府》之〔洞仙歌令〕為準。音節舒徐，極殆宕搖曳之致。八十三字，前後片各三仄韻。前片第二句是上一、下四句法，後片收尾八言句是以一去聲字領下七言，緊接又以一去聲字領下四言兩句作結。前片第二句亦有用上二、下三句法，並於全闋增一、二襯字，句逗平仄略異者。

這首詞描述了五代時後蜀國君孟昶與其妃花蕊夫人夏夜在摩訶池上納涼的情景。

余七歲時，見眉山老尼，姓朱，忘其名，年九十歲。自言嘗隨其師入蜀主孟昶宮中。一日，大熱，蜀主與花蕊夫人夜納涼摩

訶池上，作一詞，朱具能記之。今四十年，朱已死久矣！人無知此詞者，獨記其首兩句。暇日尋味，豈《洞仙歌令》乎？乃為足之。

冰肌玉骨，自清涼無汗。水殿風來暗香滿。繡簾開，一點明月窺人，人未寢，欹枕釵橫鬢亂。起來攜素手，庭戶無聲，時見疏星渡河漢。試問夜如何？夜已三更，金波淡，玉繩低轉。但屈指西風幾時來，又不道流年暗中偷換。

新解

小序意為：「我」七歲之時，曾見過一位眉山老尼，姓朱，名字叫什麼卻忘記了，當時已九十多歲。此尼自言曾隨其師到過蜀主孟昶的宮中。一天，天氣很熱，蜀主孟昶與其妃子花蕊夫人於夜間在摩訶池上納涼，曾創作一首詞，朱尼都能記得。如今四十年過去了，朱尼已死去很久了！無人能知此詞，而「我」也只記得開頭兩句。閒暇之日探尋體味這兩句，難道不是〔洞仙歌令〕嗎？於是將後面的補齊。

冰肌玉骨，自清涼無汗——這兩句寫女主人公的綽約風姿：麗質天生，有冰之肌、玉之骨，本自清涼無汗。

水殿風來暗香滿。繡簾開，一點明月窺人，人未寢，欹枕橫鬢亂——詞人用水、風、香、月等清澈的環境要素烘托女主人公的冰清玉潤，再借月之眼以窺美人欹枕的情景，以美人不加修飾的殘妝——「釵橫鬢亂」，來反襯她姿質的美好。

起來攜素手，庭戶無聲，時見疏星渡河漢——女主人公已由室內獨自倚枕，起而與愛侶戶外攜手納涼閒行。夜深人靜，時光於不知不覺中流逝。二人靜夜望星，只見疏朗的星星正渡銀河。

試問夜如何？夜已三更，金波淡，玉繩低轉——女主人公與

愛侶相互問答，問：這是夜裡什麼時辰了？答：夜已三更。但見月光淡淡，玉繩星已轉低，表明已入深夜。

但屈指西風幾時來，又不道流年暗中偷換──但是屈指算來，西風何時能吹來？在這企盼中歲月便偷偷地流逝了。寫月下徘徊的情意，為納涼人的細語溫存進行氣氛上的渲染。

新評

張邦基《墨莊漫錄》：「……予友陳興祖德昭云：頃見一詩話，亦題云李季成作。乃全載孟蜀主一詩：『冰肌玉骨清無汗，水殿風來暗香滿。簾間明月獨窺人，欹枕釵橫雲鬢亂。三更庭院悄無聲，時見疏星度河漢。屈指西風幾時來，只恐流年暗中換。』云東坡少年遇美人，喜《洞仙歌》，又邂逅處景色暗相似，故括稍協律以贈之也。予以謂此說近之。據此，乃詩耳。而東坡自敘乃云『是《洞仙歌令》』，蓋公以此敘自晦耳。《洞仙歌》腔出近世，五代及國初未之有也。」

此說屬實，則東坡原序不免有英雄欺人之嫌，但即使是括，也不影響其價值。

❀八聲甘州（有情風萬里卷潮來）

寄參寥子

題解

龍榆生《唐宋詞格律》：簡稱〔甘州〕。唐邊塞曲。據王灼《碧雞漫志》卷三：「〔甘州〕世不見，今『仙呂調』有曲破，有八聲慢，有令，而『中呂調』有〔象八聲甘州〕，他宮調不見也。凡大曲

就本宮調制引、序、慢、近、令,蓋度曲者常態。若〔象八聲甘州〕,即是用其法於『中呂調』。」今所傳〔八聲甘州〕,〔樂章集〕入「仙呂調」。因全詞共八韻,故稱「八聲」。九十七字,前後片各四平韻。亦有首句增一韻者。

此詞作於元祐六年(1091年)蘇軾由杭州太守任上被召為翰林學士承旨時,是作者離杭時送給參寥的。參寥是僧道潛的字,以精深的道義和清新的文筆為蘇軾所推崇,與蘇軾過從甚密,結為莫逆之交。蘇軾貶謫黃州時,參寥不遠兩千里趕去,追隨他數年。這首贈給參寥的詞,表現了二人深厚的友情,同時也抒寫出世的玄想,表現出巨大的人生空漠之感。

　　有情風萬里卷潮來,無情送潮歸。問錢塘江上,西興浦口,幾度斜暉?不用思量今古,俯仰昔人非。誰似東坡老,白首忘機。

　　記取西湖西畔,正春山好處,空翠煙霏。算詩人相得,如我與君稀。約他年、東還海道,願謝公雅志莫相違。西州路,不應回首,為我沾衣。

新解

　　有情風萬里卷潮來,無情送潮歸——有情之風從萬里之外將潮水卷來,無情之風卻又將潮水送歸大海。表面上是寫錢塘江潮水一漲一落,但一說「有情」,一說「無情」,此「無情」,不是指自然之風本乃無情之物,而是指已被人格化的有情之風,卻絕情地送潮歸去,毫不依戀。

　　問錢塘江上,西興浦口,幾度斜暉——在錢塘江畔,在西興浦口,我們倆曾多次同觀海潮。西興,錢塘江南,今杭州市對岸,蕭山縣治之西。「幾度斜暉」,指與參寥多次同觀潮景,頗堪紀念。

不用思量今古，俯仰昔人非。誰似東坡老，白首忘機——面對社會人生的無情，不必替古人傷心，也不必為現實憂慮，必須超凡脫俗，「白首忘機」，泯滅機心，無意功名，達到達觀超曠、淡泊寧靜的心境。

記取西湖西畔，正春山好處，空翠煙霏——西湖西畔，「我」曾與你共賞春天裡的美景。寫西湖湖景，也是記述他與參寥在杭的遊賞活動。

算詩人相得，如我與君稀——細算一下詩人中與「我」相知的人，像咱倆這麼深的交情還真稀少。寫與參寥的相知之深。

約他年、東還海道，願謝公雅志莫相違。西州路，不應回首，為我沾衣——「我」與你相約，將來像謝公那樣東還海道，歸隱起來。結尾表現了詞人超然物外、歸隱山水的志趣，進一步抒寫二人的友情。謝公，指東晉名臣謝安。

新評

此詞以平實的語言，抒寫深厚的情意，氣勢雄放，意境渾然。鄭文焯《手批東坡樂府》說，此詞「雲錦成章，天衣無縫」，「從至情中流出，不假熨帖之工」，這一評語正道出了本詞的特色。詞人那超曠的心態，那交織著人生矛盾的悲慨和發揚蹈厲的豪情，給讀者以強烈的震撼和深刻的啟迪。

❀ 江城子（夢中了了醉中醒）

題解

龍榆生《唐宋詞格律》：一作〔江神子〕。《金奩（ㄌㄧㄢˊ）

集》入「雙調」。三十五字,五平韻。結尾有增一字,變三言兩句作七言一句的。宋人多依原曲重增一片。

這首詞作於蘇軾貶謫黃州期間。他以自己「躬耕於東坡,築雪堂居之」自比於晉代詩人陶淵明的斜川之遊,融說理、寫景和言志於一爐,詞中表達了對陶淵明的深深仰慕之意,抒發了詞人隨遇而安、樂而忘憂的曠達襟懷。

陶淵明以正月五日遊斜川,臨流班坐,顧瞻南阜,愛曾城之獨秀,乃作《斜川詩》,至今使人想見其處。元豐壬戌之春,余躬耕於東坡,築雪堂居之,南挹四望亭之後丘,西控北山之微泉,慨然而歎,此亦斜川之遊也。乃作長短句,以〔江城子〕歌之。

夢中了了醉中醒。只淵明,是前生。走遍人間,依舊卻躬耕。昨夜東坡春雨足,烏鵲喜,報新晴。　　雪堂西畔暗泉鳴。北山傾,小溪橫。南望亭丘,孤秀聳曾城。都是斜川當日景,吾老矣,寄餘齡。

新解

小序意為:晉代陶淵明於正月五日遊賞斜川,面對河水而坐,欣賞南面的山巒,喜歡秀美的曾城,於是創作《斜川詩》,至今仍使人想見其情其景。元豐壬戌年(1082年)之春,「我」在黃州東坡躬耕,建築雪堂居住,此處向南可看到四望亭的後山,向西可監控北山的微泉,於是慨然而歎,這也如同陶淵明的斜川之遊啊!於是創作長短句,用〔江城子〕詞牌歌唱。

夢中了了醉中醒。只淵明,是前生。走遍人間,依舊卻躬耕——夢中了然,醉中清醒,晉代的陶淵明就是「我」的前生。走遍人間,仍親自耕種。蘇軾能理解淵明飲酒的心情,深知他夢

中或醉中實際上都是清醒的，這是他們的共同之處。充滿了辛酸的情感，這種情況又與淵明偶合，兩人的命運何其相似。

昨夜東坡春雨足，烏鵲喜，報新晴——昨天晚上東坡下了一場充足的春雨，烏鵲嘰喳，喜報新晴。透過對春雨過後烏鵲報晴這一富有生機的情景的描寫，隱隱表達出詞人歡欣、愉悅的心情和對大自然的熱愛。

雪堂西畔暗泉鳴。北山傾，小溪橫。南望亭丘，孤秀聳曾城——雪堂西畔有暗泉鳴響，北山之下，橫著一條小溪。向南眺望亭子山丘，一如陶淵明當日秀麗的曾城。寫鳴泉、小溪、山亭、遠峰，日與耳目相接，表現出田園生活恬靜清幽的境界，給人以超世遺物之感，作者因心慕淵明，嚮往其斜川當日之遊，遂覺所見亦斜川當日之景。

都是斜川當日景，吾老矣，寄余齡——這一切都是陶公當年斜川之遊的情景，「我」已年邁，就像陶公那樣寄情山水，打發剩下的光陰吧。自己是否會與陶淵明的命運完全相同？一思及此，作者不禁產生遲暮之感，有於此終焉之意。

新評

作品平淡中見豪放，充滿恬靜閒適而又粗獷的田園趣味。這首詞的結構頗具匠心。

首句突兀而起，議論中飽含深情。其後寫景，環環相扣，層次分明，緊扣首句的議論，景中寓情，情中見理。結拍與首句議論及過片後的寫景相呼應，總括全詞，以東坡雪堂今日春景似淵明當日斜川之景，引出對斜川當日之遊的嚮往和逆境中淡泊自守、怡然自足的心境。「都是斜川當日景」，這看似平淡的詞句，是作者面對遠去的歷史背影所吐露的心聲。

❀ 江城子（鳳凰山下雨初晴）
湖上與張先同賦，時聞彈箏

題解

此詞為蘇軾於熙寧五年（1072 年）至七年（1074 年）在杭州
通判任上與當時已八十餘歲的詞人張先（990 年—1078 年）同游
西湖時所作。

鳳凰山下雨初晴，水風清，晚霞明。一朵芙蕖，開過尚盈盈。
何處飛來雙白鷺，如有意，慕娉婷。　　忽聞江上弄哀箏，苦含
情，遣誰聽。煙斂雲收，依約是湘靈。欲待曲終尋問取，人不見，
數峰青。

新解

鳳凰山下雨初晴，水風清，晚霞明。一朵芙蕖，開過尚盈
盈 —— 鳳凰山下雨後初晴，水面上的微風清涼，晚霞明麗。一朵
朵荷花，雖已開過，仍盈盈可喜。這五句寫山色湖光。「一朵芙蕖」
兩句既實寫水面荷花，又是以出水芙蓉比喻彈箏的美人，下面接
著便從白鷺似也有意傾慕來烘托彈箏人的美麗。

何處飛來雙白鷺，如有意，慕娉婷 —— 不知從何處飛來一雙
白鷺，落於水面上，圍著那芙蕖，似乎是有意羨慕芙蕖那娉婷的
姿態。

忽聞江上弄哀箏，苦含情，遣誰聽 —— 江上忽然傳來彈奏箏
的聲音，曲子哀傷，誰忍心聽。這三句是對音樂的描寫：從樂曲
總的旋律來寫，則曰「哀箏」，從樂曲傳達的情感來寫，則言「苦
含情」；謂「遣誰聽」，是說樂曲哀傷，誰忍聆聽，是從聽者的

角度來寫的。

煙斂雲收，依約是湘靈——這兩句進一步渲染樂曲的哀傷，謂無知的大自然也為之感動：煙靄為之斂容，雲彩為之收色，似乎這樣哀怨動人的樂曲非人間所有，只能是出自像湘水女神那樣的神靈之手。

欲待曲終尋問取，人不見，數峰青——一曲過後，彈箏人已飄然遠逝，只見青翠的山峰仍然靜靜地立於湖邊，彷彿那哀怨的樂曲仍然蕩漾在山間水際。化用唐·錢起《省試湘靈鼓瑟》詩：「曲終人不見，江上數峰青。」有言盡意不盡之韻。

新評

作者富有情趣地緊扣「聞彈箏」這一詞題，從多方面描寫彈箏者的美麗與音樂的動人。詞中將彈箏人置於雨後初晴、晚霞明麗的湖光山色中，使人物與景色相映成趣，音樂與山水相得益彰，在人物的描寫上，作者運用了比喻和襯托的手法。

❀ 江城子（翠蛾羞黛怯人看）
孤山竹閣送述古

題解

這首詞作於宋神宗熙寧七年（1074 年），是蘇軾早期送別詞中的佳作。詞中傳神地描摹歌妓的口氣，代她向即將由杭州調知應天府（今河南商丘南）的僚友陳襄（字述古）表示惜別之意。

翠蛾羞黛怯人看。掩霜紈，淚偷彈。且盡一尊，收淚唱《陽關》。

漫道帝城天樣遠，天易見，見君難。　　畫堂新構近孤山。曲欄杆，為誰安？飛絮落花，春色屬明年。欲棹小舟尋舊事，無處問，水連天。

新解

翠蛾羞黛怯人看。掩霜紈，淚偷彈。且盡一尊，收淚唱《陽關》——害羞的歌女蹙眉彈淚，執扇而歌，思念遠方的心上人。「翠蛾」即蛾眉，借指婦女。「黛」本是一種青色顏料，古代女子用來畫眉，這裡借指眉。「羞黛」為眉目含羞之態。「霜紈」指潔白如霜的紈扇。《陽光》，《陽關曲》。即唐代詩人王維《送元二使安西》詩譜入樂府後所稱，亦名《渭城曲》，用於送別場合。

漫道帝城天樣遠，天易見，見君難——此為女子自言，意思是不要說你所在的帝城如天一樣遙遠，天易見，見君難，極言相思之苦。

畫堂新構近孤山。曲欄杆，為誰安——畫堂（女子居所）近於孤山，女子憑欄而望，一山遮目，心存希望而又失望。

飛絮落花，春色屬明年——遠遠望去，只見春色已盡，下一個春天只屬明年了。她回憶起去年暮春時節與太守游湖的一些難忘情景，歎息「春色屬明年」，明年將不會歡聚在一起了。

欲棹小舟尋舊事，無處問，水連天——想要駕上小舟尋訪舊跡，卻只見碧水連天，無處訪問了。言外之意，流露出一片茫然的心情。

新評

此詞上片寫人，下片寫景，兩片之間看似無甚聯繫，其實上片由人及情，下片借景寓情，人與景都服從於離愁、別情的抒發，語

似脫而意實聯。從風格上看，此詞近於婉約，感情細膩，但「天易見，見君難」、「無處問，水連天」等句，於委婉中仍透粗獷。柔婉卻又哀而不傷，豔而不俗。作者對於歌妓的情態和心理描摹得細膩入微，生動傳神，讀來令人感歎不已。

❀ 江城子（老夫聊發少年狂）
密州出獵

題解

宋神宗熙寧八年（1075 年），東坡任密州知州，曾因旱去常山祈雨，歸途中與同官梅戶曹會獵於鐵溝，寫了這首出獵詞。作者於詞中抒發了為國效力疆場、抗擊侵略的雄心壯志和豪邁氣概。

老夫聊發少年狂，左牽黃，右擎蒼。錦帽貂裘，千騎卷平崗。為報傾城隨太守，親射虎，看孫郎。酒酣胸膽尚開張，鬢微霜，又何妨。持節雲中，何日遣馮唐？會挽雕弓如滿月，西北望，射天狼。

新解

老夫聊發少年狂，左牽黃，右擎蒼。錦帽貂裘，千騎卷平岡——老夫「我」偶爾學一下少年時的狂妄，左手牽黃犬，右臂架蒼鷹，一副出獵的雄姿。隨從武士個個也是「錦帽貂裘」，打獵裝束。千騎奔馳，騰空越野。

為報傾城隨太守，親射虎，看孫郎——為報全城士民的盛意，「我」也要像當年孫權射虎一樣，大顯身手。

酒酣胸膽尚開張，鬢微霜，又何妨。持節雲中，何日遣馮

唐——酒酣之後，胸膽更豪，興致益濃，「我」年事雖高，鬢髮雖白，卻仍希望朝廷能像漢文帝派遣馮唐持節赦免魏尚一樣，對自己委以重任，讓「我」赴邊疆抗敵。

會挽雕弓如滿月，西北望，射天狼——如有機會參戰，「我」將挽弓如滿月，抗擊西夏和遼的侵擾。

新評

此作是千古傳誦的東坡豪放詞的代表作之一。詞中寫出獵之行，抒興國安邦之志，拓展了詞境，提高了詞品，擴大了詞的題材範圍，為詞的創作開創了嶄新的道路。作品融敘事、言志、用典為一體，調動各種藝術手段形成豪放風格，多角度、多層次地從行動和心理上表現了作者寶刀不老、志在千里的英姿與豪氣。

❀ 江城子（十年生死兩茫茫）
乙卯正月二十日夜記夢

題解

題記中「乙卯」年指的是宋神宗熙寧八年（1075年），其時蘇東坡任密州（今山東諸城）知州，年已四十。正月二十日這天夜裡，他夢見十年前去世的愛妻王弗，便寫下了這首「有聲當徹天，有淚當徹泉」（宋·陳師道語）的悼亡詞。

十年生死兩茫茫。不思量，自難忘。千里孤墳，無處話淒涼。縱使相逢應不識，塵滿面，鬢如霜。夜來幽夢忽還鄉，小軒窗，正梳妝。相顧無言，惟有淚千行。料得年年腸斷處：明月夜，短松岡。

新解

十年生死兩茫茫。不思量，自難忘。千里孤墳，無處話淒涼——生死相隔，死者對人世是茫然無知了，而活著的人對逝者呢，不也同樣嗎？人雖云亡，而過去美好的情景卻殊難忘懷。想到愛妻華年早逝，遠隔千里，無處可以話淒涼，說沉痛，她辭別人世已經十年了。

縱使相逢應不識，塵滿面，鬢如霜——縱然相逢恐怕她也認不出「我」了，因為這十年中，「我」飽經憂患，蒼老衰敗，才四十歲，已經「鬢如霜」了。

夜來幽夢忽還鄉，小軒窗，正梳妝——昨晚夢中忽然回到了思念中的故鄉，她情態容貌，依稀當年，正打扮梳妝。

相顧無言，惟有淚千行——二人夢裡相見，相顧無言，惟有不停地流淚。「無言」，包括了千言萬語，表現了「此時無聲勝有聲」的沉痛。

料得年年腸斷處：明月夜，短松岡——「我」夢醒之後斷想：年年傷逝的這個日子，泉下人與世間人，該是同樣柔腸寸斷吧？

新評

蘇東坡的這首詞是「記夢」，而且明確寫了做夢的日子。但實際上，詞中記夢境的只有下片的五句，其他都是真摯樸素、沉痛感人的抒情文字。作者以抹殺了生死界線的癡語、情語，把現實與夢幻混同了起來，把死別後的個人憂憤包括其中，感情深沉悲痛，表現了對愛侶的深切懷念，也寄寓了自己的身世之感。

❀ 蝶戀花（花褪殘紅青杏小）

龍榆生《唐宋詞格律》：又名〔鵲踏枝〕、〔鳳棲梧〕。唐教坊曲。《樂章集》、《張子野詞》併入「小石調」，《清真集》入「商調」。趙令時有〔商調蝶戀花〕，聯章作《鼓子詞》，詠《會真記》事。雙調，六十字，上下片各四仄韻。

　　花褪殘紅青杏小。燕子飛時，綠水人家繞。枝上柳綿吹又少，天涯何處無芳草。牆裡秋千牆外道。牆外行人，牆裡佳人笑。笑漸不聞聲漸悄，多情卻被無情惱。

新解

　　花褪殘紅青杏小。燕子飛時，綠水人家繞 —— 殘紅褪盡，青杏初生，燕子飛舞，綠水環抱著村上人家。

　　枝上柳綿吹又少，天涯何處無芳草 —— 柳上絮已吹盡，春已漸深，春草遍地，直至天涯海角。「天涯何處無芳草」極廣泛，蘊含深深的惜春之情。

　　牆裡秋千牆外道。牆外行人，牆裡佳人笑 —— 人家於綠水之內，環以高牆，所以牆外行人只能聽到牆內蕩秋千人的笑聲，卻見不到芳蹤。

　　笑漸不聞聲漸悄，多情卻被無情惱 —— 笑聲漸漸聽不到了，聲息悄然，而牆外的行人悵然佇立，空自多情。詞人雖然寫的是情，但其中也滲透著人生哲理。

新評

　　按詞律，〔蝶戀花〕本為雙迭，上下闋各四仄韻，字數相同，節奏相等。東坡此詞，前後感情色彩不同，節奏有異，實是作者文

思暢達，信筆直書，突破了詞律。這首詞上下句之間、上下闋之間，往往展現出種種錯綜複雜的矛盾。例如上片結尾二句，「枝上柳綿吹又少」，感情低沉；「天涯何處無芳草」，強自振奮。這情與情的矛盾是因現實中詞人屢遭遷謫，這裡反映出思想與現實的矛盾。上片側重哀情，下片側重歡樂，這也是情與情的矛盾。而「多情卻被無情惱」，不僅寫出了情與情的矛盾，也寫出了情與理的矛盾。江南暮春的景色中，作者借牆裡、牆外，佳人、行人一個無情，一個多情的故事，寄寓了他的憂憤之情，也蘊含了他對充滿矛盾的人生悖論的思索。

❀ 蝶戀花（簌簌無風花自嚲）
暮春別李公擇

題解

李公擇是蘇軾的老友，兩人都因反對新法遭貶，交情甚篤。這是一首送別詞。

簌簌無風花自嚲。寂寞園林，柳老櫻桃過。落日多情還照坐，山青一點橫雲破。　　路盡河回人轉柁。繫纜漁村，月暗孤燈火。憑仗飛魂招楚些，我思君處君思我。

新解

簌簌無風花自嚲。寂寞園林，柳老櫻桃過——暮春時節，雖然無風，但花落簌簌。寂寞的園林中，柳樹老了，櫻桃的繁盛也

已成為過去。簌簌（ㄙㄨˋ），花謝花落之聲。軃（ㄅㄨㄛˇ），下垂貌。第一句寫暮春花謝，點出送公擇的時節。第二、三句點出園林寂寞，人亦寂寞。

落日多情還照坐，山青一點橫雲破——兩人於「寂寞園林」之中話別，「相對無言」時，卻見落日照坐之有情，青山橫雲之變態。此時彼此都是滿懷心事，可是又不忍打破這份靜默。

路盡河回人轉柂——送者岸上已走到「路盡」處；行者舟中卻見柂已轉。柂，控制行船方向的器具，裝在船尾。

繫纜漁村，月暗孤燈火——想像朋友今夜泊於冷落的漁村，中宵不寐，獨對孤燈，惟有暗月相伴。

憑仗飛魂招楚些，我思君處君思我——上句用《楚辭・招魂》典故，表示未別先思；下句採用回文手法，有懇切深濃的情思。些，楚辭中句尾語氣詞。

新評

從景物入手，委曲地寫二人遭遇相似，友情深厚。在描寫上別出心裁，如暮春落花是古詩詞常寫之景，但東坡卻又翻出新意：花落聲簌簌卻不是被風所吹，而是悠悠然自墜自落，多了一份安閒自在的情態。

❀ 永遇樂（明月如霜）

題解

龍榆生《唐宋詞格律》：《樂章集》入「歇指調」。晁補之《琴趣外篇》卷一於「消息」之下注：「自過腔，即〔越調永遇樂〕。」

茲以蘇、辛詞為準。一百四字，前後片各四仄韻。

這首詞寫於元豐元年（1078 年）蘇軾任徐州知州時。

彭城夜宿燕子樓，夢盼盼，因作此詞。

明月如霜，好風如水，清景無限。曲港跳魚，圓荷瀉露，寂寞無人見。如三鼓，鏗然一葉，黯黯夢雲驚斷。夜茫茫、重尋無處，覺來小園行遍。天涯倦客，山中歸路，望斷故園心眼。燕子樓空，佳人何在，空鎖樓中燕。古今如夢，何曾夢覺，但有舊歡新怨。異時對、黃樓夜景，為余浩歎。

新解

小序意為：在彭城夜宿於燕子樓，夢見盼盼，於是創作此詞。盼盼，乃唐代張尚書（愔）之愛妾，能歌善舞，風情萬種。張氏死後，盼盼念舊情不嫁，在張尚書為其所建的燕子樓獨居了十多年。

明月如霜，好風如水，清景無限。曲港跳魚，圓荷瀉露，寂寞無人見——總述夜宿燕子樓的四周景物和夢。首句寫月色明亮，皎潔如霜；接著景由大入小，由靜變動：曲港跳魚，圓荷瀉露。

如三鼓，鏗然一葉，黯黯夢雲驚斷——轉從聽覺寫夜之幽深、夢之驚斷：三更鼓響，秋夜深沉；一片葉落，鏗然作聲。夢被鼓聲葉聲驚醒，更覺黯然傷心。統（ㄉㄢˇ），擊鼓聲。

夜茫茫、重尋無處，覺來小園行遍——寫夢斷後之茫然心情：詞人夢醒後，儘管想重新尋夢，卻無處重睹芳華了。

天涯倦客，山中歸路，望斷故園心眼——寫天涯漂泊感到厭倦的遊子，想念山中的歸路，心中眼中想望故園一直到望斷，極言思鄉之切。

燕子樓空，佳人何在，空鎖樓中燕 —— 由人亡樓空悟得萬物本體的瞬息生滅，然後以空靈超宕出之，直抒感慨：人生之夢未醒，只因歡怨之情未斷。

古今如夢，何曾夢覺，但有舊歡新怨 —— 由古時的盼盼聯繫到現今的自己，發出了人生如夢的慨歎。

異時對、黃樓夜景，為余浩歎 —— 從燕子樓想到黃樓，從今日又思及未來。

新評

這首詞深沉的人生感慨中包含了古與今、倦客與佳人、夢幻與佳人的綿綿情事，傳達出一種攜帶某種禪意玄思的人生空幻感、淡漠感，隱藏著某種要求徹底解脫的出世意念。詞中「燕子樓空」三句，千古傳誦，深得後人讚賞。

❀ 永遇樂（長憶別時）

題解

這是一首懷人詞，是為寄託對好友孫巨源的思念而作。當時，東坡已至海州，想起與巨源潤州相遇、楚州分手的往事，不由得心有所動，遂作此詞。

孫巨源以八月十五日離海州，坐別於景疏樓上。既而與余會於潤州，至楚州乃別。余以十一月十五日至海州，與太守會於景疏樓上，作此詞以寄巨源。

長憶別時，景疏樓上，明月如水。美酒清歌，留連不住，月隨

人千里。別來三度，孤光又滿，冷落共誰同醉？卷珠簾、淒然顧影，共伊到明無寐。今朝有客，來從淮上，能道使君深意。憑仗清淮，分明到海，中有相思淚。而今何在，西垣清禁，夜永露華侵被。此時看、回廊曉月，也應暗記。

新解

小序意為：孫巨源於八月十五日離開海州，我們倆話別於景疏樓上。之後他又與「我」相會於潤州，到楚州分別。「我」於十一月十五日到海州，與太守相會於景疏樓上，於是創作此詞寄給孫巨源。

長憶別時，景疏樓上，明月如水──常常憶起在景疏樓上餞別時，明月如水。

美酒清歌，留連不住，月隨人千里──美酒清歌也不能使皓月留連於此，巨源起行後，明月有情，隨人千里。

別來三度，孤光又滿，冷落共誰同醉──別來三度月圓，而旅途孤單，無人同醉。

卷珠簾、淒然顧影，共伊到明無寐──卷起珠簾，淒然孤獨，顧影自憐，惟有明月相共，照影無眠。

今朝有客，來從淮上，能道使君深意──有客從淮上來，捎帶來巨源「深意」，遂使「我」更加癡情懷念。點破引發詞人遙思之因。

憑仗清淮，分明到海，中有相思淚──此時，又發奇想：友人淚灑清淮，東流到海，見出其念「我」之情深；自己看出淮水中有友人相思之淚，又說明懷友之意切。

而今何在，西垣清禁，夜永露華侵被。此時看、回廊曉月，也應暗記──設想巨源西垣（中書省）任起居舍人宮中值宿時長

夜無眠,「此時看、回廊曉月」,當起懷「我」之情。最後「也應暗記」,既寫到了巨源的心理,又寫出了自己的深意。

新評

此詞以離別時的明月為線索抒寫友情,藝術上別具一格。全詞五次寫到月:有離別時刻之月,有隨友人而去之月,有時光流逝之月,有陪伴詞人孤獨之月,有友人所望之月。詞之上片以寫月始,下片以寫月終,月光映襯友情,使作品詞清意達,格高情真。

❀ 行香子(清夜無塵)
述 懷

題解

龍榆生《唐宋詞格律》:雙調小令,六十六字,上片五平韻,下片四平韻。音節流美,亦可略加襯字。

清夜無塵,月色如銀。酒斟時、須滿十分。浮名浮利,虛苦勞神。歎隙中駒,石中火,夢中身。　雖抱文章,開口誰親。且陶陶、樂盡天真。幾時歸去,作個閒人。對一張琴,一壺酒,一溪雲。

新解

清夜無塵,月色如銀。酒斟時、須滿十分 —— 清爽之夜,略無埃塵,月光如銀,灑滿大地。此時對月把酒,須將酒杯斟滿。月夜的空闊神秘,闃寂無人,正好冷靜地來思索人生,以求解脫。作者這首詞裡把「人生如夢」的主題思想表達得更明白、更集中。

浮名浮利，虛苦勞神——浮華的名和利，都是虛的，為此只能痛苦勞神。

　　歎隙中駒，石中火，夢中身——人們追求名利是徒然勞神費力的，宇宙萬物都是短暫的，人的一生只不過如「隙中駒，石中火，夢中身」一樣，須臾即逝。

　　雖抱文章，開口誰親——雖然懷抱錦繡文章，但又有誰賞識呢？是不被知遇的感慨。

　　且陶陶、樂盡天真——姑且陶然一樂，快樂天真地盡情生活吧。是其現實享樂的方式。「陶陶」，歡樂的樣子，語出《詩經·君子陽陽》。只有經常「陶陶」，才似乎恢復與獲得了人的本性，忘掉了人生的種種煩惱。

　　幾時歸去，作個閒人。對一張琴，一壺酒，一溪雲——最好的解脫方法莫過於遠離官場，歸隱田園。彈琴，飲酒，賞玩山水，吟風弄月，這是我國文人理想的一種生活方式，東坡將此概括為「一張琴，一壺酒，一溪雲」，這就足夠了。

新評

　　詞中抒寫了作者把酒對月之時的襟懷意緒，流露出人生苦短、知音難覓的感慨，表達了作者渴望擺脫世俗困擾的退隱、出世之意。此詞雖一定程度上流露出作者苦悶、消極的情緒，但「且陶陶樂盡天真」的主題、基調卻是開朗明快的。而詞中語言的暢達、音韻的和諧，正好與這一基調相一致，形式與內容完美地融合起來。

❀ 更漏子（水涵空）

送孫巨源

龍榆生《唐宋詞格律》：《尊前集》入「大石調」，又入「商調」。《金奩集》入「林鐘商調」。四十六字，前片兩仄韻，兩平韻；後片三仄韻，兩平韻。亦有過片不用韻者，平仄與上片全同。此為送別詞，為宋神宗熙寧七年（1074年）十月作者於楚州別孫洙（字巨源）時所作。

水涵空，山照市，西漢二疏鄉里。新白髮，舊黃金，故人恩義深。海東頭，山盡處，自古客槎來去。槎有信，赴秋期，使君行不歸。

新解

水涵空，山照市，西漢二疏鄉里——海州碧水連天，青山映簾，江山神秀所鐘，古往今來出現了不少可景仰的人物。前有漢代隱士二疏（疏廣、疏受），後有孫洙，都為此水色山光增添異彩。

新白髮，舊黃金，故人恩義深——這三句以二疏事說孫洙。孫洙海州一任，白髮新添，博得州人殷勤相送，這是老友於此邦留下深恩厚義所致。

海東頭，山盡處，自古客槎來去——大海的東頭，山的盡處，自古以來客人乘木筏來來往往。「海」與「山」照應上片之「水」與「山」，將乘槎浮海的故事與海州及孫洙聯繫起來。在作者的想像中，當時有人乘槎到天河，大概就是從這裡出發的。但是，自古以來，客槎有來有往，每年秋八月一定準時來到海上，人（孫洙）則未有歸期。

槎有信，赴秋期，使君行不歸——客槎有定期，每年秋天必來，而孫巨源則未有歸期。一方面用浮海通天河的故事說孫洙應召赴京之事，一方面以歸期無定抒寫不忍相別之情。其中「有信」、

「不歸」，就把著眼點集中於眼前人（孫洙）身上，突出送別的主題。

新評

此詞妙用典故，先以西漢二疏故事讚頌孫洙，又以乘槎故事敘說別情，既表達了對友人的讚美之情，又抒發了作者自身的複雜心緒和深沉感慨，可謂形散而神不散，渾然無跡，大開大闔，結構縝密。

❀ 陽關曲（暮雲收盡劇清寒）
中秋月

題解

《山堂肆考》：唐王維《送元二使安西》詩：「渭城朝雨浥輕塵，客舍青青柳色新。勸君更盡一杯酒，西出陽關無故人。」後人以為《陽關曲》三疊唱之。陽關在長安西，三疊者，以後三句重疊唱之也。一說，每曲先七言，中五言，後三言，故謂之三疊。

《四庫全書總目·東坡詞》：《陽關曲》三首已載入詩集之中，乃餞李公擇絕句，其曰「以《小秦王》歌之」者，乃唐人歌詩之法，宋代失傳，惟《小秦王》調近絕句，故借其聲律以歌之，非別有詞調，謂之《陽關曲》也。使當時有《陽關曲》一調，則必自有本調之宮律，何必更借《小秦王》乎？

暮雲收盡劇清寒，銀漢無聲轉玉盤。此生此夜不長好，明月明年何處看。

暮雲收盡溢清寒，銀漢無聲轉玉盤 —— 月光先被雲遮，一旦「暮雲收盡」，轉覺清光更多。月明星稀，銀河也顯得非常淡遠。

此生此夜不長好，明月明年何處看 —— 這兩句大有佳會難得，當盡情遊樂，不負今宵之意。說「明月明年何處看」，當然含有「未必明年此會同」的意思。

新評

這首詞從月色的美好寫到「月圓人團圓」的愉快，又從今年此夜推想明年中秋，歸結到別情。形象集中，境界高遠，語言清麗，意味深長。

❀ 浣溪沙（山下蘭芽短浸溪）

題解

龍榆生《唐宋詞格律》：唐教坊曲，《金奩集》入「黃鐘宮」，《張子野詞》入「中呂宮」。四十二字，上片三平韻，下片兩平韻，過片二句多用對偶。別有〔攤破浣溪沙〕，又名〔山花子〕，上下片各增三字，韻全同。

這首詞從山川景物著筆，意旨卻是探索人生的哲理，表達作者熱愛生活、曠達樂觀的人生態度。

游蘄水清泉寺，寺臨蘭溪，溪水西流。

山下蘭芽短浸溪，松間沙路淨無泥，蕭蕭暮雨子規啼。　　誰

道人生無再少？門前流水尚能西，休將白髮唱黃雞。

新解

　　小序意為：游賞蘄水的清泉寺，寺院臨近蘭溪，溪水向西流去。

　　山下蘭芽短浸溪，松間沙路淨無泥，蕭蕭暮雨子規啼——這三句寫暮春三月蘭溪幽雅的風光和環境：山下小溪潺潺，岸邊的蘭草剛剛萌生嬌嫩的幼芽。松林間的沙路，彷彿經過清泉沖刷，一塵不染，異常潔淨。傍晚細雨蕭蕭，寺外傳來了杜鵑的啼聲。

　　誰道人生無再少？門前流水尚能西，休將白髮唱黃雞——這三句迸發出使人感奮的議論。這種議論不是抽象的、概念化的，而是即景取喻，以富有情韻的語言，表達人生的哲理。「誰道」兩句，以反詰喚起，以借喻回答。結尾兩句以溪水西流的個別現象，即景生感，藉端抒懷，自我勉勵，表達出詞人雖處困境而老當益壯、自強不息的精神。

新評

　　這首詞，上片以疏淡的筆墨寫景，景色自然明麗，雅淡淒美；下片既以形象的語言抒情，又於即景抒慨中融入人生哲理，啟人心智，令人振奮。詞人以順處逆的豪邁情懷，政治上失意後積極、樂觀的人生態度，催人奮進，激動人心。整首詞如同一首意氣風發的生命交響樂，一篇老驥伏櫪、志在千里的宣言書，流露出對青春活力的召喚，對未來的嚮往和追求，讀之令人奮發自強。

❀ 浣溪沙（五首）

題解

　　元豐元年（1078年）徐州發生嚴重春旱，作者作為徐州太守，曾往石潭求雨，得雨後，又往石潭謝雨，沿途經過農村，這組〔浣溪沙〕詞即記途中的觀感。

　　徐州石潭謝雨道上作五首。潭城東二十里，常與泗水增減清濁相應。

　　　　一

照日深紅暖見魚，連溪綠暗晚藏烏，黃童白叟聚睢盱。

麋鹿逢人雖未慣，猿猱聞鼓不須呼，歸家說與採桑姑。

　　　　二

旋抹紅妝看使君，三三五五棘籬門，相挨踏破蒨羅裙。

老幼扶攜收麥社，烏鳶翔舞賽神村，道逢醉叟臥黃昏。

　　　　三

麻葉層層檾葉光，誰家煮繭一村香？隔籬嬌語絡絲娘。

垂白杖藜抬醉眼，捋青搗麨軟饑腸，問言豆葉幾時黃？

　　　　四

簌簌衣巾落棗花，村南村北響繰車，牛衣古柳賣黃瓜。

酒困路長惟欲睡，日高人渴漫思茶，敲門試問野人家。

　　　　五

軟草平莎過雨新，輕沙走馬路無塵。何時收拾耦耕身？

日暖桑麻光似潑，風來蒿艾氣如薰。使君元是此中人。

新解

　　小序意為：在去往徐州石潭謝雨的路上創作此五首詞。石潭位於城東二十里，常常隨泗水的水量增減、水質清濁而發生相應

的變化。

第一首寫傍晚之景和老幼聚觀太守的情形。

照日深紅暖見魚，連溪綠暗晚藏烏，黃童白叟聚睢盱 —— 紅日高照，溫暖的溪水中游魚可見，溪水兩岸的樹枝間晚上藏有烏鵲。老人和兒童張目仰視我這個太守。「黃童白叟」指老人和兒童，兒童黃髮，老人白首，故稱。這是聚觀謝雨的人群中的一部分。「睢盱（ㄙㄨㄟ　ㄒㄩ）」，張目仰視貌，兼有喜悅之義。

麋鹿逢人雖未慣，猿猱聞鼓不須呼，歸家說與採桑姑 —— 山村的老人純樸木訥，初見知州，猶如麋鹿遇到人，不免有幾分「未慣」，孩童則活潑好動，聽到祭神儀式開始的鼓聲，就爭先恐後，頗類猿猱之「不須呼」。他們回家必得要興奮地把一天的見聞，說給那些未能目睹盛況的「採桑姑」們了。

第二首寫謝雨途中的見聞。上片寫自己進村之後出現的一個熱鬧場景。

旋抹紅妝看使君，三三五五棘籬門，相挨踏破蒨羅裙 —— 村姑匆忙地梳妝打扮一番去見太守。她們爭看太守，連心愛的蒨羅裙被擁擠的人群踏破也顧不得了。「旋抹」刻畫出少女第一次得見州官的急切、興奮心情。

老幼扶攜收麥社，烏鳶翔舞賽神村，道逢醉叟臥黃昏 —— 下片寫到田野、祠堂，村民們老幼相扶相攜，來到打麥子的土地祠，他們為感謝上天降雨，備酒食以酬神，剩餘的祭品引來饞嘴的烏鳶，在村頭盤旋不下。結句則是一個特寫，黃昏時分，有個老頭兒醉倒道邊。

第三首寫夏日田園風光、鄉村風貌，表現了農民大旱得雨、倖免饑饉的喜悅心情以及詞人與民同樂的博大胸懷。

麻葉層層麻葉光，誰家煮繭一村香？隔籬嬌語絡絲娘 —— 麻

葉層層,作物茂盛,葉片滋潤有光澤。時值繭子豐收的時節,煮繭的氣味在懷著豐收喜悅的人嗅來全然是一股清香。走進村來,隔著籬牆,就可以聽到繰絲女郎嬌媚悅耳的談笑聲了。X(ㄑㄧㄥˇ),麻類植物。

垂白杖藜抬醉眼,捋青搗麥軟饑腸,問言豆葉幾時黃——鬢髮將白的老翁拄著藜杖,老眼迷離似醉,捋下新麥(「捋青」)炒乾後搗成粉末以果腹(故云「軟饑腸」。這裡的「軟」,本字為「餪」(ㄋㄨㄢˇ),有「送食」之義)。「我」急迫地詢問老人,豆葉何時就黃了?簡單的一「問」,表達了作者的關切之情。

第四首寫作者在鄉間的見聞和感受。

簌簌衣巾落棗花,村南村北響繰車,牛衣古柳賣黃瓜——作者從棗樹下走過,棗花簌簌地落了他一身,這時候,他耳邊聽到了村子裡從南到北傳來一片片繰絲車繰絲的聲音,又看到古老的柳樹底下有一個穿「牛衣」的農民正叫賣黃瓜。

酒困路長惟欲睡,日高人渴漫思茶,敲門試問野人家——驕陽之下,口乾舌燥,路途漫長,昏昏欲睡,只好向村野百姓求茶。結尾一句,寫作者以謙和的態度向村野百姓求茶,既顯示出詞人熱愛鄉村、平易樸實的情懷,也暗示了鄉間民風的淳樸。

第五首寫詞人巡視歸來時的感想。

軟草平莎過雨新,輕沙走馬路無塵。何時收拾耦耕身——軟草平莎,雨過之後格外清新,騎馬走在沙土路上,一點塵土都沒有。「我」何時才能躬耕田園呢?「耦耕」,指二人並耜而耕,典出《論語·微子》。「收拾耦耕身」,不僅表現出蘇軾對農村田園生活的熱愛,同時也是他在政治上不得意的情況下,思想矛盾的一種反映。

日暖桑麻光似潑,風來蒿艾氣如薰。使君元是此中人——晴

日暖和，桑麻的葉子綠油油的，一如潑了油。微風吹來，蒿艾散發出來的氣息如同薰蒸。使君「我」本來應該是這田園中的人啊！用「使君元是此中人」結句，畫龍點睛，為昇華之筆。它既道出了作者「收拾耦耕身」的思想本源，又將作者對農村田園生活的熱愛之情更進一步深化。

新評

這幾首詞帶有鮮明的鄉土色彩，充滿濃郁的生活氣息，風格自然清新，情調健康樸實。詞人所描寫的雖然只是農村仲夏場景的兩三個側面，但筆觸始終圍繞著農事和農民生活等，尤其是麻蠶麥豆等直接關係到農民生活的農作物，從中可見詞人選擇和提取題材的不凡功力。這五首詩詞風樸實，格調清新，完全突破了「詞為艷科」的藩籬，為有宋一代詞風的變化和鄉村詞的發展作出了貢獻。

❀ 減字木蘭花（雙龍對起）

題解

龍榆生《唐宋詞格律》：別有〔減字木蘭花〕，《張子野詞》入「林鐘商」，《樂章集》入「仙呂調」。四十四字，前後片第一、三句各減三字，改為平仄韻互換格，每片兩仄韻，兩平韻。

康熙《御定詞譜》：《樂章集》注：仙呂調。梅苑李子正詞名〔減蘭〕，徐介軒詞名〔木蘭香〕，《高麗史·樂志》名〔天下樂令〕。

東坡愛和僧人交往，喜歡談禪說法，這首詞是應和尚的請求而作的，其中透露出一些禪機。詞前的小序介紹了這種創作背景。

錢塘西湖有詩僧清順，所居藏春塢，門前有二古松，各有凌霄花絡其上，順常晝臥其下。余為郡，一日屏騎從過之，松風騷然，順指落花求韻，余為賦此。

　　雙龍對起，白甲蒼髯煙雨裡。疏影微香，下有幽人晝夢長。湖風清軟，雙鵲飛來爭噪晚。翠颭紅輕，時下凌霄百尺英。

新解

　　小序意為：錢塘西湖旁有一詩僧，名叫清順，他所居住的藏春塢，門前有兩棵古松樹，樹上有凌霄花攀援，清順常常白天躺臥在松樹下。「我」為郡守時，一天摒退隨從去訪他，松風騷然，清順指著落花求「我」創作，「我」於是寫下此詞。

　　雙龍對起，白甲蒼髯煙雨裡──兩株古松沖天而起，銅枝鐵幹，屈伸偃仰，彷彿白甲蒼髯的兩條巨龍，張牙舞爪，在煙雨中飛騰。

　　疏影微香，下有幽人晝夢長──凌霄花的金紅色花朵，掩映於一片墨綠蒼翠之間，讓人感到了一股淡淡的清香，一個和尚正躺在濃蔭下的竹床上沉睡。

　　湖風清軟，雙鵲飛來爭噪晚──從湖上吹來的風，又清又軟；一對喜鵲飛來樹上，嘰嘰喳喳。

　　翠颭紅輕，時下凌霄百尺英──只見在微風的摩挲之下，青翠的松枝伸展搖動，金紅色的凌霄花兒微微顫動。

新評

　　這首詞的突出特點是對立意象的互生共振。首先是古松和凌霄花。前者是陽剛之美，後者是陰柔之美。其次是動與靜的對立，「對

起」的飛騰激烈的動勢和「疏影微香」、「幽人晝夢」的靜態成對比。就是在這種對立的和諧之中，詞人創造出了一種超然物外、虛靜清空的藝術境界。

❀ 沁園春（孤館燈青）

題解

龍榆生《唐宋詞格律》：又名〔壽星明〕。格局開張，宜抒壯闊豪邁之情。蘇辛一派最喜用之。一百十四字，前片四平韻，後片五平韻，亦有於過片處增一暗韻者。

這首詞是蘇軾於熙寧七年（1074 年）七月由杭州移守密州的早行途中寄給其弟蘇轍的作品。詞中由景入情，由今入昔，直抒胸臆，作者人生遭遇的不幸和壯志難酬的苦悶。

孤館燈青，野店雞號，旅枕夢殘。漸月華收練，晨霜耿耿。雲山摛錦，朝露漙漙。世路無窮，勞生有限，似此區區長鮮歡。微吟罷，憑征鞍無語，往事千端。當時共客長安，似二陸初來俱少年。有筆頭千字，胸中萬卷；致君堯舜，此事何難？用舍由時，行藏在我，袖手何妨閒處看。身長健，但優遊卒歲，且鬥尊前。

新解

孤館燈青，野店雞號，旅枕夢殘──「我」宿於燈青如豆的荒郊野店，被一聲雞鳴驚醒殘夢。

漸月華收練，晨霜耿耿──起來一望，月亮漸漸失去光明，只見秋霜在晨色中閃耀。

雲山橅錦,朝露溥溥——又漸次,但見山繞雲錦,晨霜已變為朝露。溥溥(ㄆㄨˇ),散佈貌;廣大,浩渺。

　　世路無窮,勞生有限,似此區區長鮮歡——「我」由早起聯想到人生,感到世路無窮,而人生有限,總是像這樣長途勞頓,少有歡顏。

　　微吟罷,憑征鞍無語,往事千端——微吟之後,任憑征途默默無語,但從前的千百件往事卻一一浮現於眼前。此時的作者正「憑征鞍無語」,進入沉思。

　　當時共客長安,似二陸初來俱少年。有筆頭千字,胸中萬卷;致君堯舜,此事何難——追憶咱們兄弟倆當年風華正茂,就像晉代的陸機、陸雲兄弟,初到京都,筆下有千字,胸中有萬卷,對於「致君堯舜」這一偉大功業,充滿著信心和希望。長安,代指宋都汴京。二陸,指西晉詩人陸機、陸雲兄弟。致君堯舜,出自杜甫詩:「致君堯舜上,再使風俗淳。」

　　用舍由時,行藏在我,袖手何妨閒處看。身長健,但優遊卒歲,且鬥尊前——任用與不任用,取決於時勢,出仕還是歸隱,主動權在我們,我們何不袖手旁觀,閒處偷看。只要身體一直康健,就在優遊之中、在詩酒中度過一生。這幾句是作者深感他們兄弟倆在現實社會中都碰了壁,為了相互寬慰,作者將《論語》「用之則行,舍之則藏,惟我與爾有是夫」等前人言論化入詞中,並加以發揮,以自開解,奉勸弟弟也要以從容不迫的態度,姑且保全身體,飲酒作樂,悠閒度日。

新評

　　這首詞的議論、抒懷部分,遣詞命意無拘無束,經史子集信手拈來,汪洋恣肆,顯示出作者橫放傑出的才華。詞中多處用典,且

能靈活運用，推陳出新，生動地傳達出自己的志向與情懷；詞的脈絡清晰，層次井然，回環往覆，波瀾起伏，上片的早行圖與下片的議論渾然一體，貫穿一氣，構成一個統一、和諧的整體。全詞集寫景、抒情、議論為一體，融詩、文、經、史於一爐，展現出作者卓絕的才情。

◎第三篇・・文

◎第三篇：文

✿ 刑賞忠厚之至論

題解

　　這是蘇軾應禮部考試的試文，作於宋仁宗嘉祐二年（1057年）。《宋史・蘇軾傳》：「嘉祐二年，試禮部。方時碟裂詭異之弊勝，主司歐陽修思有以救之，得軾《刑賞忠厚論》，驚喜，欲擢冠多士，猶疑其客曾鞏所為，但置第二；復以《春秋》對義居第一（即回答關於《春秋》一書的問題獲第一），殿試中乙科。後以書見修，修語梅聖俞（堯臣）曰：『吾當避此人出一頭地。』」蘇軾此文的中心思想是以仁政治國，也就是「以君子長者之道待天下，使天下相率而歸於君子長者之道」，具體說來就是「立法貴嚴而責人貴寬」，「罪疑惟輕，功疑惟重」，「與其殺不辜，寧失不經」，實際上就是要賞罰分明。蘇軾的這種主張與歐陽修等人的政治主張一致。同時，北宋初文壇深受「五代文弊」的影響，「風俗靡靡，日以塗地」；朝廷上的有識之士，雖然致力於矯正「五代文弊」，「罷去浮巧輕媚叢錯采繡之文」，恢復兩漢三代的樸實文風，不過收效不大，「餘風未殄，新弊復作」，「求深者或至於迂，務奇者怪僻而不可讀」（均見蘇軾《謝歐陽修內翰書》）。在這種情況下，蘇軾這篇「有孟軻之風」（梅堯臣語）的文章樸實暢達，有為而作，不同流俗，正好適合歐、梅的口味，所以受到稱賞和獎拔便是情理之中的事情。

　　創作這篇文章時，蘇軾年僅二十二歲，應禮部試，主考官是歐陽修，詳定官是梅堯臣。批卷之時梅主張取為第一名，歐陽修

雖然心中也很賞識蘇軾，但是又懷疑可能是他的門生曾鞏所作。此外，他又考慮到文中「皋陶曰『殺之』三，堯曰『宥之』三」這兩句話沒有注明出處，最後決定取為第二名。到了蘇軾入謝的時候，歐陽修問到那兩句話的出處，「東坡笑曰：『想當然耳！』」（龔頤正《芥隱筆記》）

　　堯、舜、禹、湯、文、武、成、康之際[1]，何其愛民之深，憂民之切，而待天下之以君子長者之道也。有一善，從而賞之，又從而詠歌嗟歎之，所以樂其始而勉其終；有一不善，從而罰之，又從而哀矜懲創之[2]，所以棄其舊而開其新[3]。故其吁俞之聲[4]，歡休慘戚[5]，見於《虞》、《夏》、《商》、《周》之書[6]。

　　成、康既沒[7]，穆王立，而周道始衰，然猶命其臣呂侯而告之以祥刑[8]。其言憂而不傷，威而不怒，慈愛而能斷，惻然有哀憐無辜之心，故孔子猶有取焉[9]。《傳》曰：「賞疑從與」，所以廣恩也；「罰疑從去」，所以慎刑也[10]。當堯之時，皋陶為士[11]，將殺人，皋陶曰「殺之」三，堯曰「宥之」三[12]，故天下畏皋陶執法之堅，而樂堯用刑之寬。四嶽曰：「鯀可用。」堯曰：「不可，鯀方命圮族。」既而曰：「試之。」[13]何堯之不聽皋陶之殺人，而從四嶽之用鯀也？然則聖人之意，蓋亦可見矣。《書》曰：「罪疑惟輕，功疑惟重。與其殺不辜，寧失不經[14]。」嗚呼！盡之矣！

　　可以賞，可以無賞，賞之過乎仁；可以罰，可以無罰，罰之過乎義[15]。過乎仁，不失為君子；過乎義，則流而入於忍人[16]。故仁可過也，義不可過也。

　　古者，賞不以爵祿，刑不以刀鋸。賞以爵祿，是賞之道行於爵祿之所加[17]，而不行於爵祿之所不加也。刑以刀鋸，是刑之威施於刀鋸之所及，而不施於刀鋸之所不及也。先王知天下之善不

勝賞，而爵祿不足以勸也〔18〕；知天下之惡不勝刑，而刀鋸不足以裁也〔19〕。是故疑則舉而歸之於仁。以君子長者之道待天下，使天下相率而歸於君子長者之道，故曰忠厚之至也。《詩》曰：「君子如祉，亂庶遄已；君子如怒，亂庶遄沮〔20〕。」夫君子之已亂〔21〕，豈有異術哉？制其喜怒而無失乎仁而已矣。《春秋》之義，立法貴嚴，而責人貴寬。因其褒貶之義，以制賞罰，亦忠厚之至也。

注釋

〔1〕堯、舜、禹、湯、文、武、成、康之際：即唐堯、虞舜，經夏（禹）、商（湯），到西周前期。

〔2〕懲創：懲戒、警戒之意。《尚書·益稷》：「予創若時。」孔安國傳云：「創，懲也。」

〔3〕棄：拋棄。

〔4〕咈俞：咈，歎聲，表示不同意。《尚書·堯典》：「帝曰：『籲！俞哉！』」俞，表示同意、應允的聲音。同上書：「帝曰：『俞！』」

〔5〕歡休慘戚：歡喜與悲哀。休，喜樂。戚，憂愁、悲傷。《詩經·小雅·小明》：「自詒伊戚。」

〔6〕《虞》、《夏》、《商》、《周》之書：《尚書》的四個組成部分，這裡總指《尚書》。

〔7〕「成、康既沒」三句：《史記·周本紀》：「（周）康王卒……立昭王子滿，是為穆王。穆王即位，春秋已五十年矣，王道衰微。」沒，即「歿」。

〔8〕然猶命其臣呂侯而告之以祥刑：呂侯，甫侯，周穆王時的司寇（相）。《史記·周本紀》：「諸侯有不睦者，甫侯言於王，作修刑辟。王曰：『籲，來！有國有土，告汝祥刑。』」《集解》

引《尚書》孔安國傳解釋說:「告汝善用刑之道也。」

〔9〕「其言憂而不傷」至「故孔子猶有取焉」:指周穆王對呂侯有關「祥刑」一段話(見《尚書·呂刑》)的評價。 取:採取、採用。「孔子猶有取焉」說的是孔子刪定六經時錄入《尚書》之事。

〔10〕「《傳》曰」至「所以慎刑也」:傳,解說經義的文字。此語出自《尚書·大禹謨》:「罪疑惟輕,功疑惟重。」孔安國傳云:「刑疑附輕,賞疑從重,忠厚之至。」與,給。去,舍去。慎刑,謹慎用刑。

〔11〕皋陶:又作咎繇,被帝舜(作者誤為堯)任為士,他是掌管刑罰的獄吏。《尚書·舜典》:「帝曰:『皋陶……汝作士,五刑有服。』」

〔12〕皋陶曰「殺之」三,堯曰「宥之」三:據楊萬里《誠齋詩話》載,歐陽修問蘇軾:「『皋陶曰殺之三,堯曰宥之三,此見何書?』坡曰:『事在《三國志·孔融傳》注。』歐退而閱之無有。他日再問坡,坡云:『曹操滅袁紹,以袁熙妻賜其子丕,孔融曰:昔武王伐紂,以妲己賜周公。操驚問何經見?融曰:以今日之事觀之,意其如此。堯、皋陶之事,某亦意其如此。』歐退而大驚曰:『此人可謂善讀書,善用事,他日文章必獨步天下。』三,三次。宥,寬宥。

〔13〕「四嶽曰」至「試之」:《尚書·堯典》:「帝曰:『諮四嶽,湯湯洪水方割(害),蕩蕩懷山襄陵,浩浩滔天。下民其諮(諮嗟憂愁),有能俾乂(使治)?』(四嶽)僉(皆)曰:『余,鯀哉!』帝曰:『籲,咈(狠戾)哉,方命圮族。』」四嶽,相傳為堯舜時分管四方諸侯的部落首領。一說是羲和的四個兒子(皆為堯臣),一說為官名。鯀,相傳為禹之父,受四嶽推舉,奉堯之命治水,但是費時九年,治水不成,被舜處死。方命,違命,又作「放命」。

圮（ㄆㄧˇ）族，殘害同族。

〔14〕「罪疑惟輕」四句：見《尚書·大禹謨》。

參見本文注〔10〕。經：常道，意思是應遵循的常規。

〔15〕義：《釋名·釋言語》：「義，宜也，裁制事物使合宜也。」

〔16〕忍人：兇殘之人。

〔17〕加：施及。《左傳·哀公十五年》：「吳人加敝邑以亂。」

〔18〕勸：宣導。《史記·循吏列傳》：「秋冬則勸民山采。」

〔19〕裁：制裁。

〔20〕「君子如祉」四句：意為君子如果樂於招納賢士，斥退小人，那自然就可以平息禍亂。語出《詩經·小雅·巧言》，但這裡語序顛倒了。《毛傳》：「祉，福（喜）也。」「遄（ㄔㄨㄢˊ），疾。沮，止也。」《鄭箋》：「福者，福賢者，謂爵祿之也如此，則亂亦庶幾（差不多）可疾止也。」

〔21〕已亂：平息禍亂。已，制止。

新評

本試題出自《尚書·大禹謨》：「罪疑惟輕，功疑惟重。」孔安國傳注文：「刑疑附輕，賞疑從重，忠厚之至。」顯然，蘇軾把這句話誤記為「賞疑從與，罰疑從去」，並且緊扣這一題目，著力闡述古代的賢君賞善懲惡，都是本著忠厚寬大的原則，從而歸結出「使天下相率而歸於君子長者之道」這一結論。

❀ 留侯論

題解

本文作於宋仁宗嘉祐六年（1061 年），是應制之作。留侯，指張良，字子房。他曾輔佐漢高祖劉邦統一天下，後來被劉邦封為留侯。作者根據《史記·留侯世家》評論張良，把張良的性格高度概括成「能忍」兩個字，並且進一步推論出「能忍」是事業成功與否的關鍵。應該說這一結論並不符合張良的全部性格和全部活動，不免有些片面。

　　古之所謂豪傑之士者，必有過人之節[1]。人情有所不能忍者，匹夫見辱[2]，拔劍而起，挺身而鬥，此不足為勇也。天下有大勇者，卒然臨之而不驚[3]，無故加之而不怒。此其所挾持者甚大[4]，而其志甚遠也。

　　夫子房受書於圯上之老人也[5]，其事甚怪；然亦安知其非秦之世有隱君子者[6]，出而試之？觀其所以微見其意者[7]，皆聖賢相與警戒之義，而世不察，以為鬼物[8]，亦已過矣。且其意不在書[9]。當韓之亡，秦之方盛也，以刀鋸鼎鑊待天下之士，其平居無罪夷滅者[10]，不可勝數，雖有賁、育[11]，無所復施。夫持法太急者[12]，其鋒不可犯，而其末可乘[13]。子房不忍忿忿之心，以匹夫之力，而逞於一擊之間[14]。當此之時，子房之不死者，其間不能容髮[15]，蓋亦已危矣。千金之子，不死於盜賊，何者？其身之可愛，而盜賊之不足以死也。子房以蓋世之才，不為伊尹、太公之謀[16]，而特出於荊軻、聶政之計[17]，以僥倖於不死，此固圯上之老人所為深惜者也。是故倨傲鮮腆而深折之[18]，彼其能有所忍也，然後可以就大事，故曰：「孺子可教也。」

　　楚莊王伐鄭，鄭伯肉袒牽羊以逆[19]。莊王曰：「其君能下人，必能信用其民矣。」遂舍之。勾踐之困於會稽[20]，而歸臣妾於吳者，三年而不倦。且夫有報人之志[21]，而不能下人者，是匹夫之

剛也。夫老人者，以為子房才有餘而憂其度量之不足，故深折其少年剛銳之氣，使之忍小忿而就大謀。何則？非有平生之素[22]，卒然相遇於草野之間，而命以僕妾之役，油然而不怪者[23]，此固秦皇帝之所不能驚，而項籍之所不能怒也。

觀夫高祖之所以勝，而項籍之所以敗者，在能忍與不能忍之間而已矣。項籍惟不能忍，是以百戰百勝而輕用其鋒；高祖忍之，養其全鋒而待其弊，此子房教之也。當淮陰破齊，而欲自王，高祖發怒，見於詞色，由此觀之，猶有剛強不忍之氣，非子房其誰全之[24]？

太史公疑子房以為魁梧奇偉，而其狀貌乃如婦人女子，不稱其志氣。而愚以為此其所以為子房歟[25]！

注釋

〔1〕節：指節操。

〔2〕匹夫：平常人。　見辱：被侮辱。

〔3〕卒然：突然間。卒，通「猝」。　臨：面對。

〔4〕挾持：抱負。

〔5〕「夫子房」句：據《史記‧留侯世家》記載：當年張良派刺客在博浪沙錘擊秦始皇，但事情沒有成功，於是他便更改姓名逃到下邳，在圯（一ˊ）上遇到一位老人。這位老人故意將鞋子丟到圯下，叫張良去撿，還要求他把鞋給穿好才行。張良忍氣吞聲地一一照辦，經過多次考驗，老人認為「孺子可教矣」，於是就給了他一部兵書，即《太公兵法》。並告張良：「十三年，孺子見我，濟北谷城山下黃石，即我矣。」圯，橋。

〔6〕隱君子：隱居的君子，這裡指的是圯上老人。

〔7〕微：稍稍。　見：同「現」。

〔8〕以為鬼物:認為圯上老人是鬼物,這是古時人迷信所致。《史記·留侯世家》:「學者多言無鬼神,然言有物。至如留侯所見老父予書,亦可怪矣。」《論衡·自然》:「張良遊泗水之上,遇黃石公,授太公書,蓋天佐漢誅秦,故命令神石為鬼書授人。」

〔9〕其意:圯上老人的意思。

〔10〕「以刀鋸鼎鑊(ㄏㄨㄛˋ)待天下之士」二句:意思是說秦王兇狠殘暴,嗜殺成性。鑊,無足的大鼎,形同大鍋。夷滅:滅族。

〔11〕賁(ㄅㄣ)、育:孟賁和夏育。這兩人是古代著名的勇士。

〔12〕持法:執法。

〔13〕乘:用。

〔14〕逞:稱心快意。 一擊之間:指張良派刺客在博浪沙錘擊秦始皇的事情。《史記·留侯世家》記載:張良作為韓國貴族,對秦滅韓極度憤恨,下決心報仇,他找到一個大力士,作鐵錘重百二十斤。「秦皇帝東遊,良與客狙擊秦皇帝博浪沙中,誤中副車。秦皇帝大怒,大索天下,求賊甚急,為張良故也。」

〔15〕間不能容發:形容形勢危急到極點。

〔16〕伊尹:名摯,商湯臣,是湯妻陪嫁的奴隸。後輔佐湯伐夏桀,被尊為阿衡(宰相)。 太公:指姜太公,周初人,姜姓,呂氏,名尚。相傳太公曾釣於渭水之濱。周文王出獵,與之相遇於水濱,經過交談,大為稱賞,引而為師。武王即位,尊為師尚父。在他的輔佐之下,武王滅掉商紂,建立周朝,他被封於齊地,是齊的始祖。

〔17〕荊軻、聶政之計:指兩個刺客行刺之事,即荊軻刺秦王與聶政刺韓相俠累。

〔18〕鮮腆(ㄒㄧㄢˇㄊㄧㄢˇ):指的是沒有禮貌。鮮:缺乏。腆:厚。

〔19〕「楚莊王伐鄭」二句：鄭伯，指鄭襄公。事見《左傳·宣公十二年》：楚莊王圍鄭，「克之，入自皇門，至於逵路。鄭伯肉袒牽羊以逆，曰：『孤不天，不能事君，使君懷怒，以及敝邑，孤之罪也，敢不惟命是聽！……』左右曰：『不可許也，得國無赦。』王曰：『其君能下人，必能信用其民矣，庸可幾乎？』退三十里，而許之平。」逆，迎接。

〔20〕「勾踐之困於會稽」三句：指越王勾踐被吳國打敗之後所處的窘境。《國語·越語下》載，勾踐敗後被困會稽，「令大夫種守於國，與范蠡入官於吳，三年而吳人遣之」。又《史記·越王勾踐世家》載：「越王乃以餘兵五千人，保棲於會稽，乃令大夫種行成於吳，膝行頓首曰：『勾踐請為臣，妻為妾。』」

〔21〕報人：向人報仇。

〔22〕素：素交，指故交和深交。

〔23〕油然：舒遲的樣子。

〔24〕「當淮陰」數句：淮陰，淮陰侯韓信。說的是張良勸劉邦隱忍之事，見《史記·淮陰侯列傳》。當時劉邦被項羽圍困在滎陽（今河南省滎澤市），形勢危急，而韓信破齊之後，想自己在那裡稱王，於是就派人向劉邦請求封他為「假王」。劉邦大怒，當時就罵道：「吾困於此，且暮望若來佐我，乃欲自立為王。」此時張良知道時機不利，怕生變故，踏了一下劉邦的腳，並附耳語說：「漢方不利，寧能禁信之王乎？不如因而立，善遇之，使自為守，不然，變生。」劉邦馬上省悟過來，於是又改口罵道：「大丈夫定諸侯，即為真王耳，何以假為？」接著又派張良到齊地，立韓信為齊王，向他征兵擊楚。

〔25〕「太史公」以下數句：是作者對張良的評價，認為他雖然表面柔弱，而腹有良謀，胸懷大志，並以司馬遷之言為據來證明

自己的觀點。《史記·留侯世家》:「太史公曰:余以為其人魁梧奇偉,至見其圖,狀貌如婦人女子,蓋孔子曰:『以貌取人,失之子羽。』留侯亦云。」稱(ㄔㄥˋ),相稱。

新評

本文構思嚴密,議論暢達。全文緊扣「忍小忿而就大謀」這一中心論點展開論述,以「忍」字貫通全篇,又恰當地使用歷史材料,或解說故事,或引證史跡,或正反對比,構思嚴謹巧妙,行文流利暢達,富有說服力。當然,作者晚年也認識到自己的局限,在《答李端叔書》中說:「軾少年時,讀書作文,專為應舉而已。……故每紛然誦說古今,考論是非。……妄論利害,攙說得失,此正制科人習氣,譬之候蟲時烏,自鳴自已,何足為損益?」

❀ 賈誼論

題解

這是蘇軾在嘉祐六年(1061年)應制科試時所獻二十五篇《進論》之一。文章著重論述賈誼的人生悲劇,並且指出其根源在於他「不能自用其才」,又不能忍耐和等待,急於求成,一遇挫折便悲痛傷心,不能振作。此外,還不善於等待時機,不善於處窮。雖有大志而氣量太小,才雖有餘而識見不足。這裡,蘇軾對賈誼性格悲劇及其形成原因的揭示不無道理,但把賈誼的失敗完全歸咎於他的性格,有失偏頗。從實而論,權豪勢要的排擠與打擊,對賈誼來說是最致命的,而這一點被作者忽略了。

227

非才之難，所以自用者實難[1]。惜乎！賈生王者之佐[2]，而不能自用其才也。

夫君子之所取者遠，則必有所待；所就者大，則必有所忍[3]。古之賢人，皆有可致之才[4]，而卒不能行其萬一者，未必皆其時君之罪，或者其自取也[5]。

愚觀賈生之論，如其所言，雖三代何以遠過[6]？得君如漢文[7]，猶且以不用死。然則是天下無堯舜，終不可有所為耶？仲尼聖人，歷試於天下[8]，苟非大無道之國，皆欲勉強扶持，庶幾一日得行其道。將之荊，先之以子夏，申之以冉有[9]。君子之欲得其君，如此其勤也。孟子去齊，三宿而後出晝，猶曰：「王其庶幾召我。」[10]君子之不忍棄其君，如此其厚也。公孫醜問曰：「夫子何為不豫？」孟子曰：「方今天下，舍我其誰哉？而吾何為不豫[11]？」君子之愛其身，如此其至也。夫如此而不用，然後知天下之果不足與有為，而可以無憾矣。若賈生者，非漢文之不用生，生之不能用漢文也[12]。

夫絳侯親握天子璽而授之文帝[13]，灌嬰連兵數十萬，以決劉、呂之雄雌[14]，又皆高帝之舊將。此其君臣相得之分，豈特父子骨肉手足哉[15]？賈生，洛陽之少年。欲使其一朝之間，盡棄其舊而謀其新，亦已難矣[16]。為賈生者，上得其君，下得其大臣，如絳、灌之屬，優遊浸漬而深交之[17]，使天子不疑，大臣不忌，然後舉天下而唯吾之所欲為，不過十年，可以得志。安有立談之間，而遽為人「痛哭」哉[18]！觀其過湘為賦以吊屈原，縈紆憤悶，躍然有遠舉之志[19]。其後卒以自傷哭泣，至於夭絕[20]。是亦不善處窮者也。夫謀之一不見用，安知終不復用也？不知默默以待其變，而自殘至此[21]。嗚呼！賈生志大而量小，才有餘而識不足也。

古之人有高世之才，必有遺俗之累〔22〕。是故非聰明睿哲不惑之主，則不能全其用。古今稱苻堅得王猛於草茅之中，一朝盡斥去其舊臣，而與之謀〔23〕。彼其匹夫略有天下之半〔24〕，其以此哉！愚深悲賈生之志，故備論之。亦使人君得如賈誼之臣，則知其有狷介之操〔25〕，一不見用，則憂傷病沮，不能複振。而為賈生者，亦慎其所發哉〔26〕！

注釋

〔1〕「非才之難」二句：意思是能夠運用自己的才能實在很難。

〔2〕賈生：即賈誼，「生」是漢代對儒者的習慣稱謂。

〔3〕「夫君子之所取者遠」四句：意謂君子應胸懷廣闊，志向遠大，同《留侯論》「所挾持者甚大，而其志甚遠也」意思相同。

〔4〕可致之才：指的是能夠達到目的的才幹。

〔5〕自取：即不能待且忍，所以說是「自取」，進一步說明賈誼不能自用其才。

〔6〕三代：指夏、商、周三代。

〔7〕漢文：漢文帝劉　　（西元前202— 前157），西元前180年至前157年在位，總體上可稱明君。他在位時實行「以民為本」的政策，減輕賦役和刑罰，恢復和發展生產，促進了社會的繁榮和國家的強盛。因此，歷史上把他和漢景帝統治的時期相提並論，稱為「文景之治」。

〔8〕「仲尼聖人」二句：意思是說當年孔子不辭辛苦，帶領門徒周遊列國，極力宣揚自己的政治主張。歷試，一次次地嘗試。此事見於《史記·孔子世家》。

〔9〕「將之荊」三句：之，去；往。荊，指楚國。子夏、冉有，孔子的兩個弟子。申，重申，又有一說當「繼」解。此數語見《禮記·

檀弓上》：「昔者夫子失魯司寇，將之荊，蓋先之以子夏，又申之以冉有，以斯知不欲速貧也。」

〔10〕「孟子去齊」三句：寫孟子去齊之事。當時孟子不滿於齊王不行王道，打算離開齊國，可是又心存希望，即期望齊王有可能醒悟過來，還會召他回去，因而在齊國邊境晝那個地方（今山東臨淄）等了三天，但最終沒有音信，只好離去。事見《孟子·公孫醜下》：「予三宿而出晝，於予心猶以為速，王庶幾改之！王如改諸，則必反予。夫出晝，而王不予追也。」

〔11〕「公孫醜問曰」至「而吾何為不豫」：此處有誤，作者錯把充虞說成公孫醜。《孟子·公孫醜下》：「孟子去齊，充虞路問曰：『夫子若有不豫（不高興）色……』孟子曰：『彼一時，此一時也。五百年必有王者興，其間必有名世者。由周而來，七百有餘歲矣。以其數，則過矣；以其時考之，則可矣。夫天未欲平治天下也，如欲平治天下，當今之世，舍我其誰也？吾何為不豫哉？」

〔12〕「非漢文之不用生」二句：意在批評賈誼，說不是漢文帝不重用賈誼，而是賈誼不能為漢文帝所重用。照應開頭，即賈誼「不能自用其才也」。

〔13〕夫絳侯親握天子璽而授之文帝：事見《史記·孝文本紀》：「代王（漢文帝）馳至渭橋，群臣拜謁稱臣。代王下車拜……太尉（周勃）乃跪上天子璽符。」絳侯，指周勃，呂后死後，他主持平定諸呂之亂，使漢文帝以代王入為皇帝，是大漢功臣。璽，皇帝玉印。

〔14〕「灌嬰連兵數十萬」二句：指漢功臣灌嬰連兵數十萬同周勃誅諸呂之事。《史記·灌嬰列傳》：「太后崩，呂祿等以趙王自置為將軍，軍長安，為亂。齊哀王聞之，舉兵西，且入誅不當為王者。上將軍呂祿等聞之，乃遣嬰為大將，將軍往擊之。嬰行至滎陽（今河南省滎陽市），乃與絳侯等謀，因屯兵滎陽，風齊王以誅

呂氏事。齊兵止不前。絳侯等既誅諸呂，齊王罷兵歸，嬰亦罷兵自
滎陽歸，與絳侯、陳平共立代王為孝文皇帝。」

〔15〕特：僅僅、只是。

〔16〕「賈生」至「亦已難矣」：指權貴排擠、打壓賈誼之事。
《史記・屈原賈生列傳》：「於是天子（漢文帝）議以為賈生任公
卿之位。絳、灌、東陽侯、馮敬之屬盡害之，乃短賈生曰：『雒（洛）
陽之人，年少初學，專欲擅權，紛亂諸事。』於是天子後亦疏之，
不用其議，乃以賈生為長沙王太傅。」

〔17〕優遊：優哉游哉，從容自如之態。　浸漬：逐漸滲透。

〔18〕而遽為人「痛哭」哉：用賈誼語，見《治安策》：「臣
竊惟事勢，可為痛哭者一，可為流涕者二，可為長太息（歎息）者
六。」

〔19〕「觀其過湘為賦以吊屈原」三句：寫賈誼被貶之時鬱悶
悲憤之狀。縈紆，繚繞之狀。遠舉，原指高飛，實為遠隱。《史記・
屈原賈生列傳》：「賈生既辭往行，聞長沙卑濕，自以壽不得長，
又以適去，意不自得。及渡湘水，為賦以吊屈原。」《吊屈原賦》
中「鳳漂漂其高逝兮，固自隱而遠去；襲九淵之神龍兮，沕深潛以
自珍」，也可見賈誼憂憤之思。

〔20〕「其後卒以自傷哭泣」二句：寫賈誼之死。夭絕，即夭
折。《史記・屈原賈生列傳》：「居數年，（梁）懷王騎，墜馬而死，
無後。賈生自傷為傅無狀，哭泣歲餘，亦死。」

〔21〕自殘：自己害自己。

〔22〕遺俗之累：被世俗之人遺棄之禍。累，累贅、禍害。《史
記・趙世家》：「夫有離世之名，必有遺世之累。」

〔23〕「古今稱苻堅得王猛於草茅之中」三句：苻堅，十六國
時期前秦皇帝，先後攻滅前燕、前涼、代國，統一北方大部分地區。

西元 383 年攻晉，在淝水大敗，為羌族首領姚萇所殺。王猛，十六國時期前秦大臣，出身貧寒。他曾拜見桓溫，捫虱而談天下大勢，後為苻堅重臣，事見《晉書·載記·苻堅下》：「苻堅將有大志，聞（王）猛名，遣呂婆樓招之，一見便若平生，語及廢興大事，異符同契，若玄德（劉備）之遇孔明也。及堅僭位，以猛為中書侍郎。」後來又「遷尚書左丞、咸陽內史、京兆尹。未幾，除吏部尚書、太子詹事，又遷尚書左僕射、輔國將軍、司隸校尉、加騎都尉，居中宿衛。時猛年三十六，歲中五遷，權傾內外，宗戚舊臣皆害其寵。尚書仇騰、丞相長史席寶數譖毀之，堅大怒，黜騰為甘松護軍，寶白衣領長史。爾後上下咸服，莫有敢言。」

〔24〕匹夫：此處指苻堅。

〔25〕狷介：狷，狷急、狷狂。介，耿介。　操：節操。

〔26〕慎：謹慎，引申為注意、小心。　發：發揮自己的才智。

新評

太史公司馬遷所撰之《屈原賈生列傳》乃《史記》中之名篇。之所以將賈誼與屈原合傳，是因為他們二人有相同的命運與遭際。蘇軾此論從賈誼本身剖析其悲劇產生之根源，屬於內在原因的探究。全文一唱三歎，寄寓了對賈生的深切同情。若干年後，當蘇軾自己在仕途遭遇挫折時，是否常常引賈誼為戒呢？

❀ 教戰守策

題解

宋仁宗嘉祐六年（1061 年），蘇軾應制科考試時，共作《進策》二十五篇，包括《策略》、《策別》、《策斷》三個部分。本文為《策

別》中的一篇，原題作《教戰守》，今據舊選本增一「策」字。

二十六歲的蘇軾參加了「材識兼茂明於體用科」考試，在秘閣考試之後，宋仁宗又親臨崇政殿，御試制科策問。蘇軾在這種情況下寫下了包括本文在內的一系列針砭時弊的政論文，希望宋仁宗能夠虛心採納，有補於時。

夫當今生民之患[1]，果安在哉[2]？在於知安而不知危，能逸而不能勞。此其患不見於今[3]，而將見於他日。今不為之計[4]，其後將有所不可救者。

昔者先王知兵之不可去也[5]，是故天下雖平，不敢忘戰。秋冬之隙，致民田獵以講武[6]，教之以進退坐作之方，使其耳目習於鐘鼓旌旗之間而不亂[7]，使其心志安於斬刈殺伐之際而不懾[8]，是以雖有盜賊之變，而民不至於驚潰。及至後世，用迂儒之議[9]，以去兵為王者之盛節，天下既定，則卷甲而藏之[10]。數十年之後，甲兵頓弊[11]，而人民日以安於佚樂[12]；卒有盜賊之警，則相與恐懼訛言[13]，不戰而走。開元、天寶之際，天下豈不大治？惟其民安於太平之樂，豢於遊戲酒食之間[14]，其剛心勇氣消耗鈍眊[15]，痿蹶而不復振[16]。是以區區之祿山一出而乘之[17]，四方之民，獸奔鳥竄，乞為囚虜之不暇[18]。天下分裂[19]，而唐室固以微矣。

蓋嘗試論之：天下之勢，譬如一身[20]。王公貴人所以養其身者，豈不至哉[21]？而其平居常苦於多疾[22]。至於農夫小民，終歲勞苦而未嘗告疾，此其故何也？夫風雨霜露寒暑之變，此疾之所由生也。農夫小民，盛夏力作而窮冬暴露，其筋骸之所沖犯[23]，肌膚之所浸漬[24]，輕霜露而狎風雨[25]，是故寒暑不能為之毒。今王公貴人處於重屋之下[26]，出則乘輿，風則襲裘[27]，

雨則禦蓋[28]，凡所以慮患之具莫不備至[29]。畏之太甚而養之太過，小不如意，則寒暑入之矣。是故善養身者，使之能逸而能勞，步趨動作，使其四體狃於寒暑之變[30]，然後可以剛健強力，涉險而不傷。夫民亦然。今者治平之日久，天下之人驕惰脆弱，如婦人孺子，不出於閨門。論戰鬥之事，則縮頸而股栗；聞盜賊之名，則掩耳而不願聽。而士大夫亦未嘗言兵，以為生事擾民，漸不可長[31]。此不亦畏之太甚而養之太過歟？

且夫天下固有意外之患也。愚者見四方之無事，則以為變故無自而有，此亦不然矣！今國家所以奉西北之虜者，歲以百萬計[32]，奉之者有限，而求之者無厭，此其勢必至於戰。戰者，必然之勢也，不先於我，則先於彼；不出於西，則出於北。所不可知者，有遲速遠近，而要以不能免也[33]。天下苟不免於用兵，而用之不以漸，使民於安樂無事之中，一旦出身而蹈死地[34]，則其為患必有所不測。故曰：天下之民知安而不知危，能逸而不能勞。此臣所謂大患也。臣欲使士大夫尊尚武勇，講習兵法。庶人之在官者[35]，教以行陣之節；役民之司盜者[36]，授以擊刺之術。每歲終則聚於郡府，如古都試之法[37]，有勝負，有賞罰。而行之既久，則又以軍法從事。然議者必以為無故而動民，又撓以軍法[38]，則民將不安；而臣以為此所以安民也。天下果未能去兵[39]，則其一旦，將以不教之民而驅之戰[40]。夫無故而動民，雖有小恐，然孰與夫一旦之危哉[41]？

今天下屯聚之兵[42]，驕豪而多怨，陵壓百姓而邀其上者[43]，何故？此其心以為天下之知戰者，惟我而已。如使平民皆習於兵，彼知有所敵[44]，則固已破其奸謀而折其驕氣。利害之際，豈不亦甚明歟？

注釋

〔1〕患：禍患，災難。

〔2〕果安在哉：究竟在哪裡呢？

〔3〕此其患：即文中所説「當今生民之患」。

〔4〕為之計：之，指「知安而不知危，能逸而不能勞」的危急情況。計，對策。

〔5〕先王：指夏、商、周三代帝王。

〔6〕「秋冬之隙」二句：秋冬農閒的時候，召集人民去打獵，以講習武事。《周禮·夏官·大司馬》中記載當時軍事訓練的情況，春教振旅（整隊），夏教茇（ㄅㄚˊ）舍（野營），秋教治兵，冬教大閲，四季之中秋冬最為重要。此二季正好是農閒之際，要召集人民以打獵的方式講習武事。

〔7〕進退坐作：即前進、後退、坐下、起立等軍事訓練時的基本動作。　鐘鼓旌旗：古代作戰時所使用的指揮用具。《孫子·軍事篇》：「《軍政》曰：『言不相聞，故為之金鼓；視不相見，故為之旌旗。』」

〔8〕安：安穩、習慣。

〔9〕迂儒：迂腐的讀書人。

〔10〕卷甲：收起武器裝備。

〔11〕頓弊：破敗壞損。頓，通「鈍」，不鋒利。弊，破敗壞損。

〔12〕佚樂：悠閒安樂。

〔13〕相與恐懼訛言：相互之間恐懼驚慌，傳佈謠言。

〔14〕豢（ㄏㄨㄢˋ）：養。

〔15〕消耗鈍眊（ㄇㄠˋ）：勇氣消耗殆盡。眊，眼睛不明。

〔16〕痿蹶（ㄨㄟˇㄐㄩㄝˊ）：虛弱頹廢。

〔17〕祿山：安祿山，唐代營州柳城（今遼寧朝陽）人，本為

胡人。唐玄宗時一度得寵，為平盧、范陽、河東節度使。天寶末年，李唐社會危機深重，他趁機起兵叛亂，攻陷洛陽、長安，自稱大燕皇帝，後來發生內訌，為其子安慶緒所殺。乘之：利用時機。

〔18〕乞為囚虜之不暇：乞求做俘虜都來不及。《資治通鑑》二百十七卷載：「時海內久承平，百姓累世不識兵革，猝聞范陽兵起，遠近震駭。河北皆祿山統內，所過州縣，望風瓦解。守令或開門出迎，或棄城竄匿，或為所侵戮，無敢拒之者。」

〔19〕天下分裂：指安史之亂後國家分裂、割據的局面。

〔20〕一身：周身、整個身體。

〔21〕至：周到。

〔22〕平居：平時。

〔23〕沖犯：侵襲。

〔24〕浸漬（ㄗˋ）：浸泡。

〔25〕狎（ㄒㄧㄚˊ）：輕視。

〔26〕重（ㄓㄨㄥˋ）屋：重簷大屋。語出《周禮‧冬官‧考工記下》：「殷人重屋。」

〔27〕襲裘：襲，衣上加衣。裘，皮衣。

〔28〕禦蓋：打傘。

〔29〕慮患：考慮禍患。

〔30〕狃（ㄋㄧㄡˇ）：習慣。

〔31〕漸不可長：防微杜漸，不讓壞東西滋長。漸，事物發展的開端。

〔32〕「今國家所以奉西北之虜者」二句：西北之虜指西夏和宋北邊的遼國，當時是宋的主要威脅。虜，古代漢族對敵人的蔑稱。歲以百萬計，是舉成數，指北宋當時輸遼歲幣增為銀二十萬兩，絹三十萬匹；輸西夏歲銀七萬兩，絹十五萬三千匹，茶三萬斤。雖不

足百,但也是沉重的負擔。

〔33〕要以不能免:指戰爭總歸不能避免。

〔34〕出身:獻身。蹈死地:走上戰場。

〔35〕庶人:平民。在官者:在官府服役。

〔36〕司盜者:緝捕盜賊的差役。

〔37〕都試之法:集合軍隊,定期到都城演習武事的訓練方法。

〔38〕撓(ㄋㄠˊ):束縛、困擾。

〔39〕果:果真、果然。

〔40〕其:表示推測的語氣詞,即大概,但這裡的意思是肯定的。

〔41〕孰與:何如、怎麼樣。

〔42〕屯聚之兵:在地方上駐紮的軍隊。

〔43〕邀其上:要脅上級。

〔44〕有所敵:有對手。敵,匹敵、對手。

新評

　　北宋中葉以後,民族衝突上升為主要矛盾,遼和西夏成為宋朝西北邊疆的嚴重威脅,戰爭隨時可能爆發。面對空前的危機,宋朝的執政者怯於外敵,惟圖苟安,為歷代所少見。蘇軾清醒地認識到這種嚴峻的現實,並且充分認識到宋朝與遼和西夏的戰爭不可避免,所以在文章中明確提出「知安而不知危,能逸而不能勞」這一中心論點,認為這是當時的最大禍害;然後用正反兩方面的史實以及個人養生之道來論證、說明國家防禦之策;接著根據形勢,闡明戰爭的必然性,最後提出教民戰守的具體方案。

上梅直講書

梅直講，即梅堯臣（1002年—1060年），字聖俞，北宋詩文革新運動的宣導者，與蘇舜欽齊名，詩壇上並稱「蘇梅」，當時任國子監直講，故稱梅直講。在北宋嘉祐二年（1057年）正月舉行的禮部考試中，他為參詳官，主要負責編排評定等具體事務。蘇軾參加此次禮部考試，梅堯臣作為考官，對蘇軾的試卷大加讚賞，「以為有孟軻之風」，於是便推薦給主考官歐陽修。「文忠驚喜，以為異人。欲以冠多士，疑曾子固所為。子固，文忠門下士也，乃置公第二」。（蘇轍《東坡先生墓誌銘》）

　　某官執事[1]：軾每讀《詩》至《鴟鴞》[2]，讀《書》至《君奭》[3]，常竊悲周公之不遇。及觀《史》，見孔子厄於陳、蔡之間，而弦歌之聲不絕[4]。顏淵、仲由之徒相與問答[5]。夫子曰：「『匪兕匪虎，率彼曠野[6]。』吾道非耶？吾何為於此？」顏淵曰：「夫子之道至大，故天下莫能容。雖然，不容何病[7]？不容然後見君子。」夫子油然而笑曰[8]：「回，使爾多財，吾為爾宰[9]。」夫天下雖不能容，而其徒自足以相樂如此。乃今知周公之富貴，有不如夫子之貧賤。夫以召公之賢，以管、蔡之親[10]，而不知其心，則周公誰與樂其富貴，而夫子之所與共貧賤者，皆天下之賢才，則亦足與樂乎此矣。

　　軾七八歲時，始知讀書[11]。聞今天下有歐陽公者[12]，其為人如古孟軻、韓愈之徒；而又有梅公者從之遊，而與之上下其議論[13]。其後益壯，始能讀其文詞，想見其為人，意其飄然脫去世俗之樂而自樂其樂也[14]。方學為對偶聲律之文[15]，求升鬥之祿

〔16〕，自度無以進見於諸公之間〔17〕。來京師逾年〔18〕，未嘗窺其門〔19〕。今年春〔20〕，天下之士群至於禮部〔21〕，執事與歐陽修公實親試之〔22〕，軾不自意〔23〕，獲在第二〔24〕。既而聞之人，執事愛其文，以為有孟軻之風，而歐陽公亦以其能不為世俗之文也而取焉。是以在此，非左右為之先容〔25〕，非親舊為之請屬〔26〕，而向之十餘年間聞其名而不得見者，一朝為知己。退而思之，人不可以苟富貴〔27〕，亦不可以徒貧賤〔28〕，有大賢焉而為其徒，則亦足恃矣。苟其僥一時之幸，從車騎數十人，使閭巷小民聚觀而讚歎之，亦何以易此樂也。

《傳》曰：「不怨天，不尤人〔29〕。」蓋「優哉遊哉，可以卒歲〔30〕」。執事名滿天下，而位不過五品，其容色溫然而不怒，其文章寬厚敦樸而無怨言，此必有所樂乎斯道也。軾願與聞焉。

注釋

〔1〕某官執事：指代梅堯臣。「某官」在古代書信中常被用來代稱對方官職。執事，古時舉行典禮時擔任專職的人。

〔2〕《鴟鴞》(ㄔ、ㄒㄧㄠ)：《詩經·豳風》中的一篇。《毛詩序》：「《鴟鴞》，周公救亂也。成王未知周公之志，公乃為詩以遺王，名之曰《鴟鴞》焉。」周成王對周公救亂之舉有懷疑，認為有異志，因此周公托言鴟鴞表明心志。救亂，指周公討伐武庚、管叔、蔡叔之事。

〔3〕《君奭》(ㄕˋ)：《尚書·周書》中的一篇。本篇的《序》中寫道：「召公為保，周公為師，相成王為左右。召公不悅，周公作《君奭》。」周武王死後，召公（名奭）與周公共同輔佐成王，但是召公卻懷疑周公有野心，周公為此作《君奭》一文為自己辯白。

〔4〕「及觀《史》」三句：《史》指《史記》。陳（今河南

開封以東至安徽亳縣以北)、蔡(在今河南上蔡縣和新蔡縣一帶)是周王朝的兩個諸侯國。據《史記·孔子世家》載,陳、蔡大夫對楚國人聘孔子一事橫加阻攔,「於是乃相與發徒役圍孔子於野。不得行,絕糧。從者病,莫能興。孔子講誦弦歌不衰。」

〔5〕顏淵、仲由:顏淵,孔子的弟子,名回,字子淵。仲由,孔子的弟子,字子路。

〔6〕「匪兕(ㄙˋ)匪虎」二句:語出《詩經·小雅·何草不黃》。匪,同「非」。兕,犀牛。率:原意是沿著,詩中引申為奔忙。

〔7〕病:憂慮。《左傳·襄公二十四年》:「范宣子為政,諸侯之幣重,鄭人病之。」

〔8〕油然:一作「猶然」,舒緩的樣子。

〔9〕宰:這裡指家臣。以上是孔子與其弟子的對話,見《史記·孔子世家》,文字上有刪節。

〔10〕管、蔡:管叔和蔡叔,周公的兩個弟弟。管叔名鮮,蔡叔名度。

〔11〕「軾七八歲時」二句:蘇軾自述。他自己在《記陳太初屍解事》中說:「吾八歲入小學,以道士張易簡為師。」

〔12〕歐陽公:指歐陽修。北宋詩文革新運動的宣導者,當時的文壇領袖。

〔13〕上下:原意為增加、減少,此處引申為討論、商榷。《周禮·秋官·司儀》:「從其爵而上下之。」鄭玄注:「上下,猶豐殺也。」

〔14〕意:同「臆」,猜測。

〔15〕對偶聲律之文:指當時進士科考試中必考的詩、賦等講究對仗、押韻的文體。

〔16〕升斗之祿:俸祿微薄的意思。

〔17〕度:揣測。

〔18〕來京師逾年：蘇軾自述來京趕考所費時日。蘇軾與弟弟蘇轍於嘉祐元年（1056）五月隨父到達京師（今河南開封），九月參加鄉試；第二年正月參加禮部考試，三月蘇軾與其弟蘇轍同科進士及第。逾年，超過一年，即過了嘉祐元年（1056）。

〔19〕窺其門：登門拜訪的意思。

〔20〕今年春：指嘉祐二年（1057）正月。

〔21〕禮部：官署之名，為六部之一。掌管禮樂、祭祀、封建、宴樂以及學校貢舉的政令。

〔22〕執事與歐陽修公實親試之：指嘉祐二年（1057），歐陽修為主考官，梅堯臣為參詳官，知禮部貢舉一事。歐陽修《歸田錄》：「嘉祐二年，余與韓子華、王禹玉、范景仁、梅公儀知禮部貢舉，辟梅聖俞為小試官，凡鎖院五十日。」

〔23〕不自意：自己沒有料想到。

〔24〕獲在第二：蘇軾在嘉祐二年（1059）進士科考試時為第二名。蘇轍在《東坡先生墓誌銘》中寫到當時歐陽修見到蘇軾的試卷，大為稱賞，「欲以冠多士，疑曾子固（鞏）所為。子固，文忠（歐陽修）門下士也。乃置公第二」。

〔25〕左右：指歐、梅二人身邊的親信。　先容：事先進行推薦、疏通。

〔26〕屬：同「囑」，原為囑咐，此處是托人、打招呼、走門子的意思。

〔27〕苟富貴：以不正當的手段謀富貴。

〔28〕徒貧賤：無所作為而白白地處於貧賤的地位。徒，徒然、枉然。

〔29〕「不怨天」二句：怨，埋怨。尤，責備。語見《論語·憲問》。

〔30〕「優哉遊哉」二句：語出《左傳·襄公二十一年》。優哉遊哉，形容悠然自得的樣子。可以卒歲，原文為「聊以卒歲」。

新評

本文是蘇軾中進士之後給梅堯臣的一封信，信中著重抒寫自己中第後的由衷喜悅，表達了受到歐、梅識拔，前輩獎許的感激之情，通篇貫穿一個「樂」字，洋溢著春風得意與巧遇知己的喜悅之情。

✿ 南行前集敘

題解

本文作於北宋嘉祐四年（1059 年）。當年十月，蘇軾與其弟蘇轍服母喪期滿，隨父趕往京城，十二月抵達江陵（今屬湖北）。父子三人在途中就「耳目之所接」，「發於詠歎」，寫下詩文一百篇，編成《南行集》，蘇軾作敘。

夫昔之為文者，非能為之為工，乃不能不為之為工也。山川之有雲霧，草木之有華實〔1〕，充滿勃鬱而見於外〔2〕，夫雖欲無有，其可得耶？自少聞家君之論文〔3〕，以為古之聖人有所不能自已而作者。故軾與弟轍為文至多，而未嘗敢有作文之意〔4〕。己亥之歲〔5〕，侍行適楚〔6〕，舟中無事，博弈飲酒〔7〕，非所以為閨門之歡〔8〕。而山川之秀美，風俗之樸陋，賢人君子之遺跡，與凡耳目之所接者，雜然有觸於中〔9〕，而發於詠歎。蓋家君之作與弟轍之文皆在，凡一百篇，謂之《南行集》。將以識一時之事〔10〕，為他日之所尋繹〔11〕，且以為得於談笑之間，而非勉強所為之文也。

時十二月八日江陵驛書。

注釋

〔1〕華：通「花」。

〔2〕勃鬱：原指風迴旋的樣子，宋玉《風賦》：「勃鬱煩冤，沖孔襲門。」李善注：「勃鬱煩冤，風迴旋之貌。」此處用來形容草木花實蘊積甚厚的樣子。

〔3〕家君：家父。這裡指蘇軾之父蘇洵。

〔4〕作文：寫文章，此處指的是為作文而作文。

〔5〕己亥之歲：即北宋仁宗嘉祐四年（1059）。

〔6〕侍行：指侍奉父親（蘇洵）旅行。

〔7〕博弈：下棋。

〔8〕闈門之歡：家庭歡聚。這次赴京，據蘇洵《初發嘉州》中「托家舟行千里速」一句，可知三蘇是帶著家眷前去的，只是蘇洵妻程氏已去世。

〔9〕中：心中。

〔10〕識：記、記載。

〔11〕尋繹：尋繹玩味，即回憶玩味的意思。

新評

本文不但敘述了《南行集》的形成經過，而且特別著力於闡釋文章應該有為而作，反對為文而文的觀點，揭示了文學創作與現實生活的關係：現實生活觸動作者的心靈與情懷，從而引發出情感的詠歎，用蘇軾自己的話說，就是：「山川之秀美，風俗之樸陋，賢人君子之遺跡，與凡耳目之所接者，雜然有觸於中，而發於詠歎。」

❀ 決壅蔽

本文作於宋仁宗嘉祐六年（1061 年）。那年蘇軾參加「材識兼茂明於體用科」考試（皇帝特別下詔舉行的考試）。就在這次考試之前，蘇軾進獻《進策》、《進論》各二十五篇。其中《進策》中的《策略》五篇著重分析北宋王朝當時所面臨的形勢，蘇軾認為當時總的形勢沒有達到「治平」的實際效果。《策別》十七篇主要針對當時嚴峻的現實，提出具體的改革措施，包括政治、經濟、軍事幾方面。《策斷》三篇側重於軍事，因為當時遼和西夏是最大的威脅，所以這三篇著力闡述對這兩個勁敵的主要戰略和策略。這篇《決壅蔽》是《策別·課百官》中的第三篇。

所貴乎朝廷清明而天下治平者，何也？天下不訴而無冤，不謁而得其所欲[1]，此堯、舜之盛也。其次不能無訴，訴而必見察[2]；不能無謁，謁而必見省[3]；使遠方之賤吏，不知朝廷之高；而一介之小民[4]，不識官府之難，而後天下治。

今夫一人之身，有一心兩手而已。疾痛苛癢[5]，動於百體之中[6]，雖其甚微不足以為患，而手隨至。夫手之至，豈其一一而聽之心哉？心之所以素愛其身者深，而手之所以素聽於心者熟，是故不待使令而卒然以自至[7]。聖人之治天下，亦如此而已。百官之眾，四海之廣，使其關節脈理，相通為一。叩之而必聞，觸之而必應，夫是以天下可使為一身。天子之貴，士民之賤，可使相愛；憂患可使同，緩急可使救。

今也不然。天下有不幸而訴其冤，如訴之於天；有不得已而謁其所欲，如謁之鬼神。公卿大臣不能究其詳悉，而付之於胥吏

〔8〕。故凡賄賂先至者，朝請而夕得；徒手而來者，終年而不獲。至於故常之事〔9〕，人之所當得而無疑者，莫不務為留滯，以待請屬〔10〕。舉天下一毫之事〔11〕，非金錢無以行之。

昔者漢、唐之弊，患法不明，而用之不密，使吏得以空虛無據之法而繩天下〔12〕，故小人以無法為奸。今也法令明具，而用之至密，舉天下惟法之知。所欲排者，有小不如法，而可指以為瑕；所欲與者〔13〕，雖有所乖戾〔14〕，而可借法以為解〔15〕，故小人以法為奸。今天下所為多事者，豈事之誠多耶？吏欲有所鬻而不得〔16〕，則新故相仍〔17〕，紛然而不決，此王化之所以壅遏而不行也〔18〕。

昔桓、文之霸〔19〕，百官承職〔20〕，不待教令而辦；四方之賓至，不求有司〔21〕。王猛之治秦，事至纖悉，莫不盡舉，而人不以為煩。蓋史之所記：麻思還冀州，請於猛。猛曰：「速裝，行矣；至暮而符下。」及出關，郡縣皆已被符。其令行禁止而無留事者，至於纖悉，莫不皆然〔22〕。苻堅以戎狄之種，至為霸王，兵強國富，垂及升平者，猛之所為，固宜其然也〔23〕。

今天下治安，大吏奉法，不敢顧私；而府史之屬〔24〕，招權鬻法，長吏心知而不問〔25〕，以為當然。此其弊有二而已：事繁而官不勤，故權在胥吏。欲去其弊也，莫如省事而屬精〔26〕。省事，莫如任人；屬精，莫如自上率之。

今之所謂至繁，天下之事，關於其中〔27〕，訴之者多而謁之者眾，莫如中書與三司〔28〕。天下之事，分於百官，而中書聽其治要〔29〕；郡縣之錢幣，制於轉運使〔30〕，而三司受其會計〔31〕，此宜若不至於繁多。然中書不待奏課以定其黜陟〔32〕，而關預其事，則是不任有司也；三司之吏，推析贏虛〔33〕，至於毫毛，以繩郡縣〔34〕，則是不任轉運使也。故曰：省事，莫如任人。

古之聖王，愛日以求治[35]，辨色而視朝[36]，苟少安焉[37]，而至於日出，則終日為之不給[38]。以少而言之，一日而廢一事，一月則可知也；一歲，則事之積者不可勝數矣。欲事之無繁，則必勞於始而逸於終，晨興而晏罷[39]。天子未退，則宰相不敢歸安於私第；宰相日昃而不退[40]，則百官莫不震悚[41]，盡力於王事，而不敢宴遊。如此，則纖悉隱微莫不舉矣。天子求治之勤[42]，過於先王，而議者不稱王季之晏朝[43]，而稱舜之無為[44]；不論文王之日昃[45]，而論始皇之量書[46]：此何以率天下之怠耶？臣故曰：厲精，莫如自上率之，則壅蔽決矣。

注釋

〔1〕謁：謁見、進見。

〔2〕見察：得到詳細審理。見，被。

〔3〕省：明白、瞭解。

〔4〕介：通「芥」，纖芥，比喻地位卑微。

〔5〕疾痛苛癢：疾病。疾痛，病痛。苛，通「屙」。語出《禮記‧內則》。

〔6〕百體：指身體的各個部分。

〔7〕卒：通「猝」，忽然之間。

〔8〕胥吏：官府中的小官，職責多是辦理文書之類。

〔9〕故常之事：日常之事，多指按規則應辦的小事。

〔10〕請屬：請托、求情。

〔11〕舉：全、整個。

〔12〕繩：規範、約束。

〔13〕與：推薦、選拔。

〔14〕乖戾：違反、違背。

〔15〕解：開脫、解脫。

〔16〕鬻（ㄩˋ）：賣。

〔17〕新故相仍：新舊相連，此處是說新案舊案接連不斷。

〔18〕王化：王道教化，這裡指國家政治教化，包括官府政令。
壅遏：阻塞。

〔19〕桓、文：指春秋霸主齊桓公和晉文公。

〔20〕承職：履行職責，忠於職守。

〔21〕有司：指官吏，古代設官分職，事各有專司，故稱「有司」。

〔22〕「王猛之治秦」至「莫不皆然」：王猛（325—375），字景略，北海劇（今山東壽光）人，十六國時前秦重臣，歷史上有名的治世能臣。《晉書·王猛傳》：「廣平（今河北雞澤縣）麻思流寄關右（函谷關以西），因母亡歸葬，請還冀州（指廣平）。猛謂思曰：『便可速裝（趕快整理行裝），是暮已符卿發遣。』及始出關，郡縣已被符（接到官府的文告）管攝。其令行禁整，事無留滯，皆此類也。」

〔23〕「苻堅以戎狄之種」至「固宜其然也」：苻堅（338年—385年）作為十六國時前秦皇帝，因為任用王猛等能臣，國勢十分強盛，進而統一了北方大部分地區和東晉的益州。因為他是氐族，故云「戎狄之種」。《晉書·王猛傳》：「猛宰政公平，流放屍素，拔幽滯，顯賢才，外修兵革，內崇儒學，勸課農桑，教以廉恥，無罪而不刑，無才而不任，庶績鹹熙，百揆時敘。於是兵強國富，垂及升平，猛之力也。」垂及，接近、將近。及，達到。

〔24〕府史：官府中的小官吏。

〔25〕長吏：大吏、大官。《漢書·景帝紀》：「吏六百石以上，皆長吏也。」顏師古注引張晏曰：「長，大也，六百石位大夫。」

蘇東坡全集

〔26〕厲精：勵精圖治。厲，通「勵」。

〔27〕關於其中：都在管理之下，亦即總攬天下大事的意思。

〔28〕中書：古代行政機關名，即「三省」之一的中書省，其他二省分別是門下省、尚書省。三司：此處指的是宋朝廷的財政機關，因為它通管鹽鐵、度支、戶部三方面，所以稱「三司」。

〔29〕聽其治要：觀察瞭解其治國要務。

〔30〕制：管制。轉運使：官名，宋置諸道轉運使，掌管一路或數路軍需糧餉，後並兼軍事、刑名、巡視地方之職，是府州以上長官，權任很重。

〔31〕會計：計算、出納等財政諸事。

〔32〕奏課：申奏考課，彙報說明。這裡是指中書省以下之官吏向其彙報與說明。黜陟：官職的升降。

〔33〕推析贏虛：推測、計算、分析是盈還是虧。

〔34〕繩：制約規範。

〔35〕愛日：惜時。《大戴禮記·小辯》：「社稷之主愛日。」

〔36〕辨色：看清天色，一般指天剛亮之時。　視朝：上朝。《禮記·玉藻》：「朝，辨色始入。」

〔37〕少：通「稍」。

〔38〕不給：不夠用，意思是時間緊，不夠用。

〔39〕晨興：早晨起來，指起得早。陶淵明《飲酒》：「晨興理荒穢。」　晏罷：晚退，意思是退朝休息得晚。

〔40〕昃（ㄗㄜˋ）：日過正午。

〔41〕震悚：畏懼小心。

〔42〕天子：皇帝，指宋仁宗。

〔43〕王季之晏朝：王季，即周文王的父親季曆。據《史記·周本紀》記載，他「日中不暇食而待士」。

248

〔44〕舜之無為:帝舜無為而治,語見《論語‧衛靈公》:「子曰:『無為而治者,其舜也與!夫何為哉?恭己正南面而已矣。』」何晏《集解》:「言任官得其人,故無為而治。」

〔45〕文王之日昃:意思是說文王惜時而勤於政事,見《尚書‧無逸》:「文王……自朝至於日中昃,不遑暇食。」又見皇甫謐《帝王世紀》:「文王晏朝不食,以延四方之士。」

〔46〕始皇之量書:秦始皇不顧休息,忙於政務,見《史記‧秦始皇本紀》:「天下之事無小大皆決於上,上至以衡(秤)石(一百二十斤)量書,日夜有呈(標準),不中呈,不得休息。」

新評

文章總體上分為三個部分,第一部分(一、二自然段)提出並深刻闡釋了朝廷清明治平的基本標準,一是「天下不訴而無冤,不謁而得其所欲」;二是「訴而必見察」,「謁而必見省」,賤吏「不知朝廷之高」,小民「不識官府之難」。第二部分(三、四自然段)採用古今對比之法,深刻揭露、分析當時的社會危機和矛盾,主要是王朝內部賄賂公行、以法為奸的腐敗現狀。第三部分(五至八自然段)深入分析了造成諸種社會弊端的各種因素,進而順理成章地提出了克服弊端的方法與措施。

❀ 日 喻

題解

關於本文的寫作年代有兩說:一是傅藻《東坡紀年錄》,說是作於宋神宗元豐元年(1078年)十月十二日,而《烏台詩案》作「十三日」。有關文章緣起,本文末尾也有交代:「渤海吳君

彥律，有志於學者也，方求舉於禮部，作《日喻》以告之。」不過這些並不十分要緊，我們關鍵要明白這篇文章的寫作背景與目的所在。本文的寫作背景，篇末也有說明：「昔者以聲律取士，士雜學而不志於道；今也以經術取士，士知求道而不務學。」這幾句話字面上看也不十分要緊，但其真實的背景則相當重要，關涉甚大。熙寧四年（1071年）二月，神宗皇帝採納王安石的建議，用經義、策論試進士，而罷去自唐以來詩賦取士的制度，助長了當時空談義理，不重實學的風氣。特別是熙寧八年（1075年）六月，王安石《三經新義》（三經指《詩經》、《尚書》、《周禮》）頒行以後，「士趨時好，專以王氏《三經義》為捷徑，非徒不觀史，而於所習經外，他經及諸子無複讀者。故於古今人物及世治亂興衰之跡，亦漫不省」（朱弁《曲洧舊聞》卷三）。蘇軾既認識到過去以詩賦取士的偏頗──「士雜學而不志於道」，又看到現在「以經術取士」的弊端──「士知求道而不務學」。正是在這種背景之下，蘇軾寫下這篇文章。其目的，蘇軾自己在《烏台詩案》中說得明白：「元豐元年（1078年），軾知徐州。十月十三日，在本州監酒正字吳琯鎖廳得解，赴省試。軾作文一篇，名為《日喻》，以譏諷近日科場之士但務求進，不務積學，故皆空言而無所得。以譏諷朝廷更改科場新法不便也。」這雖是在逼供情況下寫出的供詞，但是批評「以經術取士」的弊端以及以詩賦取士的不足則是本文的宗旨。

　　生而眇者不識日[1]，問之有目者。或告之曰：「日之狀如銅盤。」扣盤而得其聲。他日聞鐘[2]，以為日也。或告之曰：「日之光如燭。」捫燭而得其形[3]。他日揣籥[4]，以為日也。日之與鐘、籥亦遠矣，而眇者不知其異：以其未嘗見而求之人也。道之難見

也甚於日〔5〕，而人之未達也〔6〕，無以異於眇。達者告之，雖有巧譬善導〔7〕，亦無以過於盤與燭也。自盤而之鐘〔8〕，自燭而之籥，轉而相之，豈有既乎〔9〕！故世之言道者，或即其所見而名之〔10〕，或莫之見而意之〔11〕：皆求道之過也。然則道卒不可求歟？蘇子曰：道可致而不可求〔12〕。何謂「致」？孫武曰〔13〕：「善戰者致人〔14〕，不致於人。」子夏曰〔15〕：「百工居肆以成其事，君子學以致其道。」莫之求而自至，斯以為「致」也歟？

南方多沒人〔16〕，日與水居也，七歲而能涉，十歲而能浮，十五而能沒矣。夫沒者，豈苟然哉〔17〕？必將有得於水之道者〔18〕。日與水居，則十五而得其道；生不識水，則雖壯，見舟而畏之。故北方之勇者，問於沒人，而求其所以沒，以其言試之河，未有不溺者也。故凡不學而務求道，皆北方之勇者，問於沒人，而求其所以沒，以其言試之河，未有不溺者也。故凡不學而務求道，皆北方之學沒者也。

昔者以聲律取士〔19〕，士雜學而不志於道；今也以經術取士〔20〕，士知求道而不務學。渤海吳君彥律〔21〕，有志於學者也，方求舉於禮部，作《日喻》以告之。

注釋

〔1〕眇（ㄇㄧㄠˇ）：一目失明，這裡指雙目失明。

〔2〕他日：有一天。

〔3〕捫：摸。

〔4〕揣：揣摸。 籥（ㄩㄝˋ）：一種像笛子的管樂器，一般比笛子短。

〔5〕道：道理，真理。此處專指儒家的學術思想而言。

〔6〕達：通達、懂得。

〔7〕巧譬：巧妙的比喻。　導：引導、指點。

〔8〕之：到。

〔9〕轉而相之，豈有既乎：一個接一個地比來比去，哪有止境呢。既，盡頭，止境。

〔10〕名之：稱呼它。

〔11〕莫之見而意之：根本沒有見到它（道），卻單憑主觀進行臆測。意，通「臆」，猜想、猜測。

〔12〕致：導致、達到。

〔13〕孫武：春秋時期齊國傑出的軍事家，著有《孫子兵法》。

〔14〕善戰者致人：語出《孫子‧虛實篇》，意思是善於作戰的人，讓敵人聽我調動，自投羅網。

〔15〕子夏：孔子的學生，春秋時衛國人。

〔16〕沒人：能潛水的游泳能手。

〔19〕豈苟然哉：難道是輕易做到的嗎？苟然，輕易、隨便。

〔18〕水之道：水性。

〔19〕以聲律取士：以律詩和律賦取士，唐朝和宋初都用此法進行考試，選拔進士。

〔20〕以經術取士：北宋熙寧四年（1071年），宋神宗採納王安石的建議，罷去以詩賦取士之法，改用經術取士，即以儒家經典為考試的主要內容。

〔21〕渤海：郡名，宋代屬河北路濱州，郡所在今山東富陽一帶。　吳君彥律：吳琯，蘇軾知徐州之時他是監酒，生平事蹟不詳。

新評

　　文章以生動形象的比喻入手，引出「道可致而不可求」這一中心論點，揭示出「道」只能透過長期的實踐而自然達到，不可能一

蹴而就。即使有「達者告之」,也不可能一下子得到。

❀ 李氏山房藏書記

李氏即李常(1027年—1090年),字公擇,宋南康軍建昌(今江西南城)人。他年少時曾經在廬山白石庵讀書,走上仕途之後,在廬山藏書至九千餘卷。他走之後,山中人思之,把他居住的地方號為「李氏山房」。李公擇又是黃庭堅的舅父,透過他,蘇軾才結識黃庭堅。

象、犀、珠、玉、怪珍之物[1],有悅於人之耳目,而不適於用。金、石、草、木、絲、麻、五穀、六材[2],有適於用,而用之則弊,取之則竭。悅於人之耳目而適於用,用之而不弊,取之而不竭,賢不肖之所得,各因其才,仁智之所見[3],各隨其分,才分不同,而求無不獲者,惟書乎!

自孔子聖人[4],其學必始於觀書。當是時,惟周之柱下史老聃為多書[5]。韓宣子適魯,然後見《易象》與《魯春秋》[6]。季箚聘於上國,然後得聞《詩》之風、雅、頌[7]。而楚獨有左使倚相,能讀《三墳》、《五典》、《八索》、《九丘》[8]。士之生於是時,得見六經者蓋無幾,其學可謂難矣。而皆習於禮樂,深於道德,非後世君子所及。自秦、漢以來,作者益眾,紙與字畫日趨於簡便,而書益多,士莫不有,然學者益以苟簡[9],何哉?余猶及見老儒先生,自言其少時,欲求《史記》、《漢書》而不可得,幸而得之,皆手自書,日夜誦讀,惟恐不及。近歲市人轉相摹刻諸子百家之書,日傳萬紙。學者之於書,多且易致如此,其文詞學術,當倍

蓰於昔人〔10〕，而後生科舉之士，皆束書不觀，遊談無根，此又何也？

余友李公擇，少時讀書於廬山五老峰下白石庵之僧舍。公擇既去，而山中之人思之，指其所居為李氏山房。藏書凡九千餘卷。公擇既已涉其流，探其源〔11〕，采剝其華實，而咀嚼其膏味，以為己有，發於文詞，見於行事，以聞名於當世矣。而書固自如也，未嘗少損。將以遺來者，供其無窮之求，而各足其才分之所當得。是以不藏於家，而藏於其故所居之僧舍，此仁者之心也。

余既衰且病，無所用於世，惟得數年之閒，盡讀其所未見之書，而廬山固所願遊而不得者，蓋將老焉。盡發公擇之藏，拾其餘棄以自補，庶有益乎〔12〕？而公擇求余文以為記，乃為一言，使來者知昔之君子見書之難，而今之學者有書而不讀為可惜也。

⬭ 注釋

〔1〕象：象牙。犀：犀牛，這裡指犀牛的角。

〔2〕五穀：五種穀物。古代說法不同。《周禮·天官·疾醫》：「以五味、五穀、五藥養其病。」鄭玄注：「五穀，麻、黍、稷、麥、豆也。」《孟子·滕文公上》：「樹藝五穀。」趙岐注：「五穀，謂稻、黍、稷、麥、菽也。」《楚辭·大招》：「五穀六仞。」王逸注：「五穀，稻、稷、麥、豆、麻也。」《素問·藏氣法時論》：「五穀為養。」王冰注為粳米、小豆、麥、大豆、黃黍。　六材：六種材料，即幹、角、筋、膠、絲、漆。

〔3〕仁智之所見：仁者見仁，智者見智。

〔4〕孔子聖人：古人稱孔子為聖人。

〔5〕惟周之柱下史老聃為多書：只有周柱下史老子書多。這是說老子那裡藏書多，因為他是周藏書室之史。《史記·老子韓非

列傳》中說:「(老子)姓李氏,名耳,字聃,周守藏室之史也。」《索隱》:「藏室史,周藏書室之史也。又《張蒼傳》:『老子為柱下史。』蓋即藏室之柱下,因以為官名。」

〔6〕韓宣子適魯:韓宣子,指春秋時晉國大夫。《左傳·昭公二年》:「春,晉侯使韓宣子來聘,且告為政而來見,禮也。觀書於太史(藏書官)氏,見《易象》與《魯春秋》,曰:『周禮盡在魯矣。』」

〔7〕「季箚聘於上國」二句:季箚,春秋時吳國貴族,吳王壽夢之季子。壽夢要傳位於他,他不接受,封於延陵,所以又稱延陵季子。歷聘魯、齊、鄭、衛、晉等國,當時以多聞見稱。《左傳·襄公二十九年》載,季箚受聘魯國之時,「請觀於周樂」,魯國「使(樂)工為之歌」二南、國風、雅、頌,季箚都一一作了評論,並借此說明周朝和諸侯的盛衰大勢。上國,中原諸侯國,這是春秋時的說法,此處指魯國。《左傳·昭公二十七年》:「使延州來季子聘於上國。」孔穎達疏引服虔云:「上國,中國(中原地區)也。蓋以吳辟東南,地勢卑下,中國在其上流,故謂中國為上國也。」

〔8〕「而楚獨有左史倚相」二句:左史,史官之名。周朝的史官有左史、右史,二者分工明確:左史記行,右史記言。倚相,人名,他是春秋時楚國的左史,當時為良史。《左傳·昭公十二年》載,楚靈王對子革稱讚倚相,說他「是良史也,子善視之,是能讀《三墳》、《五典》、《八索》、《九丘》」。孔穎達疏云:「孔安國《尚書序》云:伏羲、神農、黃帝之書謂之《三墳》,言大道也。少昊、顓頊、高辛、唐(堯)、虞(舜)之書謂之《五典》,言常道也。八卦之說謂之《八索》,求其義也。九州之志謂之《九丘》,丘,聚也,言九州所有土地、所生風氣、所宜皆聚此書也。」

〔9〕益以苟簡:更為苟且,貪圖簡易。

〔10〕倍蓰（ㄒㄧˇ）：多倍。蓰，五倍。

〔11〕涉其流，探其源：尋涉它的流，探討它的源，即尋源溯流之意。

〔12〕庶：大概、或許。

新評

本文敘事與議論相結合。一方面闡述書籍的功能與重要性，敘述前賢得書之難，讚美他們讀書之勤苦；另一方面又批評當時的科舉之士「束書不觀，遊談無根」，告訴人們應該惜時讀書。

❁ 喜雨亭記

題解

關於本文的創作年代，文中云：「余至扶風之明年。」扶風，舊郡名，即宋之鳳翔府（今屬陝西）。蘇軾於嘉祐六年（1061 年）十二月任鳳翔府簽判，此文當作於嘉祐七年（1062 年）。喜雨亭位於鳳翔府城東北。

亭以雨名，志喜也〔1〕。古者有喜則以名物，示不忘也。周公得禾，以名其書〔2〕；漢武得鼎，以名其年〔3〕；叔孫勝狄，以名其子〔4〕。其喜之大小不齊，其示不忘一也。

余至扶風之明年〔5〕，始治官舍，為亭於堂之北，而鑿池其南，引流種木，以為休息之所。是歲之春，雨麥於岐山之陽〔6〕，其占為有年〔7〕。既而彌月不雨〔8〕，民方以為憂。越三月乙卯乃雨〔9〕，甲子又雨〔10〕，民以為未足；丁卯大雨〔11〕，三日乃止。官吏相與

慶於庭，商賈相與歌於市，農夫相與忭於野[12]，憂者以樂，病者以癒，而吾亭適成。

於是舉酒於亭上以屬客[13]，而告之曰：「五日不雨可乎？」曰：「五日不雨則無麥。」「十日不雨可乎？」曰：「十日不雨則無禾。」無麥無禾，歲且薦饑[14]，獄訟繁興[15]，而盜賊滋熾。則吾與二三子，雖欲優遊以樂於此亭，其可得耶？今天不遺斯民，始旱而賜之以雨，使吾與二三子，得相與優遊而樂於亭者，皆雨之賜也。其又可忘邪？

既以名亭，又從而歌之。歌曰：使天而雨珠，寒者不得以為襦；使天而雨玉，饑者不得以為粟。一雨三日，伊誰之力[16]？民曰太守[17]，太守不有。歸之天子，天子曰不。歸之造物，造物不自以為功。歸之太空，太空冥冥。不可得而名，吾以名吾亭。

> 注釋

〔1〕志：記、記載。

〔2〕周公得禾，以名其書：周公，周武王之弟，姓姬，名旦，他的采邑在周（今陝西岐山之北），因此被稱為周公。周成王之弟唐叔虞得到兩禾共生一穗的嘉禾，進獻成王。成王又把它賜給周公，周公作《嘉禾》一文，事見《尚書·周書·微子之命》：「唐叔得禾，異畝同穎，獻諸天子。王命唐叔，歸周公於東，作《歸禾》。」《歸禾》、《嘉禾》為《尚書》篇名，均佚。

〔3〕漢武得鼎，以名其年：鼎，圓形，三足兩耳，是古代的一種炊具，一般用青銅製成，被作為立國的寶器，盛於殷周時期。據《史記·孝武本紀》記載：漢武帝元狩七年（前）夏六月中得寶鼎於汾水之上，於是便改年號為元鼎元年（前116）。

〔4〕叔孫勝狄，以名其子：當年魯文公命叔孫得臣率兵打敗

了入侵的狄軍，並俘獲狄君僑如。於是叔孫將兒子宣伯命名為僑如，以示慶祝，事見《左傳·文公十一年》。

〔5〕扶風：鳳翔府，今陝西鳳翔。

〔6〕雨（ㄩˋ）麥：即天上下麥。「雨」在此處作動詞用。岐山：在鳳翔縣東北。

〔7〕占：占卜。有年：豐收之年。

〔8〕彌月：整整一個月。

〔9〕越三月：過了三個月。　乙卯：四月初二日。

〔10〕甲子：四月十一日。

〔11〕丁卯：四月十四日。

〔12〕忭（ㄅㄧㄢˋ）：高興、喜悅。

〔13〕屬（ㄓㄨˇ）客：以酒勸客。

〔14〕薦饑：鬧饑荒。

〔15〕獄訟：訴訟案件。

〔16〕伊（一）：語助詞。

〔17〕太守：當時鳳翔太守宋選，字子才，鄭州滎陽（今屬河南）人。

新評

　　文章通篇緊扣「喜雨亭」三字，先敘修亭，然後記雨，再進一步渲染百姓久旱逢雨的歡樂，又以對話的方式闡述雨水對百姓生活的重要性。最後以對雨的讚歌收筆。作者不但對亭子本身沒有任何具體描繪，對其周圍景色也隻字未提。讀過此文，我們感覺到文章中深深蘊含著民以食為天的思想和與民同樂的感情，這是本文最突出的特色。

❀ 淩虛台記

本文作於宋仁宗嘉祐八年（1063 年）。當時蘇軾二十八歲，正在大理評事簽書鳳翔府（今陝西鳳翔）判官任上。這年正月，陳希亮（字公弼）接替宋選知鳳翔。陳「天資剛正」（《邵氏聞見後錄》卷十五），對待下屬十分嚴苛，因此像吏不敢仰視。淩虛台是陳希亮在鳳翔時所築之台，台成以後請蘇軾作記。蘇軾便借機諷之。因此，本文的主旨是譏諷陳希亮，意在提示他：官高、位顯、權重並不足恃，弄不好便遭覆亡之禍。關於這一點，蘇軾自己在《陳公弼傳》中有所說明：「軾官於鳳翔，實從公二年。方是時，年少氣盛，愚不更事，屢與公爭議，至形於顏色，已而悔之。」《三蘇文範》卷十四引楊慎之言說：「《喜雨亭記》，全是贊太守；《淩虛台記》，全是譏太守。《喜雨亭》直以天子造化相形，見得有補於民；《淩虛台》則以秦漢隋唐相形，見得無補於民，而機局則一也。」

國於南山之下[1]，宜若起居飲食，與山接也。四方之山，莫高於終南；而都邑之麗山者[2]，莫近於扶風。以至近求最高，其勢必得。而太守之居，未嘗知有山焉[3]。雖非事之所以損益[4]，而物理有不當然者[5]，此淩虛之所為築也。方其未築也，太守陳公杖屨逍遙於其下[6]。見山之出入於林木之上者，累累如人之旅行於牆外而見其髻也。曰：「是必有異。」使工鑿其前為方池，以其土築台，高出於屋之危而止[7]。然後人之至於其上者，恍然不知台之高[8]，而以為山之踴躍奮迅而出也。

公曰：「是宜名淩虛。」以告其從事蘇軾，而求文以為記。

軾復於公曰：「物之廢興成毀，不可得而知也。昔者荒草野田，霜露之所蒙翳[9]，狐虺之所竄伏[10]，方是時，豈知有淩虛台耶？廢興成毀，相尋於無窮[11]；則台之復為荒草野田，皆不可知也。嘗試與公登臺而望：其東則秦穆之祈年、橐泉也[12]，其南則漢武之長楊、五柞[13]，而其北則隋之仁壽[14]、唐之九成也[15]。計其一時之盛，宏傑詭麗，堅固而不可動者，豈特百倍於台而已哉[16]？然而數世之後，欲求其彷彿，而破瓦頹垣，無復存者。既已化為禾黍、荊棘丘墟隴畝矣，而況於此台歟？夫台猶不足恃以長久，而況於人事之得喪，忽往而忽來者歟？而或者欲以誇世而自足，則過矣！蓋世有足恃者，而不在乎台之存亡也！」既已言於公，退而為之記。

注釋

〔1〕國：原指郡國，這裡指鳳翔。　南山：即終南山，在今陝西西安市南，為秦嶺主峰之一。

〔2〕麗：接近。

〔3〕未嘗知有山：不知道有終南山。

〔4〕雖非事之所以損益：於事無損。

〔5〕而物理有不當然者：按事物的常理不應該這樣。

〔6〕陳公：陳希亮（1000 年—1065 年），字公弼，青神（今屬四川）人，天聖八年（1030 年）進士，嘉祐八年（1063 年）知鳳翔府。卒於治平二年（1065 年），年六十六。

〔7〕危：屋頂。

〔8〕恍然：好像、彷彿。

〔9〕蒙翳（一ˋ）：遮蔽。

〔10〕虺（ㄏㄨㄟˇ）：毒蛇。

〔11〕相尋於無窮:意思是廢興與成敗之事循環往覆,無窮無盡。

〔12〕祈年、橐泉:秦代的兩座宮殿名。一個是秦孝公時建造,一個是秦惠公時建造。《漢書·地理志上》「右扶風·雍」下云:「橐泉宮,孝公起;祈年宮,惠公起。」蘇軾《鳳翔八觀·秦穆公墓》:「橐泉在城東,墓在城中無百步。乃知昔未有此城,秦人以泉識公墓。」《鳳翔八觀·詛楚文》中蘇軾自注:「秦穆公葬於雍橐泉、祈年觀下。」

〔13〕長楊、五柞(ㄗㄨㄛˋ):漢武帝時的兩座宮殿名,其舊址都在今陝西省周至縣。長楊宮原為秦代舊宮,漢代重修,以備行幸;五柞則是祀神之處。《三輔黃圖·秦宮》:「長楊宮在今周至縣東南三十里,本秦舊宮,至漢修飾之以備行幸。宮中有垂楊數畝,因為宮名。」

〔14〕仁壽:楊素為隋文帝所建之宮,見《隋書·楊素傳》。

〔15〕九成:唐宮名,由隋代的仁壽宮改成。《新唐書·地理志一》「鳳翔府扶風郡·麟遊」下云:「西五里有九成宮,本隋仁壽宮。」

〔16〕特:只、僅、止。

新評

這篇短文共分兩段。第一段記敘凌虛台的建造過程及設計之巧妙;第二段則借凌虛台,引發出深深的歷史滄桑感與憂患意識,指出不僅一台不足恃,就是秦皇漢武隋唐之雄偉宮殿,數世之後,也「無復存者」,進而將對陳希亮的諷諫暗寓其中。

 超然台記

蘇東坡全集

題解

本文作於熙寧八年（1075 年）。超然台在宋密州（治所在今山東諸城）北城上。在北宋時期的新舊黨爭中，蘇軾感到苦悶與不適，所以自請外調，於神宗熙寧四年（1071 年）通判杭州，至七年（1074 年）移知密州。熙寧八年（1075 年）修葺超然台，文章即寫於此時。雖屬景物記，但是超然臺上說超然，又不能不說是作者自抒胸襟與懷抱。

凡物皆有可觀。苟有可觀，皆有可樂，非必怪奇瑋麗者也。糟啜漓[1]，皆可以醉；果蔬草木，皆可以飽。推此類也，吾安往而不樂[2]？

夫所謂求福而辭禍者，以福可喜而禍可悲也。人之所欲無窮，而物之可以足吾欲者有盡。美惡之辨戰乎中，而去取之擇交乎前，則可樂者常少，而可悲者常多，是謂求禍而辭福。夫求禍而辭福，豈人之情也哉？物有以蓋之矣[3]。彼遊於物之內[4]，而不游於物之外。物非有大小也，自其內而觀之[5]，未有不高且大者也。彼挾其高大以臨我，則我常眩亂反覆，如隙中之觀鬥，又焉知勝負之所在？是以美惡橫生，而憂樂出焉。可不大哀乎！

余自錢塘移守膠西[6]，釋舟楫之安[7]，而服車之勞[8]；去雕牆之美，而庇采椽之居[9]；背湖山之觀，而適桑麻之野。始至之日，歲比不登，盜賊滿野，獄訟充斥；而齋廚索然，日食杞菊[10]，人固疑余之不樂也。處之期年[11]，而貌加豐，發之白者日以反黑。余既樂其風俗之淳，而其吏民亦安予之拙也。於是治其園圃，潔其庭宇，伐安丘、高密之木[12]，以修補破敗，為苟全之計。而園之北，因城以為台者舊矣；稍葺而新之，時相與登覽，放意肆志焉[13]。南望馬耳、常山[14]，出沒隱見，若近若遠，庶幾有隱君

子乎？而其東則盧山[15]，秦人盧敖之所從遁也。西望穆陵[16]，隱然如城郭，師尚父、齊桓公之遺烈[17]，猶有存者。北俯濰水[18]，慨然太息[19]，思淮陰之功[20]，而弔其不終。台高而安，深而明，夏涼而冬溫。雨雪之朝，風月之夕，餘未嘗不在，客未嘗不從。擷園蔬[21]，取池魚，釀秫酒[22]，瀹脫粟而食之[23]。曰：樂哉遊乎！

方是時，余弟子由適在濟南，聞而賦之，且名其台曰「超然」。以見餘之無所往而不樂者，蓋遊於物之外也。

注釋

〔1〕糟啜漓：吃酒糟，飲淡酒。語出《楚辭·漁父》：「眾人皆醉，何不其糟而啜（飲）其漓。，吃。糟，酒糟。啜，喝。漓，薄酒。

〔2〕安往：到哪裡、去哪裡。

〔3〕蓋：掩蓋、蒙蔽。

〔4〕遊：指遊心，即遊心物外。

〔5〕自其內：從事物內部。

〔6〕錢塘：代指浙江杭州。　膠西：膠河以西，即今山東膠縣、高密一帶，此處指密州。

〔7〕釋：捨棄。

〔8〕服：從事於。

〔9〕庇：一作「蔽」，掩蔽。采椽之居：形容房舍簡陋。采，櫟木。

〔10〕「始至之日」至「日食杞菊」：寫自己在膠西的生活。蘇軾《後杞菊賦》序云：「余仕宦十有九年，家日益貧，衣食之俸，殆不如昔者。及移守膠西，意且一飽，而齋廚索然，不堪其憂，日

與通守劉君廷式，循古牆廢圃，求杞菊而食之。」歲比不登，連年收成不好。比，頻、多次。登，收成。

〔11〕期（ㄐㄧ）年：整整一年。

〔12〕安丘、高密：安丘在今山東濰坊南，高密在今山東膠州西北。

〔13〕放意肆志：由性而為，放縱情志。《列子•楊朱》：「放意所好。」《史記•韓世家》：「肆志於秦。」

〔14〕馬耳、常山：兩山名，都在今山東諸城南。張淏《雲穀雜記》卷三：「此台在密州之北，因城為台；馬耳與常山在其南。東坡為守日，葺而新之，子由因請名之曰超然台。」

〔15〕盧山：本名故山，在諸城南。因戰國人盧敖隱居於此，所以更名為盧山。《淮南子•應道訓》有「盧敖遊於北海」句。許慎注云：「盧敖，燕人，秦始皇召為博士，使求神仙，亡而不返也。」

〔16〕穆陵：即穆陵關，故址在今山東臨朐東南的大峴山上。

〔17〕師尚父：即呂尚，又稱姜太公，商末周初人，曾輔佐周武王滅商，封於齊。齊桓公：名小白，為春秋五霸之一。

〔18〕濰水：濰河，源於山東五蓮縣，流經諸城，至昌邑入萊州灣。

〔19〕太息：歎息。

〔20〕淮陰：指代韓信，他輔佐劉邦平定天下，建立了不朽的功勳，被封為淮陰侯。《史記•淮陰侯列傳》：「信因襲齊曆下軍，遂至臨淄。齊王田廣……走高密，使使之楚請救。韓信已定臨淄，遂東追廣至高密西。」韓信後被呂后以謀叛罪誅殺，不得善終。

〔21〕擷：摘。唐•王維《相思》：「願君多採擷，此物最相思。」

〔22〕秫（ㄕㄨˊ）酒：高粱酒。秫，高粱，可以釀酒。

〔23〕瀹（ㄩㄝˋ）脫粟：煮糙米。瀹，煮。脫粟，只脫去糠

皮的糙米。

文章總體上分為三個部分：一、二自然段主要以議論出之，從正、反兩方面闡發作者超然物外，無往而不樂的人生態度，為第一部分。第二部分即第三段，重在敘事。主要寫自己由杭州到密州生活環境的變化，敘述自己在艱難的環境中怎樣悠然自處，以及修葺廢台，登臺眺遠，臺上遊樂等事，從中抒發其超然物外之情。第三部分即最後一段，意在點題：「以見余之無所往而不樂者，蓋遊於物之外也。」但從字裡行間，我們還是能體味出作者超然之樂後面的一絲苦悶。

❀ 放鶴亭記

題解

本文是作者元豐元年（1078 年）知徐州時作。雲龍山人張天驥當時與蘇軾過從甚密，張所築放鶴亭，坐落在徐州城南「崗嶺四合」、「草木際天」的雲龍山上。在亭子落成之時，蘇軾便應其所請，為之作記。

熙寧十年秋[1]，彭城大水[2]。雲龍山人張君之草堂[3]，水及其半扉。明年春，水落，遷於故居之東，東山之麓。升高而望，得異境焉，作亭於其上。彭城之山，崗嶺四合，隱然如大環，獨缺其西十二[4]。而山人之亭，適當其缺。春夏之交，草木際天[5]；秋冬雪月，千里一色。風雨晦明之間，俯仰百變。山人有二鶴，

甚馴而善飛。旦則望西山之缺而放焉,縱其所如[6],或立於陂田,或翔於雲表,暮則傃東山而歸[7],故名之曰「放鶴亭」。

　　郡守蘇軾,時從賓客僚吏,往見山人。飲酒於斯亭而樂之,挹山人而告之[8],曰:「子知隱居之樂乎?雖南面之君[9],未可與易也。《易》曰:『鳴鶴在陰,其子和之[10]。』《詩》曰:『鶴鳴於九皋,聲聞於天〔11〕。』蓋其為物,清遠閑放,超然於塵垢之外。故《易》、《詩》以比賢人君子隱德之士。狎而玩之[12],宜若有益而無損者,然衛懿公好鶴則亡其國[13]。周公作《酒誥》〔14〕,衛武公作《抑》戒[15],以為荒惑敗亂無若酒者,而劉伶、阮籍之徒[16],以此全其真而名後世。嗟夫!南面之君,雖清遠閑放如鶴者,猶不得好,好之則亡其國。而山林遁世之士[17],雖荒惑敗亂如酒者,猶不能為害,而況於鶴乎?由此觀之,其為樂未可以同日而語也。」

　　山人欣然而笑曰:「有是哉!」乃作《放鶴》、《招鶴》之歌曰:「鶴飛去兮西山之缺,高翔而下覽兮擇所適。翻然斂翼[18],宛將集兮[19],忽何所見,矯然而復擊[20]。獨終日於澗穀之間兮,啄蒼苔而履白石。」「鶴歸來兮東山之陰[21]。其下有人兮,黃冠草履[22],葛衣而鼓琴[23]。躬耕而食兮,其餘以汝飽。歸來歸來兮,西山不可以久留。」

　　元豐元年十一月初八日記。

注釋

〔1〕熙寧十年秋:即西元 1077 年。

〔2〕彭城:今徐州。

〔3〕雲龍山人張君:雲龍山,山名,在今徐州西。張君,張師厚,字天驥,因為他居雲龍山,故號雲龍山人。邵博《邵氏聞見

後錄》卷十五:「或問東坡:『雲龍山人張天驥者,一無知村夫耳。公為作《放鶴亭記》,以比古隱者;又遺以詩,有「脫身聲利中,道德自濯澡」,過矣。』東坡笑曰:『裝鋪席耳。』東坡之門,稍上者不敢言,如琴聰、密殊之流,皆鋪席中物也。」

〔4〕西十二:西面的十分之二。

〔5〕際天:連天、接天。

〔6〕縱其所如:任憑它到什麼地方。如,往、到。

〔7〕傃:向。

〔8〕挹:酌,這裡指給張天驥斟酒。

〔9〕南面之君:南面,古代以面向南為尊位,帝王之位南向,所以稱為南面之君。此處用莊子語意,《莊子·至樂》:「死無君於上,無臣於下,亦無四時之事,縱然以天地為春秋,雖南面王樂不能過也。」

〔10〕「鳴鶴在陰」二句:見《易·中孚·九二》。

〔11〕「鶴鳴於九皋」二句:見《詩經·小雅·鶴鳴》。《毛傳》:「皋,澤也。言身隱而名著也。」《鄭箋》:「皋,澤中水溢出所為坎,從外數至九,喻深遠也。」

〔12〕狎:此處是親近的意思。

〔13〕衛懿公好鶴則亡其國:說的是衛懿公因好鶴而亡國之事。《左傳·閔公二年》:「冬十二月,狄人伐衛,衛懿公好鶴,鶴有乘軒(大夫所乘之車)者。將戰,國人受甲者皆曰:『使鶴,鶴實有祿位,余焉能戰?』……及狄入,戰於滎澤,衛師敗績,遂滅衛。」

〔14〕《酒誥》:《尚書》篇名。《尚書·康誥》序:「成王既伐管叔、蔡叔,以殷餘民,封康叔,作《康誥》、《酒誥》、《梓材》。」《酒誥》孔安國傳云:「康叔監殷民,殷民化紂嗜酒,故以戒《酒誥》。」

〔15〕《抑》戒：指《抑》，《詩經‧大雅》篇名。《毛詩序》云：「《抑》，衛武公刺厲王，亦以自警也。」其中第三章有「顛覆厥德，荒湛於酒」句。

〔16〕劉伶、阮籍：魏晉間名士，「竹林七賢」中的兩個人，都以好酒聞名。《晉書‧劉伶傳》：「劉伶，字伯倫 …… 初不以家產有無介意。常乘鹿車，攜一壺酒，使人荷鍤而隨之，謂曰：『死便埋我。』其遺形骸如此。」《晉書‧阮籍傳》：「阮籍，字嗣宗……本有濟世志，屬魏晉之際，天下多故，名士少有全者，籍由是不與世事，遂酣飲為常。文帝初欲為武帝求婚於籍，籍醉六十日，不得言而止……籍聞步兵廚營人善釀，有酒三百斛，乃求為步兵校尉。」

〔17〕遁世：避世，指隱居。

〔18〕翻然：回飛之狀。

〔19〕宛：好像。

〔20〕矯然：強健之狀。

〔21〕陰：山北。古人以山北水南為陰。

〔22〕草履：草鞋。

〔23〕葛衣：用葛草編織而成的衣服。

新評

　　文章在結構上可分為三段：第一段敘亭寫鶴，即簡述放鶴亭的修建經過、所在位置、四周景色，以及鶴的朝放暮歸。中間一段以議論出之，說明隱居之樂。末尾一段以《放鶴》、《招鶴》二歌作結，首尾呼應，自然而然，不露斧鑿之痕。文章透過寫鶴來寫隱者，又透過寫隱者來寄託感慨，命意很深。

靈壁張氏園亭記

靈壁，秦代為符離縣地。漢屬沛郡，隋屬徐州，唐時降為靈壁鎮。《元和郡縣圖志》卷九《河南道》五《符離縣》：「靈壁故城，在縣東北九十里。」今屬安徽省。蘇軾於宋神宗元豐二年（1079年）由商丘沿汴河赴湖州途中，經過靈壁張氏園亭，應張碩之請，寫下這篇文章。

道京師而東，水浮濁流，陸走黃塵，陂田蒼莽，行者倦厭。凡八百里，始得靈壁張氏之園於汴之陽[1]。其外修竹森然以高，喬木翳然以深。其中因汴之餘浸以為陂池，取山之怪石以為岩阜，蒲葦蓮茨，有江湖之思；梧桐檜柏，有山林之氣；奇花美草，有京洛之態；華堂廈屋，有吳蜀之巧。其深可以隱，其富可以養。果蔬可以飽鄰里，魚鱉筍茹可以饋四方之賓客。余自彭城移守吳興，由宋登舟[2]，三宿而至其下。肩輿叩門，見張氏之子碩。碩求余文以記之。

維張氏世有顯人，自其伯父殿中君，與其先人通判府君，始家靈壁，而為此園，作蘭皋之亭以養其親。其後出仕於朝，名聞一時，推其餘力，日增治之，於今五十餘年矣。其木皆十圍，岸谷隱然。凡園之百物，無一不可人意者，信其用力之多且久也。古之君子，不必仕，不必不仕。必仕則忘其身，必不仕則忘其君。譬之飲食，適於饑飽而已。然士罕能蹈其義、赴其節。處者安於故而難出，出者狃於利而忘返[3]。於是有違親絕俗之譏，懷祿苟安之弊。今張氏之先君，所以為其子孫之計慮者遠且周，是故築室藝園於汴、泗之間[4]，舟車冠蓋之沖，凡朝夕之奉，燕遊之樂，不求而足。使其子孫開門而出仕，則跬步市朝之上；閉門而歸隱，則俯仰山林之下。於以養生治性，行義求志，無適而不可。故其

蘇東坡全集

子孫仕者皆有循吏良能之稱，處者皆有節士廉退之行。蓋其先君子之澤也。

余為彭城二年，樂其土風。將去不忍，而彭城之父老亦莫餘厭也，將買田於泗水之上而老焉。南望靈壁，雞犬之聲相聞，幅巾杖屨，歲時往來於張氏之園，以與其子孫遊，將必有日矣。

元豐二年三月二十七日記。

注釋

〔1〕汴之陽：古時以水北為陽，所以汴之陽即汴水北岸。汴水上流受黃河水，隋朝之後其故道由舊鄭州、開封至商丘，改東南流經靈壁、泗縣入淮河。

〔2〕宋：州名，即宋州。北宋時期有所改變，被升為南京應天府，治所在今河南商丘。當年蘇軾罷徐州任，來到此地之後，因病停留半個月，之後轉水路赴湖州。

〔3〕狃（ㄋㄧㄡˇ）：貪。

〔4〕泗：水名，即泗水。此水發源於今山東泗水縣東蒙山南麓，流經曲阜、徐州。

新評

文章首先記述張氏莊園的地理位置、景物規模、用處及其建築始末，這是引子。然後由此生發，展開議論，著力闡發「不必仕，不必不仕」這一中心論題，認為：一個人如果沉迷仕途，一心追求功名利祿，不顧政局好壞，執政者賢明與否，必然會招來殺身之禍；如果永遠優遊山林風月之中，修身養性，全身遠禍，是可以無適而不可的，但卻沒有完成效力於君主的義務，也沒有盡到自己對國家、社會的責任。由此，作者的主張是既要出仕，但又不能執迷不悟；

既行義求志，又要懂得激流勇退。仕與隱二者恰當地結合起來。文章最後袒露了自己追求閒適的心態。

❀ 石鐘山記

<u>題解</u>

這是一篇遊記，帶有考辨性質，具有議論文的一些特徵。石鐘山在今江西省湖口縣的鄱陽湖畔，山因居縣城南北，分為上、下二鐘山。

元豐七年（1084 年）正月，宋神宗出手劄命蘇軾由黃州（今湖北黃岡）移任汝州（今河南臨汝）團練副使本州安置。本年三月文書到，四月蘇軾離黃州，計畫走水路經長江、淮河入洛赴任所。先到江西，遊廬山，五月到筠州（今江西高安），同弟弟蘇轍（時監筠州鹽酒稅）話別，六月送長子蘇邁赴饒州德興縣（今屬江西），做縣尉。在途經湖口遊石鐘山之後，寫下這篇文章。

《水經》云[1]：「彭蠡之口，有石鐘山焉[2]。」酈元以為「下臨深潭，微風鼓浪[3]，水石相搏[4]，聲如洪鐘[5]」。是說也[6]，人常疑之。今以鐘磬置水中[7]，雖大風浪不能鳴也[8]，而況石乎？至唐李渤始「訪其遺蹤」[9]，得雙石於潭上，「扣而聆之[10]，南聲函胡[11]，北音清越[12]，枹止響騰[13]，餘韻徐歇」[14]，自以為得之矣[15]。然是說也，余尤疑之。石之鏗然有聲音者[16]，所在皆是也[17]，而此獨以「鐘」名[18]，何哉？

元豐七年六月丁醜[19]，余自齊安舟行適臨汝[20]，而長子邁將赴饒之德興尉[21]，送之至湖口[22]，因得觀所謂石鐘者。寺僧

使小童持斧，於亂石間擇其一二扣之，硿硿焉[23]，余固笑而不信也[24]。至莫夜月明[25]，獨與邁乘小舟至絕壁下[26]。大石側立千尺[27]，如猛獸奇鬼，森然欲搏人[28]；而山上棲鶻[29]，聞人聲亦驚起，磔磔雲霄間[30]；又有若老人咳且笑於山谷中者[31]，或曰：「此鸛鶴也[32]。」余方心動欲還[33]，而大聲發於水上，噌吰如鐘鼓不絕[34]。舟人大恐[35]。徐而察之[36]，則山下皆石穴罅[37]，不知其淺深，微波入焉[38]，涵澹澎湃而為此也[39]。舟回至兩山間[40]，將入港口，有大石當中流，可坐百人，空中而多竅[41]，與風水相吞吐[42]，有窾坎鏜鞳亂之聲[43]，與向之噌吰者相應[44]，如樂作焉[45]。因笑謂邁曰[46]：「汝識之乎[47]？噌吰者，周景王之無射也[48]；窾坎鏜鞳者，魏莊子之歌鐘也[49]。古之人不余欺也[50]。」

事不目見耳聞，而臆斷其有無[51]，可乎？酈元之所見聞，殆與余同[52]，而言之不詳；士大夫終不肯以小舟泊絕壁之下[53]，故莫能知；而漁工水師[54]，雖知而不能言；此世所以不傳也[55]。而陋者乃以斧斤考擊而求之[56]，自以為得其實[57]。余是以記之，蓋歎酈元之簡，而笑李渤之陋也。

（注釋）

〔1〕《水經》：我國古代著名的地理著作，其主要內容是記述江河水道的分佈情況，舊說此書為西漢桑欽所撰，無確鑿證據。晉代郭璞曾為此書作注，已佚。北魏酈道元為之作注，名為《水經注》。

〔2〕彭蠡（ㄌㄧˇ）：湖名，即鄱陽湖，在江西省北部。需要說明的是：「彭蠡之口，有石鐘山焉」兩句和下文所引酈道元的四句話，在今本《水經注》裡找不到，可能是佚文。

〔3〕酈元：即酈道元，字善長，北魏范陽涿（ㄓㄨㄛˊ）（今河北省涿縣）人，官至御史中丞，所著《水經注》四十卷，不但注釋文字翔實可信，而且相當優美，表現力極強。因此，本書在地理學和文學上都有很高的價值。鼓：鼓動、發動、興起。

〔4〕搏：擊。

〔5〕洪鐘：大鐘。洪，大。

〔6〕是說：這個說法。

〔7〕磬（ㄑㄧㄥˋ）：古代用玉和石製成的打擊樂器。

〔8〕鳴：發聲。

〔9〕李渤：字浚之，唐洛陽（今河南省洛陽市）人。德宗貞元間，隱居廬山，自號白鹿先生。曾任江州刺史，治理湖水，修築長堤達七百步。他當年寫過《辨石鐘山記》一文。遺蹤：陳跡。

〔10〕扣：通「叩」，敲擊、敲打。聆：聽。

〔11〕南聲：南邊（山石）的聲音。函胡：同「含糊」，意思是聲音模糊不清。

〔12〕北音：北邊（山石）的聲音。清越：清亮高亢。

〔13〕枹（ㄈㄨˊ）止響騰：鼓槌停了，聲音還傳揚。枹，鼓槌。騰，傳揚、傳播。

〔14〕餘韻徐歇：餘音慢慢地停了下來。餘韻，餘音。徐歇，慢慢停歇。

〔15〕得之：得到它。這裡指弄清了石鐘山得名的原因。

〔16〕鏗（ㄎㄥ）然：形容敲擊物體（金石）所發出的聲響。

〔17〕所在皆是：各處都是如此。

〔18〕獨以「鐘」名：單單用鐘來命名。

〔19〕六月丁醜：指元豐七年（1084）六月丁醜，即農曆六月初九日。

〔20〕齊安：今湖北省黃岡縣。適：往、到……去。

〔21〕赴：赴任。　饒：饒州，唐置，治所在今江西省波陽縣，宋時為饒州府。

〔22〕之：他，即蘇軾的長子蘇邁。

〔23〕硿硿焉：敲擊石頭的聲音。焉，同「然」。

〔24〕固：本來、自然。

〔25〕莫夜：暮夜，即晚上。莫，同「暮」。

〔26〕絕壁：峭壁。

〔27〕側立：斜立。

〔28〕森然：陰森的樣子。搏：捉；抓取。

〔29〕棲鶻（ㄏㄨˊ）：棲息的鶻。鶻，一種兇猛的鳥。

〔30〕磔磔（ㄓㄜˊ）：鳥鳴聲。這裡指鶻的鳴叫聲。

〔31〕咳：咳嗽。

〔32〕或曰：有人說。　鸛（ㄍㄨㄢˋ）鶴：水鳥名，形似鶴但頂部不紅，羽毛灰白，頸長嘴尖。

〔33〕心動：心驚。

〔34〕噌吰（ㄔㄥ、ㄏㄨㄥˊ）：象聲詞，形容鐘聲響亮而又厚重。

〔35〕舟人：船工、船夫。

〔36〕徐而察之：慢慢地察看它。

〔37〕石穴罅（ㄒㄧㄚˋ）：石洞，石縫。穴，洞孔。罅，裂縫。

〔38〕焉：這裡是指示代詞，指石洞、石縫。

〔39〕涵澹：水流動激蕩的樣子。澎湃：波濤奔騰的樣子。

〔40〕兩山：指南之上鐘山與北之下鐘山。

〔41〕空中：中空，即石頭的中間是空的。　竅：小孔。

〔42〕風水：風浪。相吞吐：相互交替著進進出出。吞，進。吐，

出。

〔43〕窾坎（ㄎㄨㄢˇ ㄎㄢˇ）：擊物的聲音。　鏜鞳（ㄊㄤ ˊ ㄊㄚˋ）：敲擊鐘鼓的聲音。

〔44〕向：剛才、先前。　相應：相呼應。

〔45〕如樂作焉：如同音樂演奏起來一樣。

〔46〕因：於是、因此就。

〔47〕識：明白、知道。

〔48〕周景王：東周國君，姓姬，名貴（西元前 544 年 — 前 520 年）。無射（一ˋ）：本為周景王所鑄之鐘發出的聲音，此聲合於十二律中的第十一律「無射」，所以便以此代鐘名。據《國語》記載，周景王二十四年（西元前 521 年）鑄鐘。

〔49〕魏莊子：即魏絳，春秋時晉國大夫，謚「莊子」。歌鐘：即古樂鐘，又名編鐘，用十六口鐘按音階排列的樂器。據《左傳》記載，魯襄公十一年（前 561），鄭國把兩肆（套）歌鐘和其他樂器獻給晉悼公，悼公分一肆即十六口鐘給大夫魏絳。

〔50〕不餘欺：即「不欺餘」，沒有欺騙我們。這是賓語前置句。

〔51〕臆斷：憑主觀猜測作出判斷。

〔52〕殆：大概、大體、差不多。

〔53〕終：終究、總。

〔54〕漁工：漁夫、打魚的人。水師：船夫。

〔55〕此世所以不傳也：這便是世上所以不能把石鐘山得名的實情傳下來的原因。

〔56〕陋者：見識淺薄的人。乃：竟然。斧斤：斧頭。考擊：敲打。

〔57〕實：事物的真實情況。

新評

文章通篇圍繞著石鐘山得名的由來，夾敘夾議，以考辨為主：先寫酈道元和李渤對山名由來的看法，提出要證明和要反駁的觀點；接著以夜遊石鐘山的實地考察，證明並補充了酈道元的觀點，駁斥了李渤的說法，進而提出了事不目見耳聞，不能臆斷其有無的論斷，表現出作者注重調查研究的求實精神，同時交代了寫作意圖。《晚明精選八大家古文》中說：「此翻案也，李翻酈，蘇又翻李，而以己之所獨得，詳前之所未備，則道元亦遭簡點矣。文最奇致，古今絕調。」

❀ 書吳道子畫後

題解

本文作於元豐八年（1085 年），是吳道子畫的跋語。吳道子，唐代著名畫家，「畫塑兼工」，善於掌握「守其神，專其一」的藝術法則，千百年來被奉為「畫聖」。本篇雖然是短篇，但卻深刻地闡述了藝術創作的基本規律，總結了前人，特別是唐代畫家吳道子的創作經驗，頗有啟發性。

知者創物，能者述焉[1]，非一人而成也。君子之於學，百工之於技，自三代歷漢至唐而備矣[2]。故詩至於杜子美[3]，文至於韓退之[4]，書至於顏魯公[5]，畫至於吳道子，而古今之變，天下之能事畢矣。道子畫人物，如以燈取影，逆來順往，旁見側出，橫斜平直，各相乘除[6]，得自然之數[7]，不差毫末；出新意於法度之中，寄妙理於豪放之外[8]；所謂遊刃餘地[9]，運斤成風[10]，

蓋古今一人而已。

余於他畫，或不能必其主名[11]，至於道子，望而知其真偽也。然世罕有真者，如史全叔所藏，平生蓋一二見而已。

元豐八年十一月七日書。

注釋

〔1〕「知者創物」二句：語出《周禮·考工記》。知者，智者，「知」同「智」。述，著述，有遵循承繼的意思。

〔2〕三代：三個朝代，即夏、商、周。

〔3〕杜子美：即杜甫，字子美。

〔4〕韓退之：即韓愈，字退之。

〔5〕顏魯公：即顏真卿。

〔6〕乘除：以數學術語論畫法，意思是作畫筆法相互協調，自行變化增減，非常準確。

〔9〕自然之數：自然理，即客觀實際。

〔8〕「出新意於法度之中」二句：這兩句話的意思是在規矩之中展示出新意，在豪放之外寓有妙趣，總體上是形神兼備。法度，規矩、法則，規律。著名學者錢鍾書先生在《宋詩選注》中對這兩句話有十分精當的分析與評價，他說：「從分散在他（蘇軾）著作裡的詩文評看來，這兩句話也許可以現成的應用在他自己身上，概括他在詩歌裡的理論和實踐。後面一句說『豪放』更耐人尋味，並非發酒瘋似的胡鬧亂嚷。前面一句算得『豪放』的定義，用蘇軾所能瞭解的話來說，就是『從心所欲，不逾矩』；用近代術語來說，就是自由，是以規律性的認識為基礎，在藝術規律的容許之下，創造力有充分的自由活動。這正是蘇軾所一再聲明的，作文該像『行雲流水』，或『泉源湧地』那樣的自在活潑，可是同時很謹嚴的『行

於所當行，止於所不可不止』。李白以後，古代大約沒有人趕得上蘇軾這種『豪放』。」

〔9〕遊刃餘地：形容技術精湛、熟練，運用自如。語出《莊子‧養生主》：「今臣之刀十九年矣，所解數千牛矣，而刀刃若新發於硎（磨刀石）。彼節者有間，而刀刃者無厚，以無厚入有間，其於遊刃必有餘地矣。」

〔10〕運斤成風：比喻手法高超，動作熟練，技術出神入化。語出《莊子‧徐無鬼》。

〔11〕必其主名：肯定判斷出它的作者。必，肯定。主名，作者。

新評

文章首先指出：文學藝術的發展是一個承前啟後、創新與繼承兼具、逐漸走向完善的過程，而唐代的詩、文、書、畫，正是在繼承和發展前人創作經驗和成果的基礎上，才達到幾乎盡善盡美的境界。接著，作者著重以吳道子畫為例，深入分析其藝術創作成就，總結其藝術創作經驗。作者認為吳道子超越了所有的職業畫家，而其高明的地方就在於，他不僅能做到「畫人物，如以燈取影 …… 不差毫末」，即所謂形似；而且還能「出新意於法度之中，寄妙理於豪放之外」，既守法度，又出新意；既風格豪放，又寓有妙趣；既有形似，又有神似；「遊刃餘地，運斤成風」，達到了爐火純青、出神入化的境界，與一般拘守尺寸者有天壤之別。跋文最後自言能鑒別吳畫的真偽，並指出當時假冒偽劣之作太多，而真跡則十分罕見。

❀ 王安石贈太傅

題解

本文是一篇敕誥,作於北宋元祐元年(1086年)。本年哲宗即位,逐一廢棄新法,王安石在這年四月去世,當時蘇軾正任中書舍人,代皇帝起草了這篇制誥。從文學史上看,北宋元祐時期,詩文革新思潮已經取得明顯的效果。在文體方面,散行的古文體制更受文士們的青睞,同時其他傳統上使用駢體的文章種類如制誥,也出現明顯的散化趨勢。蘇軾這篇文章就是如此,雖然總體上還是駢文,但是以駢為主,以散為輔,流利暢達,文理自然。

敕[1]:朕式觀古初[2],灼見天命[3]。將有非常之大事,必生希世之異人[4]。使其名高一時,學貫千載[5];智足以達其道,辯足以行其言[6];瑰瑋之文,足以藻飾萬物[7];卓絕之行,足以風動四方[8]。用能於期歲之間[9],靡然變天下之俗。

具官王安石[10],少學孔、孟,晚師瞿、聃[11],囊羅六藝之遺文,斷以己意[12];糠秕百家之陳跡,作新斯人[13]。屬熙寧之有為,冠群賢而首用[14]。信任之篤,古今所無。方需功業之成,遽起山林之興[15]。浮雲何有,脫屣如遺[16]。屢爭席於漁樵,不亂群於麋鹿[17]。進退之美,雍容可觀。

朕方臨御之初[18],哀疚罔極[19]。乃眷三朝之老[20],邈在大江之南[21]。究觀規摹[22],想見風采[23]。豈謂告終之問[24],在予諒暗之中[25]。胡不百年,為之一涕。於戲[26]!死生用舍之際,孰能違天?贈賻哀榮之文[27],豈不在我!寵以師臣之位[28],蔚為儒者之光。庶幾有知,服我休命[29]。

注釋

〔1〕敕:詔敕,即皇帝頒發的命令、文告。一種特殊的宮廷

應用文體。

　　〔2〕朕：這裡是皇帝的自稱。從秦始皇開始，此詞專用做皇帝的自稱。

　　〔3〕灼見：明明白白地看見。

　　〔4〕「將有非常之大事」二句：稱頌王安石功業超凡，才學超群。《漢書・司馬相如傳》：「蓋世必有非常之人，然後有非常之事；有非常之事，然後有非常之功。非常者，固常人之所異也。」

　　〔5〕「使其名高一時」二句：稱頌王安石的聲名與學問。陳襄《與兩浙安撫陳舍人薦士書》：「有舒州通判王安石者，才性賢明，篤於古學，文辭政事，已著聞於時。」

　　〔6〕辯足以行其言：稱頌王安石能言善辯。這與史書的記載相符合，並非溢美之辭。《宋史・王安石傳》：「安石議論奇高，能以辯博濟其説。」

　　〔7〕「瑰瑋之文」二句：稱頌王安石文筆精妙傳神，奇特超卓。此點史書也有記載。《宋史・王安石傳》：「其屬文動筆如飛，初若不經意，既成，見者皆服其精妙。」

　　〔8〕「卓絕之行」二句：稱頌王安石的人品道德，也符合實際。《麟台故事》載文彥博語：「安石恬然自守，未易多得。」林鼎《臨川王文公集序》：「其行卓，其志堅，超越富貴之外，無一毫利欲之泊，少壯至老死如一。」風動，影響、帶動。

　　〔9〕期歲之間：一周年的時間，這裡指熙寧二年（1069年）王安石推行新法一事。

　　〔10〕具官：唐宋以後，在公文信函或其他應酬文字的底稿之上，常把應寫明的官爵品級簡寫成「具官」二字。

　　〔11〕瞿（ㄑㄩ）：瞿曇（ㄊㄢˊ），梵文譯音，佛教創始人釋迦牟尼的姓。這裡指代釋迦牟尼及佛教。　聃：老聃，即道家創始

人老子。

　　〔12〕「罔羅六藝之遺文」二句：指王安石為經義作《三經新義》之事。《宋史·王安石傳》：「安石傳經義，出己意，辯論輒數百言，眾不能詘。甚者謂『天變不足畏，祖宗不足法，人言不足恤』。」六藝，指六種儒家經典，即《詩》、《書》、《禮》、《易》、《樂》、《春秋》。

　　〔13〕「糠秕百家之陳跡」二句：記述王安石批判百家解經之舊說，自出己意，用新的解釋來教民化世。《宋史·王安石傳》稱：「訓釋《詩》、《書》、《周禮》，既成，頒之學宮，天下號曰『新義』……一時學者，無敢不傳習，主司純用以取士，士莫得自名一說。先儒傳注，一切廢不用。」

　　〔14〕「屬熙寧之有為」二句：客觀記述王安石變法一事，沒有明確的褒貶。《宋史·王安石傳》：「（神宗）甫即位，命知江寧府。數月，召為翰林學士兼侍講。熙寧元年四月，始造朝。」「二年二月，拜參知政事。」「於是設制置三司條例司，命與知樞密院事陳升之同領之。安石令其黨呂惠卿任其事。而農田水利、青苗、均輸、保甲、免役、市場、保馬、方田諸役相繼並興，號為新法，遣提舉官四十餘輩，頒行天下。」

　　〔15〕「方需功業之成」二句：委婉含蓄地記述王安石在推行新法時受到阻礙，兩次罷相，由此生出歸隱之念，退居江寧十年等事。

　　〔16〕「浮雲何有」二句：稱頌王安石輕視富貴，不貪官位，對待罷相就像丟棄鞋子一樣，人品確實高潔。但作者以典故出之，又自然妥帖。《論語·述而》：「不義而富且貴，於我如浮雲。」《淮南子·主術》：「堯舉天下而傳之舜，猶卻行而脫屣也。」

　　〔17〕「屢爭席於漁樵」二句：稱頌王安石安於隱居，與世無

爭的恬淡生活與閒適心態。

〔18〕臨御之初：以哲宗皇帝的口吻說話，意思是剛開始即位。

〔19〕哀疚：哀痛愧疚。　罔極：無盡。

〔20〕三朝之老：指王安石歷仕仁宗、英宗、神宗三朝，所以說是三朝元老。

〔21〕大江之南：指王安石罷相後隱居之所，即長江之南的金陵（今江蘇南京）。

〔22〕究觀規摹：探究觀察您經國濟世的策略。

〔23〕風采：風度與儀態。

〔24〕告終之問：去世的信息。問，同「聞」，信、消息。

〔25〕諒暗：天子居喪之意。

〔26〕於戲：嘆詞，同「嗚呼」。

〔27〕贈賻（ㄈㄨˋ）哀榮之文：贈賻，贈送治喪之物。哀榮之文，褒揚死者之文。

〔28〕師臣：身為帝王老師的臣子，即太傅。

〔29〕服我休命：接受我這美好的詔命。服，承受、接受。休命，好的詔命。

新評

關於本文的傾向，歷來有不同看法。有人說：「此雖褒詞，然其言皆有微意。」（見郎曄《經進東坡文集事略》）又有人說：「此皆蘇子由衷之言。」（蔡尚翔《王荊公年譜考略》卷二十四）應該說兩者各有偏頗。其實，蘇軾對王安石的評價十分客觀，一方面對其才學、人品、道德、文章是充分肯定的，所以文中多有稱頌；另一方面，他對王安石的變法革新事業既不完全肯定，也不全盤否定，雖有不同意見，但又不是一概抹煞。因此，文中只是客觀評述，並

沒有明顯的褒貶，這是蘇軾對王安石變法的一貫態度。

❀ 文與可畫篔簹谷偃竹記

題解

本文作於元豐二年（1079 年）七月七日。文與可即文同，字
與可，蘇軾的從表兄，自號笑笑先生，世稱石室先生，梓州永泰（今
四川鹽亭東）人。又因曾任湖州知州，所以世稱文湖州。他是北
宋著名畫家，「文湖州竹派」的創始人。篔簹（ㄩㄣˊ　ㄉㄤ）
谷在洋州（今陝西洋縣），篔簹原本是大竹之名。關於本文的寫
作因由，文中有交代：蘇軾在晾曬書畫時，發現文與可（已亡故）
生前送給自己的一幅《篔簹谷偃竹圖》，見物生情，就寫了這篇
雜記。

　　竹之始生，一寸之萌[1]，而節葉具焉。自蜩腹蛇蚹[2]，以
至於劍拔十尋者[3]，生而有之也[4]。今畫者乃節節而為之，葉葉
而累之[5]，豈復有竹乎[6]？故畫竹，必先得成竹於胸中，執筆熟
視[7]，乃見其所欲畫者，急起從之[8]，振筆直遂[9]，以追其所見，
如兔起鶻落[10]，少縱則逝矣[11]。與可之教予如此。予不能然也，
而心識其所以然。夫既心識其所以然而不能然者，內外不一，心
手不相應，不學之過也。故凡有見於中而操之不熟者[12]，平居自
視了然，而臨事忽焉喪之，豈獨竹乎？子由為《墨竹賦》以遺與
可曰[13]：「庖丁，解牛者也，而養生者取之[14]；輪扁，斲輪者也，
而讀書者與之[15]。今夫夫子之托於斯竹也[16]，而予以為有道者
則非耶？」子由未嘗畫也，故得其意而已。若予者，豈獨得其意，

並得其法。

與可畫竹，初不自貴重。四方之人，持縑、素而請者[17]，足相躡於其門[18]。與可厭之，投諸地而罵曰：「吾將以為襪！」士大夫傳之，以為口實[19]。及與可自洋州還，而余為徐州[20]。與可以書遺餘曰：「近語士大夫，吾墨竹一派，近在彭城[21]，可往求之。襪材當萃於子矣[22]。」書尾復寫一詩，其略曰：「擬將一段鵝溪絹[23]，掃取寒梢萬尺長[24]。」予謂與可：「竹長萬尺，當用絹二百五十匹[25]，知公倦於筆硯，願得此絹而已！」與可無以答，則曰：「吾言妄矣，世豈有萬尺竹哉？」余因而實之[26]，答其詩曰：「世間亦有千尋竹，月落庭空影許長。」與可笑曰：「蘇子辯矣[27]，然二百五十匹絹，吾將買田而歸老焉。」因以所畫《篔簹(ㄩㄣ／ㄉㄤ)谷偃竹》遺予曰：「此竹數尺耳，而有萬尺之勢。」篔簹谷在洋州，與可嘗令予作《洋州三十詠》，《篔簹谷》其一也。予詩云：「漢川修竹賤如蓬[28]，斤斧何曾赦籜龍[29]。料得清貧饞太守[30]，渭濱千畝在胸中[31]。」與可是日與其妻遊谷中，燒筍晚食，發函得詩，失笑噴飯滿案[32]。

元豐二年正月二十日，與可沒於陳州[33]。是歲七月七日，予在湖州曝書畫[34]，見此竹，廢卷而哭失聲[35]。昔曹孟德祭橋公文，有車過腹痛之語[36]，而餘亦載與可疇昔戲笑之言者[37]，以見與可於予親厚無間如此也。

注釋

〔1〕萌：嫩芽。

〔2〕蜩腹蛇蚹：用比喻之法描寫竹子。蜩腹，蟬後腹上的橫紋。蚹，蛇皮上的橫鱗。這裡是指蛇腹下的橫鱗，它們可以代足爬行。竹筍表面緊包著一層一層的筍殼，與蜩腹蛇蚹形狀相似，所以用來

比喻竹子。

　〔3〕劍拔：指竹生長速度快，並且挺拔有力。

　〔4〕生而有之：從生出來就有的東西，即自然生長的結果。

　〔5〕乃節節而為之，葉葉而累之：一節一節地勾畫，一葉一葉地添加。累，添加、堆砌。

　〔6〕豈復有竹乎：怎麼能畫出竹子的真正意味和神韻呢？米芾《畫史》：「子瞻作墨竹，從地一直起至頂。余問何不逐節分？曰：『竹生時何嘗逐節生？』運思清拔，出於文同與可，自謂與文拈一瓣香（意思是師承其法）。」

　〔7〕熟視：細看、認真觀察。

　〔8〕從：追隨、捕捉。

　〔9〕振筆直遂：揮筆徑直去畫，一氣呵成。

　〔10〕兔起鶻落：兔子躍起，鷹隼疾落，極為迅捷。

　〔11〕少縱則逝：稍稍放鬆，便馬上消失。

　〔12〕中：心中、內心。

　〔13〕遺（ㄨㄟˋ）：贈送。

　〔14〕「庖丁」三句：庖丁解牛時，順著牛的筋骨脈絡與結構，既快又不使刀受損，遊刃有餘，十分自如。文惠王看了以後，從中悟出了養生之道，見《莊子·養生主》。庖丁，廚工的名字。

　〔15〕「輪扁」三句：說的是齊桓公在堂上讀書時，輪扁從堂下經過，他對桓公說：砍木作輪，下手慢，輪子就太鬆太滑，不結實；太快了，輪子便滯澀不好插進去。必須恰到好處，既不快，又不慢。而這火候、速度雖然內心清楚，卻沒法說清楚。即使父子間口頭傳授也不行，所以古人之道無法傳下來。書傳沒用，它只不過是古人留下的糟粕。齊桓公贊同他的說法。莊子借這個故事來說明物性即道不可言傳，見《莊子·天道》。輪扁，匠人的名字。讀書者，

指齊桓公。

〔16〕夫子：指文與可。

〔17〕縑、素：都是絲織品。白色的叫素，黃色的叫縑。

〔18〕足相躡：腳踩著腳，形容到文與可這裡求畫的人多。

〔19〕口實：話柄。

〔20〕「及與可自洋州還」二句：文同於熙寧八年（1075年）知洋州，十年（1079年）由洋州回到京城（今河南開封），蘇軾於熙寧十年（1077年）四月知徐州。

〔21〕彭城：即徐州。

〔22〕襪材：做襪子的材料，指求畫的縑、素。

〔23〕鵝溪：地名，在今四川省鹽亭縣西北，出產名貴的「鵝溪絹」，當時常用來作畫。

〔24〕掃取寒梢：指畫竹。掃取，畫。寒梢，指竹。

〔25〕二百五十匹：古時一匹是四十尺，二百五十匹的長度是一萬尺。

〔26〕實之：當真實的東西。

〔29〕辯：能說會道，善於言辭。

〔28〕漢川：漢水，這裡指洋州，因為洋州在漢水上游。

〔29〕籜（ㄊㄨㄛˋ）龍：竹筍。

〔30〕太守：指當時任洋州知府的文與可。

〔31〕渭濱千畝在胸中：這是玩笑話，一是說渭水之上的千畝竹子被文與可吃了；一是說文與可「成竹在胸」，讚美他繪畫時的創作方法，所以是雙關語。《史記·貨殖列傳》有「渭川千畝竹」語，這裡是借渭濱指代洋州。

〔32〕失笑：禁不住笑出聲來。

〔33〕陳州：州名，治所在今河南淮陽。

〔34〕湖州：今浙江吳興，蘇軾於元豐二年（1079 年）由徐州改知湖州。

〔35〕廢卷：放下畫卷。

〔36〕「昔曹孟德祭橋公」二句：《三國志‧魏書‧武帝紀》中載，曹操年輕時「任俠放蕩，不治行業」，但是睢陽（今河南商丘）人橋玄卻稱他為「命世之才」，曹操因此而名聲大振。建安七年（202 年），曹操遣使祭橋玄說：「承從容約誓之言：『殂逝之後，路有經由，不以斗酒隻雞過相沃酹，車過三步，腹痛勿怪。』雖臨時戲笑之言，非至親之篤好，胡肯為此辭乎？」

〔37〕疇昔：從前。

新評

本文以畫為線索，敘述作者和文與可的深摯友誼及睹物思人的悲痛。但本文的精彩處，不在於再現文與可的音容笑貌及二人的深厚友誼，主要在於對文與可繪畫經驗的總結和作者自己的創作體會，具體而言就是：優秀作品的創作過程是作者從了然於心（必先得成竹於胸中）到了然於手（心手相應），並且要及時把握住稍縱即逝的靈感，還要注意以少總多（「咫尺萬里」）等問題，充分反映出作者獨特而又帶有普遍性的文藝創作觀。

❀ 遊定惠院

題解

本文作於元豐七年（1084 年）三月初的上巳日。當時蘇軾貶居黃州（今湖北黃岡），上巳日同幾位好友攜酒出遊，飲酒作詩，

盡興而歸，應徐大正之請寫下這篇遊記。定惠院為佛寺名，在黃
州城外東南。蘇軾初到黃州時，曾寓居於此，以後又多次到這裡
遊賞。

　　黃州定惠院東小山上，有海棠一株，特繁茂。每歲盛開，必
攜客置酒，已五醉其下矣。今年復與參寥師及二三子訪焉[1]，則
園已易主。主雖市井人[2]，然以予故，稍加培治。山上多老枳木
[3]，性瘦韌，筋脈呈露，如老人項頸。花白而圓，如大珠累累，
香色皆不凡。此木不為人所喜，稍稍伐去，以予故亦得不伐。既
飲，往憩於尚氏之第。尚氏亦市井人也，而居處修潔，如吳越間
人，竹林花圃皆可喜。醉臥小板閣上，稍醒，聞坐客崔成老彈雷
氏琴[4]，作悲風曉月，錚錚然，意非人間也。晚乃步出城東，鬻
大木盆[5]，意者謂可以注清泉，瀹瓜李，遂夤緣小溝[6]，入何氏、
韓氏竹園[7]。時何氏方作堂竹間，既辟地矣，遂置酒竹陰下。有
劉唐年主簿者，饋油煎餌，其名為甚酥[8]，味極美。客尚欲飲，
而予忽興盡，乃徑歸。道過何氏小圃，乞其叢橘，移種雪堂之西。
坐客徐君得之將適閩中[9]，以後會未可期，請予記之，為異日拊
掌[10]。時參寥獨不飲，以棗湯代之。

注釋

〔1〕參寥師：僧參寥，本姓何，又稱參寥子，名曇(ㄊㄢˊ)
潛，錢塘（今浙江杭州）人。蘇軾當年通判杭州之時與他交遊，並
為他更名道潛，後號參寥子。蘇軾謫居黃州之時，他專程來探訪，
並留住了一年。師，是對僧人的尊稱。崇寧末年，參寥子歸老江湖，
賜號妙總大師。蘇軾《〈參寥泉銘〉序》中寫道：「余謫黃州，參
寥子不遠數千里從余於東坡，留期年，嘗與同游武昌之西山，夢相

與賦詩,有寒食清明、石泉槐火之句。」二三子:其他二三人,這裡指同遊的徐大正等人。

〔2〕市井人:指普通的老百姓。

〔3〕枳(ㄓˇ):植物名,指灌木或小喬木。亦稱「枸橘」,莖上有刺,果實可入藥。

〔4〕崔成老:善琴之士。 雷氏琴:蘇軾題跋有《家藏雷琴》一篇,並說琴上有「雷家記」字樣。文中說:「其嶽不容指,而弦不,此最琴之妙,而雷琴獨然。求其法不可得,乃破其所藏雷琴求之。琴聲出於兩池間,其背微隆,若薤葉然,聲欲出而隘,徘徊不去,乃有餘韻,此最不傳之妙。」

〔5〕鬻(ㄩˋ):本義是「賣」,這裡作「買」。

〔6〕夤(ㄧㄣˊ)緣:循沿、沿著。

〔7〕何氏、韓氏:指黃州人何聖可、韓毅甫。

〔8〕為甚酥:一種油煎餅,由蘇軾自己命名。蘇軾有《劉監倉家煎米粉作餅子,余云「為甚酥」……》詩。另外,宋周紫芝《竹坡詩話》中說:「東坡在黃州時,嘗赴何秀才會,食油果甚酥。因問主人此名為何,主人對以無名。東坡又問為甚酥,坐客皆曰:『是可以為名矣。』又潘長官以東坡不能飲,每為設醴。坡笑曰:『此必錯煮水也。』他日忽思油果,作詩求之云:『野飲花前百事無,腰間惟繫一葫蘆。已傾潘子錯煮水,更覓君家為甚酥。』」

〔9〕徐君得之:徐大正,字得之,黃州知州徐大受(君猷)之弟,與蘇軾為友。

〔10〕拊(ㄈㄨˇ)掌:拍手,表示歡樂。

新評

文中描述自己與幾位友人的遊賞之樂,敘事、寫景、抒情相融

為一。以清淡雅潔之筆，勾勒出清新雋永而又悠閒超俗的意境，頗具詩情畫意，特別耐人尋味。

✿ 與言上人

題解

本文作於元豐三年（1080年）七月。言上人，即蘇軾在湖州時的友人釋法言。當時蘇軾因「烏台詩案」謫居黃州，這是他給法言的信。

去歲吳興倉卒為別〔1〕，至今耿耿〔2〕。謫居窮陋〔3〕，往還斷盡〔4〕。遠辱不遺〔5〕，尺書見及〔6〕，感怍殊深〔7〕。比日法體佳勝〔8〕，筆翰愈精健〔9〕，詩必稱是〔10〕，不蒙見示，何也？雪齋清境，發於夢想，此間但有荒山大江，修竹古木，每飲村酒，醉後曳杖放腳〔11〕，不知遠近，亦曠然天真〔12〕，與武林舊遊〔13〕，未易議優劣也〔14〕。何時會合一笑〔15〕，惟萬萬自愛〔16〕。

注釋

〔1〕「去歲」句：指元豐二年（1079年）七月，蘇軾因「烏台詩案」被捕及送御史台獄之事。倉卒，倉猝，匆匆忙忙。

〔2〕耿耿：有心事，心中不安之狀。

〔3〕謫居：謫居、貶居。

〔4〕往還斷盡：和親戚朋友之間的來往全都斷了。

〔5〕遠辱不遺：承蒙您離得很遠卻沒有把我忘掉。辱，謙辭，承蒙。

〔6〕尺書見及:您寄來的信已經收到了。尺書,指信。

〔7〕怍(ㄗㄨㄛˋ):慚愧。

〔8〕比日:近日。法體:對僧人身體的尊稱,這裡指法言的身體狀況。

〔9〕箚翰:書信。

〔10〕詩必稱是:您的詩作也一定好。

〔11〕曳(一ㄝˋ)杖:拖著拐杖。

〔12〕曠然天真:形容心胸開闊,真率自然,無拘無束的樣子。

〔13〕武林:指杭州。　舊遊:老朋友。

〔14〕未易議優劣:不容易分辨出誰優誰劣。

〔15〕會合:指相見。

〔16〕自愛:自己珍重。

新評

這封寫給好友法言的信,雖然是描述自己的貶謫生活,但卻寫得輕鬆悠閒,充滿「曠然天真」之趣。充分展現了蘇軾面對挫折及不幸遭際時的達觀心態。其中對黃州環境、景色的描寫別有意味。

❀ 書臨皋亭

題解

元豐三年(1080 年)五月,蘇軾移居臨皋亭,此亭在今湖北黃岡市南的長江邊上。

東坡居士酒醉飯飽,倚於幾上,白雲左繞,清江右洄[1],重

門洞開，林巒坌入〔2〕。當是時，若有思而無所思，以受萬物之備，慚愧〔3〕！慚愧！

注釋

〔1〕清江右洄：清澈的江（長江）水在右邊迴旋而流。

〔2〕林巒：樹林和山巒。　坌（ㄅㄣˋ）入：一起湧來。

〔3〕慚愧：難得，這裡是欣喜、幸運的意思。

新評

這篇短文即人即景，既生動地描繪出臨皋亭周圍的景色，又顯示出自己超然曠達之襟懷，情景交融，意趣盎然。

❀ 記承天寺夜遊

題解

本文作於蘇軾貶官黃州（今湖北黃岡）時期，主要敘述的是夜遊承天寺的情景。承天寺，故址在今湖北省黃岡市南。

元豐六年十月十二日夜〔1〕，解衣欲睡，月色入戶，欣然起行。念無與為樂者，遂至承天寺，尋張懷民〔2〕。懷民亦未寢，相與步於中庭。庭下如積水空明，水中藻、荇交橫〔3〕，蓋竹柏影也。何夜無月？何處無竹柏？但少閒人如吾兩人者耳〔4〕。

注釋

〔1〕元豐六年：西元 1083 年。這時蘇軾已貶居黃州四年。

〔2〕張懷民：張夢得，清河（今屬河北）人，當時也被貶到黃州。

〔3〕藻：水藻。荇（ㄒㄧㄥˋ）：荇菜，一種水生植物，根生水裡，葉子浮在水面。

〔4〕閒人：這裡指沒有官職的自由閒散之人。

新評

作者在文中截取與張懷民月下漫步寺庭這一片斷，略略幾筆就充滿了詩情畫意，描繪出一種明淨清幽的境界，將自己寧靜恬適的心境充分展示了出來。言簡而意深，字少而境美。

❀ 書上元夜遊

題解

本文作於哲宗元符二年己卯（1099 年），當時蘇軾在海南儋州（治所在今海南儋州縣）貶所。這篇小品在《東坡志林》中題為《儋耳夜書》。

己卯上元，予在儋州，有老書生數人來過，曰：「良月嘉夜，先生能一出乎？」予欣然從之。步城西，入僧舍，歷小巷，民夷雜揉〔1〕，屠沽紛然。歸舍已三鼓矣。舍中掩關熟睡，已再鼾矣。放杖而笑，孰為得失？過問先生何笑〔2〕，蓋自笑也。然亦笑韓退之釣魚無得，更欲遠去，不知走海者未必得大魚也。

注釋

〔1〕民：人民、百姓，這裡指漢族百姓。　夷：指當地少數民族。

〔2〕過：蘇軾的幼子，字叔黨。蘇軾被貶海南之時，由蘇過隨侍。

新評

文章透過描寫月夜出遊的一個生活片段，一方面展現出儋州小城上元之夜的繁華景象和淳樸的民風民俗，以及作者與當地人民的交往與情誼；另一方面又從月夜出遊中表現出作者悠然閒適的心境。特別是文章中再現出來的夜晚生活情狀，尤為動人。

在那明月皎潔的上元夜，應幾位老書生之邀，作者「欣然」出遊；城西的風光與僧舍的景物，小巷的民情與熙熙攘攘的生意人……凡此種種真讓人留連忘返。回到家中，天已三更，兒子此時已經掩門熟睡。不用多說，東坡此時雖然謫居天涯海角，但是生活環境十分和諧，心境也十分安閒恬靜。

❀ 答謝民師書

題解

本文作於宋哲宗元符三年（1100 年），又題作《與謝民師推官書》。謝民師，名舉廉，字民師，新淦（今江西新幹）人，元豐八年（1085 年）進士，頗有詩名，與叔父謝懋、謝岐，弟謝世充同榜登第，時稱「四謝」。元符三年（1100 年），謝民師在廣東做幕僚，正巧遇蘇軾自海南遇赦北還，六月過海，十月至廣州。

當時謝民師攜帶詩文謁見蘇軾，很得蘇軾的賞識。曾敏行《獨醒雜誌》卷一載：「東坡自嶺南歸，民師袖書及舊作遮謁。東坡覽之，大見稱賞，謂民師曰：『子之文，正如上等紫磨黃金，須還子十七貫五百。』遂留語終日。」

蘇軾離開廣州後，謝民師多次寫信問候。本篇是蘇軾行至廣東清遠時寫給謝民師的第二封信。

軾啟：近奉違，亟辱問訊，具審起居佳勝[1]，感慰深矣。軾受性剛簡[2]，學迂材下，坐廢累年[3]，不敢復齒縉紳[4]。自還海北[5]，見平生親舊，惘然如隔世人，況與左右無一日之雅[6]，而敢求交乎？數賜見臨，傾蓋如故[7]，幸甚過望，不可言也。

所示書教及詩賦雜文[8]，觀之熟矣。大略如行雲流水，初無定質[9]，但常行於所當行，常止於所不可不止，文理自然，姿態橫生。孔子曰：「言之不文，行而不遠[10]。」又曰：「辭達而已矣[11]。」夫言止於達意，即疑若不文[12]，是大不然。求物之妙，如繫風捕影[13]；能使是物了然於心者，蓋千萬人而不一遇也，而況能使了然於口與手者乎！是之謂辭達。辭至於能達，則文不可勝用矣[14]。揚雄好為艱深之辭[15]，以文淺易之說[16]；若正言之[17]，則人人知之矣。此正所謂「雕蟲篆刻」者[18]，其《太玄》、《法言》皆是類也[19]，而獨悔於賦[20]，何哉？終身雕蟲而獨變其音節[21]，便謂之「經」[22]，可乎？屈原作《離騷經》[23]，蓋風、雅之再變者[24]，雖與日月爭光可也，可以其似賦而謂之「雕蟲」乎？使賈誼見孔子[25]，升堂有餘矣[26]；而乃以賦鄙之[27]，至與司馬相如同科[28]。雄之陋[29]，如此比者甚眾[30]。可與知者道，難與俗人言也[31]，因論文偶及之耳。歐陽文忠公言文章如精金美玉[32]，市有定價，非人所能以口舌定貴賤也。紛紛多言，

豈能有益於左右，愧悚不已〔33〕。

所須惠力法雨堂字〔34〕，軾本不善作大字，強作終不佳，又舟中局迫難寫，未能如教。然軾方過臨江〔35〕，當往遊焉。或僧欲有所記錄，當作數句留院中，慰左右念親之意。今日已至峽山寺〔36〕，少留即去。愈遠，惟萬萬以時自愛。不宣。

注釋

〔1〕「近奉違」三句：奉違，離別。奉，表示尊敬的用語。亟（ㄐㄧˊ），屢次。辱，表示客氣的謙詞，意思是承蒙。問訊，寫信問候。具審，完全瞭解。

〔2〕受性剛簡：秉性剛直簡慢。

〔3〕坐廢累年：因事被貶職好多年。

〔4〕復齒縉紳：再排列在官僚士大夫的行列。齒，列。縉紳，原指古代官員的裝束，這裡指代官員。

〔5〕還海北：渡海回到北方。宋哲宗元符三年（1100年），蘇軾在儋耳（今海南儋州市）遇赦後，渡海北還。海，南海。

〔6〕左右：對人的敬稱，意同「您」。這裡指謝民師。　雅：素常，指舊交情。

〔9〕傾蓋如故：一見如故。傾蓋，古時兩個人乘車在途中相遇對話，對方的車蓋相依並下傾，所以說「傾蓋」。

〔8〕書教：官場應用之文，主要是書啟、諭告等。

〔9〕初無定質：本來沒有固定的體式。

〔10〕言之不文，行而不遠：強調文采的作用。語言沒有文采，傳播就不會久遠，語見《左傳·襄公二十五年》。「不文」原作「無文」。

〔11〕辭達而已矣：文辭只要能夠準確達意就夠了。

〔12〕疑若不文：懷疑不需要文采。

〔13〕求物之妙，如繫風捕影：探求事物的微妙就像拴住風，捉住影子一樣。影，一作「景」。

〔14〕「辭至於能達」二句：意謂「辭」能夠到「達」的地步，那麼文采便用不完（用不勝用）了。

〔15〕揚雄：字子雲，西漢著名的文學家、語言學家、哲學家。

〔16〕文：文飾、掩飾。　說：內容。

〔17〕正言之：直截了當地說出來。

〔18〕雕蟲篆刻：原指蟲書、刻符兩種書體，此處的意思是雕琢字句。揚雄在《法言·吾子》篇裡說：「或問：『吾子少而好賦？』曰：『然！童子雕蟲篆刻。』俄而曰：『壯夫不為也。』」

〔19〕《太玄》、《法言》：揚雄的兩部著作，《太玄》模擬《周易》，《法言》模擬《論語》。前者談哲理，後者談政治。

〔20〕悔於賦：揚雄曾後悔作賦，認為這是小孩子的雕蟲小技，不是大丈夫應該做的事情。

〔21〕獨變其音節：指《太玄》、《法言》與揚雄之賦相比，僅僅是句法音節不同，其實都是雕蟲篆刻之作。

〔22〕便謂之「經」：便以為是「經」書，指揚雄以為自己所作的《太玄》、《法言》就是經書。

〔23〕《離騷經》：即屈原的《離騷》，被後人尊為經。

〔24〕蓋風、雅之再變者：風、雅，指《詩經》中的「國風」和「小雅」，這裡指代《詩經》。再變，說的是《離騷》與《詩經》之關係，意思是屈原的作品《離騷》繼承和發揚了《詩經》的優良傳統。

〔25〕使賈誼見孔子：假如賈誼能遇見孔子，成為孔子的弟子。賈誼，西漢文帝時著名的政論家、文學家，著有《新書》，也是大

辭賦家。

〔26〕升堂有餘：比喻治學的三種境界（入門、升堂、入室）中的一種，是一個由淺入深的漸進過程。

〔27〕以賦鄙之：因為作賦，所以輕視他，指揚雄因賈誼作過賦而貶低、輕視之。揚雄《法言·吾子》：「詩人之賦麗以則，辭人之賦麗以淫。如孔氏之門用賦也，則賈誼入堂，相如入室矣，如其不用何！」

〔28〕至與司馬相如同科：甚至於把賈誼和司馬相如等類齊觀。司馬相如，字長卿，西漢著名的辭賦家。科，品類、級別。

〔29〕陋：識見低下。

〔30〕比：類。

〔31〕「可與知者道」二句：可以跟聰明智慧的人說，很難同俗人說明白。此語見司馬遷《報任安書》。知者，同「智者」。

〔32〕歐陽文忠公：北宋時期的大文學家歐陽修，文忠是他的諡號。

〔33〕愧悚：慚愧、恐懼的意思。

〔34〕惠力：寺名，即惠力寺，在江西清江縣南。　法雨堂：惠力寺中的堂名。謝民師替該寺向蘇軾求字，要他書寫「法雨」兩字。

〔35〕臨江：指臨江軍，宋朝行政區域名稱，其地在今江西清江縣。

〔36〕峽山寺：即廣慶寺，中國古代名　之一，在今廣東清遠縣東清遠峽。

新評

信中先述交誼：蘇軾晚年連遭貶謫，歷經坎坷，飽嘗世態炎涼、

人情冷暖，不敢也不願輕易結交官府中人。故舊星散、交遊斷絕，而素無往來的謝氏，卻多次問訊、過往，情親意厚，對方的殷殷相待，使蘇軾感到「傾蓋如故」。接下來重點談論文藝，著力闡述文貴自然的主張，以及對孔子「辭達」內涵的理解和認識，即從「了然於心」到「了然於口與手」，同時對揚雄「好為艱深之辭，以文淺易之說」的雕琢之風進行了批評。信的結尾對謝民師求索墨蹟作出懇切的說明、答覆，並告訴他自己以後的行蹤。

❀ 答張文潛縣丞書

題解

本文是蘇軾給其門人張文潛的回信。張文潛，名耒，和黃庭堅、秦觀、晁補之並稱「蘇門四學士」，曾同游蘇軾之門，都是蘇軾之得意門生。這四人的詩文不僅得到蘇軾的指點，而且因為蘇軾的賞識譽揚而名聞天下。但蘇軾卻不以師長自居，而待四人如友朋。這封書信就充分表現了蘇軾樂於獎掖後進的精神。

軾頓首文潛縣丞張君足下[1]：久別思仰。到京公私紛然，未暇奉書。忽辱手教，且審起居佳勝，至慰！至慰！惠示文編，三復感歎，甚矣，君之似子由也。子由之文實勝僕，而世俗不知，乃以為不如。其為人深不願人知之，其文如其為人，故汪洋澹泊，有一唱三歎之聲，而其秀傑之氣，終不可沒。作《黃樓賦》，乃稍自振厲，若欲以警發憒憒者，而或者便謂僕代作，此尤可笑。「是殆見吾善者機也」。[2]

文字之衰，未有如今日者也。其源實出於王氏[3]。王氏之文，

未必不善也，而患在於好使人同己。自孔子不能使人同，顏淵之仁，子路之勇，不能以相移，而王氏欲以其學同天下！地之美者，同於生物，不同於所生。惟荒瘠斥鹵之地，彌望皆黃茅白葦，此則王氏之同也。

近見章子厚言[4]，先帝晚年甚患文字之陋，欲稍變取士法，特未暇耳。議者欲稍復詩賦，立《春秋》學官，甚美。僕老矣，使後生猶得見古人之大全者，正賴黃魯直、秦少游、晁無咎、陳履常與君等數人耳。如聞君作太學博士，原益勉之。「德如毛，民鮮克舉之。我儀圖之，愛莫助之」[5]。此外千萬善愛。偶飲卯酒[6]，醉。來人求書，不能復覶縷[7]。

注釋

〔1〕縣丞：官職名，即縣令的佐官。

〔2〕是殆見吾善者機也：這大概是看到了我的生機。善者機，生機。這句話引自《莊子·應帝王》，為壺子說的話。

〔3〕王氏：指王安石。

〔4〕章子厚：指當時任知樞密院事的章惇。

〔5〕「德如毛」四句：《詩經·大雅·烝民》：「人亦有言，德如毛，民鮮克舉之。我儀圖之，維仲山甫舉之，愛莫助之。」原詩作者是尹吉甫，詩的主旨是歌頌周宣王能任用仲山甫治國，使國家中興。蘇軾以尹吉甫自比，借古說今。

〔6〕卯酒：即卯時酒。卯時為清晨之時，可見蘇軾是清晨飲酒。一般人們不在此時飲酒，有「不飲卯時酒，自辰醉到酉」之說。但有時人們也不顧及這些，白居易《醉吟》：「耳底齋鐘初過後，心頭卯酒未消時。」又《卯時酒》：「未如卯時酒，神速功力倍。」

〔7〕覶（ㄌㄨㄛˊ）縷：詳細地敘述事情。

新評

　　文章分為三部分，層層深入，一環扣一環。第一部分即第一自然段，首先讚揚張耒之文，並由此引出對弟弟蘇轍之文的評價與讚美，同時也是對張耒之文的進一步評價與稱賞。第二部分是全文的中心，著重批判王安石「好使人同己」，即廢止先儒之學，以王氏經學也就是私家之學取天下士。《宋史·王安石傳》載：「初，安石訓釋《詩》、《書》、《周禮》，既成，頒之學官，天下號曰『新義』……一時學者，無敢不傳習，主司純用以取士，士莫得自名一說。先儒傳注，一切廢不用。黜《春秋》之書，不使列於學官，至戲目為『斷爛朝報』。」從實而論，王安石「欲以其學同天下」，確實有片面之弊，造成前所未有的「文字之衰」。但也不可一概否定，其發揮「新義」的創新精神也有積極因素。第三部分，即最後一段是對門生的勉勵，既包括張耒本人，又包括黃魯直、秦少游、晁無咎、陳履常，勉勵他們為復興先儒之學而努力。

❀ 《范文正公集》敍

題解

　　本文作於元祐四年（1089年）四月。當時蘇軾即將到杭州赴任，因為他此時已由翰林學士、知制誥兼侍讀學士改知杭州。范文正公即范仲淹，字希文，吳縣（今江蘇蘇州）人，謚文正，所以稱為范文正公。他曾參加「慶曆新政」，又曾帶兵守邊多年，防禦西夏，還朝後政績也很突出，同時又兼善詩文，是北宋一代名臣。

慶曆三年[1]，軾始總角入鄉校[2]，士有自京師來者，以魯人石守道所作《慶曆聖德詩》示鄉先生[3]，軾從旁竊觀，則能誦習其詞，問先生以所頌十一人者何人也[4]？先生曰：「童子何用知之？」軾曰：「此天人也耶，則不敢知；若亦人耳，何為其不可？」先生奇軾言，盡以告之，且曰：「韓、范、富、歐陽[5]，此四人者，人傑也！」時雖未盡了，則已私識之矣。

嘉祐二年[6]，始舉進士，至京師，則范公沒；既葬，而墓碑出[7]，讀之至流涕，曰：「吾得其為人，蓋十有五年[8]，而不一見其面，豈非命歟！」是歲登第[9]，始見知於歐陽公，因公以識韓、富，皆以國士待軾[10]，曰：「恨子不識范文正公。」其後三年，過許，始識公之仲子今丞相堯夫[11]。又六年，始見其叔彝叟京師[12]。又十一年，遂與其季德孺同僚於徐[13]，皆一見如舊，且以公遺稿見屬為敘。又十三年，乃克為之。

嗚呼！公之功德蓋不待文而顯，其文亦不待敘而傳。然不敢辭者，以八歲知敬愛公，今四十七年矣。彼三傑者皆得從之遊，而公獨不識，以為平生之恨；若獲掛名其文字中，以自托於門下士之末，豈非疇昔之願也哉！

古之君子，如伊尹、太公、管仲、樂毅之流[14]，其王霸之略[15]，皆素定於畎畝中，非仕而後學者也。淮陰侯見高帝於漢中[16]，論劉項短長，畫取三秦[17]，如指諸掌，及佐帝定天下，漢中之言，無一不酬者；諸葛孔明臥草廬中[18]，與先主論曹操[19]、孫權，規取劉璋，因蜀之資，以爭天下，終身不易其言。此豈口傳耳受，嘗試為之，而僥倖其或成者哉？公在天聖中[20]，居太夫人憂，則已有憂天下致太平之意，故為萬言書以遺宰相，天下傳誦。至用為將[21]，擢為執政[22]，考其平生所為，無出此書者。今其集二十卷，為詩賦二百六十八，為文一百六十五，其於仁義

禮樂、忠信孝悌〔23〕，蓋如饑渴之於飲食，欲須臾忘而不可得；如火之熱，如水之濕，蓋其天性有不得不然者。雖弄翰戲語，率然而作，必歸於此。故天下信其誠，爭師尊之。孔子曰：「有德者必有言〔24〕。」非有言也，德之發於口者也。又曰：「我戰則克，祭則受福〔25〕。」非能戰也，德之見於怒者也。

注釋

〔1〕慶曆三年：西元 1043 年。慶曆，宋仁宗趙禎的年號（1041年—1048 年）。

〔2〕總角：指代童年。《禮記·內則》：「男女未冠笄者，雞初鳴，咸盥漱櫛縰，拂髦總角。」鄭玄注：「總角，以髮結之。」角，小髻。陶淵明《榮木》詩序：「總角聞道，白首無成。」 鄉校：鄉間學校，此處指小學。

〔3〕石守道：石介，字守道。其《慶曆聖德詩》很有名，主要頌揚主張「慶曆革新」的傑出人物。《宋史·石介傳》：「石介，字守道，兗州奉符人……（慶曆中）會呂夷簡罷相，夏竦既除樞密使，復奪之，以（杜）衍代。章得象、晏殊、賈昌朝、范仲淹、富弼及（韓）琦同時執政，歐陽修、余靖、王素、蔡襄並為諫官。介喜曰：『此盛事也，歌頌吾職，其可以乎！』作《慶曆聖德詩》。」

〔4〕所頌十一人：指杜衍、章得象、晏殊、賈昌朝、范仲淹、富弼、韓琦、歐陽修、余靖、王素、蔡襄這十一人。

〔5〕韓、范、富、歐陽：即韓琦、范仲淹、富弼、歐陽修。

〔6〕嘉祐二年：西元 1057 年。嘉祐，宋仁宗年號（1056年—1063 年）。

〔7〕墓碑：指歐陽修所作《資政殿學士戶部侍郎文正范公神道碑銘》。

〔8〕十有五年：從慶曆三年（1043 年）到嘉祐二年（105 年 7），時間為十五年。

〔9〕是歲登第：指仁宗嘉祐二年（1057 年）蘇軾登進士第。是歲，嘉祐二年（1057 年）。

〔10〕國士：一國中的傑出之士。

〔11〕丞相堯夫：指范仲淹的次子，名純仁。范純仁（1027 年—1101 年），字堯夫，皇祐元年（1049 年）進士，嘉祐五年（1060 年）任許州簽判，元祐中官至尚書僕射、中書侍郎。

〔12〕其叔彝叟：指范仲淹的第三子，名純禮，字彝叟。叔，排行第三，即伯、仲、叔、季中之叔。治平二年（1065 年）蘇軾罷鳳翔府簽書判官回京任職時，遇範純禮。

〔13〕其季德孺：指范仲淹的第四子范純粹，字德孺。季，排行第四。

〔14〕伊尹、太公、管仲、樂毅：中國古代四位名臣。伊尹，商朝名相。太公，即輔佐周武王伐紂滅商的呂尚，本姓姜，字子牙。管仲，齊桓公時為上卿，著名政治家。樂毅，戰國時期燕國大將。

〔15〕王霸之略：經國濟世的謀略。

〔16〕淮陰侯見高帝：淮陰侯，指漢朝名將韓信。高帝，即漢高祖劉邦。　漢中：古郡名，戰國時期楚懷王置，因在漢水中游而得名。

〔17〕三秦：今陝西省一帶，戰國時屬秦國。項羽滅秦後，三分關中，封秦將章邯為雍王，司馬欣為塞王，董翳為翟王，成雍、塞、翟三國，故稱三秦。

〔18〕諸葛孔明臥草廬中：諸葛孔明即諸葛亮，未出山前，隱居南陽草廬，劉備三顧茅廬，才打動他。

〔19〕先主：劉備。這裡說的是劉備三顧茅廬，與諸葛亮的

隆中對。諸葛亮當時建議劉備跨有荊州、益州,聯吳(孫權)抗曹(操),「天下有變,則命一上將將荊州之軍以向宛、洛,將軍身率益州之眾出於秦川,百姓孰敢不簞食壺漿以迎將軍者乎?誠如是,則霸業可成,漢室可興矣」。

〔20〕天聖:西元 1023 年 —1032 年,宋仁宗年號。

〔21〕至用為將:康定元年(1040)范仲淹為陝西經略安撫副使,慶曆三年(1043)為樞密副使。《宋史‧范仲淹傳》:「元昊反,召為天章閣待制,知永興軍,改陝西都轉運使。會夏竦為陝西經略安撫招討使,進仲淹龍圖閣學士以副之。」

〔22〕執政:參知政事,也就是副宰相。慶曆三年(1043 年)秋,范仲淹改任參知政事(副宰相)。

〔23〕孝悌:也作「孝弟」,儒家倫理觀念。《論語‧學而》:「其為人也孝弟。」宋‧朱熹注:「善事父母為孝,善事兄長為弟。」

〔24〕有德者必有言:見《論語‧憲問》。

〔25〕「我戰則克」兩句:大意是有德之人作戰就能取勝,祭祀就能得福。語見《禮記‧禮器》,唐‧孔穎達疏:「此一節論孔子述知禮之人自稱戰克、祭受福之事。」

新評

蘇軾此文先以一半以上的篇幅,由遠及近,逐漸深入,著力抒寫自己對范仲淹的欽佩與仰慕之情,情真意切;中間部分著重歌頌范仲淹的功業和美德,強調他規模先定,即在出仕之前早已學成,成功絕非僥倖;最後闡述范仲淹文集的底蘊,並且兩次引用孔子之言強調范仲淹的文武才能都是其高尚道德的自然流露。全文敘事嚴整,情文並茂。

方山子傳

題解

本文是一篇傳記體散文，作於元豐四年（1081 年），當時蘇軾在黃州。方山子即陳慥，字季常，是鳳翔知府陳希亮的兒子，蘇軾任鳳翔簽判時便與他交遊，實為好友。文章著力描寫陳季常的「異人」形象，其寫法也與通常傳記大異其趣，不是像一般傳記那樣歷述傳主的世系與生平行事，而是別開生面地精心選材，突出其前後不同的生活態度與行為方式。

方山子，光、黃間隱人也〔1〕。少時慕朱家、郭解為人〔2〕，閭里之俠皆宗之〔3〕。稍壯，折節讀書〔4〕，欲以此馳騁當世，然終不遇。晚乃遁於光、黃間，曰岐亭〔5〕。庵居蔬食，不與世相聞。棄車馬，毀冠服，徒步往來山中，人莫識也。見其所著帽，方屋而高〔6〕，曰：「此豈古方山冠之遺像乎〔7〕？」因謂之方山子。

余謫居於黃，過岐亭，適見焉〔8〕。曰：「嗚呼！此吾故人陳慥季常也，何為而在此？」方山子亦矍然問余所以至此者〔9〕。余告之故。俯而不答，仰而笑。呼余宿其家。環堵蕭然〔10〕，而妻子奴婢皆有自得之意。余既聳然異之〔11〕。獨念方山子少時，使酒好劍〔12〕，用財如糞土。前十有九年，余在岐下〔13〕，見方山子從兩騎，挾二矢，遊西山，鵲起於前，使騎逐而射之，不獲。方山子怒馬獨出〔14〕，一發得之。因與余馬上論用兵及古今成敗，自謂一世豪士。今幾日耳，精悍之色，猶見於眉間，而豈山中之人哉！

然方山子世有勳閥〔15〕，當得官，使從事於其間，今已顯聞〔16〕。而其家在洛陽，園宅壯麗，與公侯等；河北有田，歲得帛千匹，亦足以富樂。皆棄不取，獨來窮山中，此豈無得而然哉？

余聞光、黃間多異人，往往陽狂垢汙〔17〕，不可得而見。方山子儻見之與〔18〕？

注釋

〔1〕光、黃：即光州、黃州。光州治所在今河南省黃州縣，黃州治所在今湖北省黃岡縣，與光州相鄰。

〔2〕朱家、郭解：二人均為西漢遊俠，以解救危難著名。朱家，魯（今山東曲阜一帶）人，以解救危難聞名於世。郭解，字翁伯，河內軹（ㄓˇ，今河南濟源縣）人，救人性命而不圖報答，事見《史記‧遊俠列傳》。

〔3〕閭里：鄉里。宗：尊奉、崇拜。

〔4〕折節：改變以前的志向、行為。

〔5〕岐亭：宋代鎮名，在今湖北省麻城縣西南。

〔6〕方屋：方形帽頂，一作「方聳」。屋，帽頂。

〔7〕方山冠：漢代祭祀宗廟之時，樂人所戴之冠。此種冠前高七寸，後高三寸，長八寸，以五彩縐紗製做。唐、宋時是隱士們戴的帽子。

〔8〕「余謫居」三句：寫的是元豐三年（1080年）正月蘇軾在岐亭與陳季常相會之事。蘇軾在《岐亭五首敘》中寫道：「元豐三年正月，余始謫黃州，至岐亭北二十五里，山上有白馬青蓋來迎者，則余故人陳慥季常也。為留五日，賦一篇而去。」

〔9〕矍（ㄐㄩㄝˊ）然：驚奇相視之狀。

〔10〕環堵蕭然：極言居住條件簡陋，室內空空蕩蕩。堵，牆壁。

〔11〕聳然異之：聳然，驚訝之狀。異之，感覺他很奇怪。

〔12〕使酒：飲酒後使性放縱。

〔13〕岐下：指鳳翔府，治所在今陝西鳳翔縣，因為岐山在其境內，故稱岐下。嘉祐七年（1062年），蘇軾任鳳翔府簽判時，陳希亮（陳慥之父）任鳳翔府的知府，蘇軾與陳慥相互交往。

〔14〕怒馬：策馬狂奔。

〔15〕勳閥：功臣的門第。

〔16〕顯聞：名聲顯著。

〔17〕陽狂垢汙：假裝瘋癲，並有意給自己塗抹污垢。陽，同「佯」。

〔18〕儻：或許、也許。　與：同「歟」，疑問詞。

新評

文中先概述陳季常少年、壯年、晚年各個時期的為人、取號方山子的原因，以及兩人的岐亭相遇；然後採取對比之法，突出表現其「異人」特徵：一是透過陳季常早年一身俠氣，豪邁雄放的氣概與其晚年安於隱居，心地恬淡相對比，突出其俠士與隱士集於一身的奇異生活與行為方式；二是透過其功臣門第、萬貫家私與其獨居窮山、甘於貧困的生活進行對比，突出他的隱居，既不同於一般樂山樂水的閒士之隱，也不同於一般仕途失意的士大夫之隱，所以更為奇異。那麼，陳季常為什麼會有如此奇異的生活與行為呢？作者因為剛以詩文被禍，不敢直言，怕其有悖於時，所以隱約其辭，在結尾處委婉地說：「余聞光、黃間多異人，往往陽狂垢汙。」雖不直言，但卻借「余聞」暗示出天機：原來陳季常的奇異之舉是「陽狂垢汙」，以不同尋常的行為方式掩飾、壓抑胸中的憤激與矛盾，是一種矛盾心態的曲折表現。其實，這也折射出蘇軾當時的心態。

❀ 前赤壁賦

題解

宋神宗元豐三年（1080 年），蘇軾被貶為黃州團練副使。元豐五年（1082 年），他先後兩次遊覽黃州城外的赤壁（赤鼻磯），寫下兩篇賦。前一篇人們稱做《前赤壁賦》，後一篇人們稱為《後赤壁賦》。《前赤壁賦》寫於元豐五年（1082 年）七月。文章寫景、抒情、議論結合，詩情、畫意、哲理兼備，充分表現出作者獨特的生命意識和曠達樂觀的人生態度。

　　壬戌之秋[1]，七月既望[2]，蘇子與客泛舟遊於赤壁之下[3]。清風徐來，水波不興[4]。舉酒屬客[5]，誦明月之詩[6]，歌窈窕之章[7]。少焉[8]，月出於東山之上，徘徊於斗牛之間[9]。白露橫江，水光接天。縱一葦之所如[10]，淩萬頃之茫然[11]。浩浩乎如馮虛御風[12]，而不知其所止；飄飄乎如遺世獨立[13]，羽化而登仙[14]。

　　於是飲酒樂甚，扣舷而歌之[15]。歌曰：「桂棹兮蘭槳，擊空明兮溯流光。渺渺兮予懷[16]，望美人兮天一方[17]。」客有吹洞簫者，倚歌而和之[18]。其聲嗚嗚然，如怨如慕，如泣如訴；餘音嫋嫋[19]，不絕如縷[20]。舞幽壑之潛蛟[21]，泣孤舟之嫠婦[22]。

　　蘇子愀然，正襟危坐而問客曰：「何為其然也？」客曰：「『月明星稀，烏鵲南飛』[23]，此非曹孟德之詩乎？西望夏口[24]，東望武昌；山川相繆，鬱乎蒼蒼[25]，此非孟德之困於周郎者乎[26]？方其破荊州，下江陵，順流而東也，舳艫千里[27]，旌旗蔽空；釃酒臨江[28]，橫槊賦詩；固一世之雄也，而今安在哉[29]！況吾與子漁樵於江渚之上[30]，侶魚蝦而友麋鹿；駕一葉之扁舟，舉匏樽

以相屬〔31〕；寄蜉蝣於天地，渺滄海之一粟；哀吾生之須臾〔32〕，羨長江之無窮；挾飛仙以遨遊，抱明月而長終。知不可乎驟得，托遺響於悲風〔33〕。」

蘇子曰：「客亦知夫水與月乎？逝者如斯〔34〕，而未嘗往也；盈虛者如彼，而卒莫消長也。蓋將自其變者而觀之，則天地曾不能以一瞬；自其不變者而觀之，則物與我皆無盡也，而又何羨乎？且夫天地之間〔35〕，物各有主；苟非吾之所有〔36〕，雖一毫而莫取；惟江上之清風，與山間之明月，耳得之而為聲，目遇之而成色；取之無禁，用之不竭；是造物者之無盡藏也〔37〕，而吾與子之所共適〔38〕。」

客喜而笑，洗盞更酌。肴核既盡，杯盤狼藉〔39〕。相與枕藉乎舟中，不知東方之既白〔40〕。

注釋

〔1〕壬戌：宋神宗元豐五年（1082 年）。

〔2〕既望：陰曆每月的十六日。望，指陰曆十五日。

〔3〕蘇子：蘇軾自稱。

〔4〕興：起、動。

〔5〕屬客：勸客，斟酒給客人喝。

〔6〕明月之詩：指《詩經·陳風》中《月出》一詩。

〔7〕窈窕：《詩經·陳風·月出》詩中「月出皎兮」那一章，這一章中有「舒窈糾兮」的句子。窈糾，即窈窕。

〔8〕少焉：片刻，不一會兒。

〔9〕斗牛：斗宿和牛宿兩個星宿之名。斗，指南斗星。

〔10〕縱：任憑。

〔11〕凌：凌跨超越。　萬頃：形容江面極為寬廣。

〔12〕馮虛禦風：乘風在天空中飛行。馮，同「憑」。虛，這裡指天空。

〔13〕遺世獨立：離開人世，自由自在。遺，離開。

〔14〕羽化：道教用語，把飛升成仙說成羽化。

〔15〕扣：敲打。舷：船幫。

〔16〕渺渺：形容悠遠的樣子。　予懷：我懷，這裡指我的思念。

〔17〕美人：心中思慕之人。

〔18〕倚歌：根據歌聲伴奏。

〔19〕嫋嫋：形容連綿不斷的樣子。

〔20〕如縷：像細絲。

〔21〕舞：使……起舞，這裡是使動用法。

〔22〕泣：有淚無聲是泣，但這裡是使……哭泣，使動用法。嫠（ㄌㄧˊ）婦：寡婦。

〔23〕「月明」兩句：指的是曹操（字孟德）《短歌行》中的兩句詩。

〔24〕夏口：今湖北省武漢市。

〔25〕鬱乎：形容繁茂的樣子。

〔26〕周郎：周瑜早年得志，才二十四歲便做中郎將，所以人們稱之為「周郎」。

〔27〕舳艫（ㄓㄨˊ　ㄌㄨˊ）：指戰船。

〔28〕釃（ㄙ）酒：原意是斟酒，這裡是飲酒的意思。

〔29〕安在：在什麼地方。

〔30〕漁樵：這裡是名詞用作動詞，指捕魚、打柴。

〔31〕匏（ㄆㄠˊ）樽：酒器。匏是葫蘆的一種，匏樽為古時的酒器。

〔32〕須臾（ㄩˊ）：片刻。

〔33〕遺響：餘音，這裡指簫聲。 悲風：秋風。

〔34〕逝者如斯：語出《論語·子罕》：「子在川上曰：『逝者如斯夫，不舍晝夜。』」

〔35〕且夫：況且，再說。

〔36〕苟：如果，假若。

〔37〕造物者：大自然。 無盡藏（ㄗㄤˋ）：原來是佛家語，這裡的意思是說自然界有無窮無盡的寶藏。

〔38〕共適：共同享用。適，享用，消受。

〔39〕狼藉：形容亂七八糟的樣子。

〔40〕既白：天已經亮了。

新評

全文按照特殊的時間順序，自然分成夜遊之樂、樂極生悲、訴悲之由、轉悲為喜這樣四個部分，生動展示了蘇軾在遭受貶謫時特殊的心路歷程。文章開篇先以敘事、寫景、抒情相結合的方法，展示作者在清風明月的夜景之中，泛舟赤壁，面對如詩如畫的美妙景色，所產生的飄飄欲仙、彷彿進入極樂世界的快感：「月出於東山之上，徘徊於斗牛之間。白露橫江，水光接天。縱一葦之所如，凌萬頃之茫然。浩浩乎如馮虛御風，而不知其所止；飄飄乎如遺世獨立，羽化而登仙。」然後又由客人嗚嗚咽咽的簫聲，不著痕跡、非常自如地引入悲涼境界，造成濃烈的哀傷氣氛：「客有吹洞簫者，倚歌而和之。其聲嗚嗚然，如怨如慕，如泣如訴；餘音嫋嫋，不絕如縷。舞幽壑之潛蛟，泣孤舟之嫠婦。」接著水到渠成地過渡到文章的主體，以賦體抑客申主的傳統方式，由「客」用對比之法說出樂極生悲的原因。而「客」作為一個客體，本來是主體的一個化身，所以這也正是蘇軾自己內心深處的思考：一是那曾經寫出「月明星

稀,烏鵲南飛」優美詩句的曹操,當年率領千軍萬馬,橫槊賦詩,真是一世英雄,可是轉眼之間化為烏有;與他相比,我們這些時運不濟、仕途坎坷之輩,只有「漁樵於江渚之上,侶魚蝦而友麋鹿」,泛舟喝酒的份了,前途渺茫,難道不可悲嗎?二是我們這樣的人像蜉蝣一樣寄生於天地之間,如同滄海一粟般渺小;生命短暫,只在須臾之間,而長江滾滾,無窮無盡;兩相對比,能不讓人感到悲傷嗎?三是我們誰不想長生不老,挾飛仙遨遊,與明月長終,可是這只是幻想,現實中根本做不到,所以只有「托遺響於悲風」的悲哀。針對「客人」的回答,文章順理成章地牽出「主人」的一番議論,透過人生哲理的深刻闡述,說服了「客人」,實際上也是完成了作者自己在生命意識上的大徹大悟,從而「主」與「客」共飲入睡,直至東方之「既白」。

　　全文最精彩的地方是透過抑客申主的方式即景說理,即事說理,開導客人。先是以水月為喻,說明人與自然、人與宇宙的相互關係:就這水而言,雖然不斷流淌,但是卻不曾離去;那月亮儘管時圓時缺,但是最終也沒有減少或增加。如果從變的角度來觀察,那麼生命、萬物瞬息萬變;如果從「不變」的角度來觀察,萬物與我們人類都是無窮無盡的,我們又羨慕什麼呢?「人生代代無窮已,江月年年只相似」(唐·張若虛《春江花月夜》),儘管水不斷流逝,而江河永存;月總有陰晴圓缺,可還是永恆地懸掛天空;人作為個體,不斷生生死死,但是整個人類卻生生不息,永遠存在。這是從變與不變的角度看問題。從得失的角度觀察:天地之間,物各有主,如果不該是你的,雖然是一絲一毫,你也不要索取,一切聽其自然,忘懷得失;只有這清風明月是大自然的恩賜,或用或取,沒人禁止,又無窮無盡,我們可以盡情享受。這就是蘇軾的生命意識,就是他對人生的哲理性思考。可是這樣深邃的哲理卻是借著清風白露、水

月交輝、古今融匯、時空連結，充滿詩情畫意的美妙境界表現出來的，顯現出他經過了死亡的考驗和貶謫的磨難之後，對人生、功業、生命、宇宙等問題的頓悟，達到人生境界的昇華，不但自己完成了大徹大悟的心路歷程，也給後人以無限的啟迪。清人金聖歎《天下才子必讀書》卷十五評價說：「遊赤壁，受用現今無邊風月，乃是此老一生本領，卻因平平寫不出來，故特借洞簫嗚咽，忽然從曹公發議，然後介面一句喝倒，痛陳其胸前一片空闊了悟。妙甚。」清人余誠《重訂古文釋義新編》卷八中也說：「起首一段，就風月上寫遊赤壁情景，原自含共適之意。入後從渺渺予懷，引出客簫，復從客簫借吊古意，發出物我皆無盡的大道理……而平日一肚皮不合時宜都消歸烏有，哪復有人世興衰成敗在其意中。遊覽，小事耳，發出這等大道理，遂堪不朽。」評價都非常恰當。

從體裁上看，本文雖名曰賦，其實文備眾體：一方面它確實在一定程度上保留了傳統賦體的情韻與氣勢，特別是詩一般的意味；另一方面它又衝破了傳統賦體在對偶句式、聲律規則等方面的拘束和限制，多用散文的筆調和表現手法，長短結合，參差變化；或韻或散，靈活自如；有時輕快流動，有時節奏鮮明；有時自然平易，有時精美工整。

從構思上看，文章以情感變化為線索，從月夜泛舟的快樂舒暢，不由自主地又陷入懷古傷今的悲哀；透過極具哲理意味的開導，產生頓悟，又回到歡樂暢快的境界。因游起興，見景生情；由情入理，畫龍點睛。整體上變化多端，但是卻脈絡分明；波瀾起伏，姿態橫生；舒卷自如，展示出行雲流水般的神奇與瀟灑。

如果說蘇軾把中國古代散文的藝術水準發展到了極致，那麼他的這篇《前赤壁賦》便是散文寶庫中的極品。

(END)

閱讀百年
百年閱讀

鬼谷子全書

最古老歷史文學的智慧禁果

《鬼谷子》歷來被人們稱為「智慧禁果」、「曠世奇書」，
它在中國傳統文化中頗具特色，是亂世之學說、亂世之哲學。
它在世界觀上，講求實用主義、名利與進取，
而在方法上則講求順應時勢，知權善變，
是一種講求行動的實踐哲學。

縱橫鼻祖的亂世實用哲學
名利兼收的知權善變之術

鬼谷子 原著．司馬志 編著

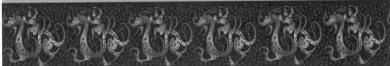

NT:280

道德經

全書

「夫唯不爭，故天下莫能與之爭」，
老子——「虛」與「無」的大智慧，
聖經之外，全球譯著銷量最大的書。

「道可道，非常道，名可名，非常名。」
作為型塑華夏文明的兩大支柱，
老子《道德經》以寥寥五千言，
涵蓋了整個人生與宇宙萬物之道，
充滿對立辯證的思想，
可謂語言精練而意義深刻，
老子實無愧為與至聖孔子並列的一代宗師。

老子 原著‧司馬志 編著

NT:280

國家圖書館出版品預行編目(CIP)資料

蘇東坡全集 / (宋)蘇東坡原著 ; 于
景祥, 徐桂秋, 郭醒解評. -- 初版.
-- 臺北市 : 華志文化事業有限公司,
2021.07 面 ; 公分. --(諸子百家
大講座 ; 21)
ISBN 978-986-06437-1-8(平裝)
845.16   110009452

系列／諸子百家大講堂 21

書名／蘇東坡全集

書號／D021

原　著／蘇東坡

編　著／于錦祥教授

執　行／簡煜哲

美術編輯／楊雅婷

封面設計／王志強

文字校對／陳欣欣

企劃執行／張淑芬

總　編／黃志中

社　長／楊凱翔

出版者／華志文化事業有限公司

電子信箱／huachihbook@yahoo.com.tw

地　址／116 台北市文山區興隆路四段九十六巷三弄六號四樓

電　話／0937075060

總經銷商／旭昇圖書有限公司

地　址／235 新北市中和區中山路二段三五二號二樓

電　話／02-22451480

傳　真／02-22451479

郵政劃撥／戶名：旭昇圖書有限公司（帳號：12935041）

出版日期／西元二○二一年七月初版第一刷

Printed In Taiwan

版權所有　禁止翻印

本書由三晉出版社授權獨家發行繁體字版權

华志文化

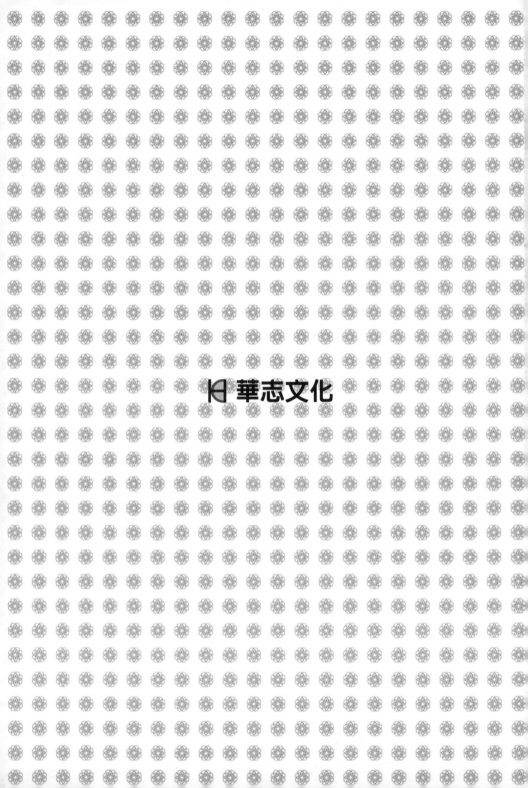

華志文化